从新德里到布罗斯

〔瑞典〕珀尔·J. 安德松 著　王梦达 译
Per J Andersson

人民文学出版社

著作权合同登记：图字 01-2017-0794 号

New Delhi-Borås
Copyright © Per J Andersson，2013
First published by Forum Bokförlag，Stockholm，Sweden
Published in the Chinese simplified characters language by arrangement with Bonnier Rights，Stockholm，Sweden and The Grayhawk Agency.

图书在版编目(CIP)数据

从新德里到布罗斯：骑行万里，追寻真爱/(瑞典)珀尔·J.安德松著；王梦达译. —北京：人民文学出版社，2017

ISBN 978-7-02-012744-3

Ⅰ.①从… Ⅱ.①珀…②王… Ⅲ.①传记文学-瑞典-现代 Ⅳ.①I532.55

中国版本图书馆 CIP 数据核字(2017)第 091289 号

责任编辑	朱卫净　王雪纯
装帧设计	李　佳

出版发行　人民文学出版社
社　　址　北京市朝内大街 166 号
邮政编码　100705
网　　址　http://www.rw-cn.com

印　　制　山东德州新华印务有限责任公司
经　　销　全国新华书店等

字　　数　247 千字
开　　本　890 毫米×1240 毫米　1/32
印　　张　9.5　插页　2
版　　次　2017 年 8 月北京第 1 版
印　　次　2017 年 8 月第 1 次印刷

书　　号　978-7-02-012744-3
定　　价　45.00 元

如有印装质量问题，请与本社图书销售中心调换。电话:010-65233595

/ 目录

/ 预言　001

/ 转变　067

/ 漫长的旅程　177

/ 重返印度　257

/ 相片集　285

/ 预 言 /

我诞生于印度丛林里的一个小村落，从出生那一刻起，我的命运就已经在冥冥中注定。

那是冬季里的一天，很快就是英国人庆祝新年的日子，尽管这一习俗在两年前就已取消，但它仿佛已经成为人们潜意识里的习惯。这个时期的雨水通常都不多，但由于东北季风在奥里萨邦①海岸的滞留，今年成为阴雨连绵的例外。好容易挨过雨季，灰色的云层依然严严实实地笼罩住河畔山丘的葱郁丛林，所以本应明媚的早晨感觉倒像暮色渐浓的黄昏。

太阳终于从云层中探出头来，驱散开层层阴霾。

这个丛林里的小村落由大大小小的木屋组成，我——这个故事的主角——就躺在其中一间的摇篮里，当时还只是一个新出生的，没有名字的婴儿。全家人围拢在摇篮旁边，好奇地打量着小小的我。村里的占星术士一脸若有所思的神情，揣测着摩羯座的我与基督教先知同一天生日的意义。

这时，我的一个哥哥突然叫了起来。

"快看！那是什么？"

"哪儿？"

"在那儿！就在小宝宝的上面！"

天边赫然出现的彩虹从窗口映射进来，在摇篮上方形成一道美丽的光束。

---

① 奥里萨邦（Orissa）：印度东部的一个邦，首府为布巴内斯瓦尔。

占星术士读懂了光束的含义。

"这孩子长大后,将会同色彩和形状打一辈子的交道。"

没过多久,占星术士的预言就在村落里流传开来。有人将我称为彩虹之子,还有人认定我就是圣雄,代表着伟大的灵魂。

几周后,一条眼镜蛇悄悄潜入摇篮,当时我正在酣睡,浑然不知危险的迫近。当我妈妈发现时,眼镜蛇正竖起身体前段,用力膨胀开颈部两侧的皮折,她绝望地以为我已经遭到咬噬而夭折。过了好一会儿,眼镜蛇才蜿蜒爬出摇篮,妈妈赶紧凑近摇篮查看。我还活着!刚从睡梦中苏醒过来,正用深色的眼睛安安静静地打量周围。这简直就是奇迹!

村里的耍蛇人解释说,那几天雨下得格外大,木屋或多或少都有些漏水。眼镜蛇之所以潜入摇篮,撑开颈盾做出攻击姿态,是为了保护我不被屋顶渗漏的雨水淋湿。眼镜蛇是神圣不可侵犯的,因此,这一奇迹应当被视为神灵的旨意。耍蛇人滔滔不绝的同时,占星术士一直不住地点头称是。没错,就是这样,他说,这件事毫无争议。

我绝不是一个普普通通的婴儿。

接下来轮到占星术士出场了。他的任务是预知我未来的人生。占星术士用一根削尖的木棍,在棕榈叶上写下这么一段话:"同他结婚的女子并非部落中人,她不在这个村落,不在这个地区,不在这个邦,甚至不在这个国家之中。"

"你不需要刻意追寻,她终究会找到你。"占星术士用颇有深意的目光望着我的眼睛,一字一顿地说。

起初,妈妈和爸爸并没看出棕榈叶上的笔迹。占星术士用油灯的火焰炙烤涂抹黄油的黄铜棒,坠落的烟灰聚集在叶片表面的凹陷处，清晰地显现出奥里亚语①写成的文字。如此这般，他们才读出完整的预言："你未来的妻子出生于金牛座，拥有一整片森林，是一名为音乐而生的女子。"

彩虹的传说，眼镜蛇的奇迹以及棕榈叶的预言一直伴随我成长，渐渐地，我开始懂得大人口中的惊叹和感慨，并且越来越相信，我的未来正映射在这些事实之中。

我并不是唯一一个获得预言的人。从出生的那一刻起，所有孩子的命运都已经写在天空的繁星之中。我的父母对此深信不疑。在我成长的经历中，我始终相信这一点，而在未来，我愿意继续相信下去。

---

① 奥里亚语（ଓଡ଼ିଆ oṛiā）：印度的二十四种官方语言之一，主要在奥里萨邦使用。

他的全名是杰格德·阿南达·帕拉迪纳·库马尔·马哈纳狄亚。

整个名字充满了欢乐。杰格德·阿南达的意思是无处不在的喜悦，而马哈纳狄亚的意思是空前的喜悦。说是全名其实并不属实。他真正的全名比这要长得多。加上祖父母和外祖父母的名字，宗族姓氏和种族姓氏，他的名字列出来有长长一串，多达三百七十三个字母！

谁能一口气连说三百七十三个字母啊？方便起见，他的朋友都用帕拉迪纳（Pradyumna）和库马尔（Kumar）开头的两个字母简称他为"PK"，甚至利用谐音直接给他起了个"扑克"的昵称。

他就这样自由自在地成长，在田间小路上奔跑嬉闹，在芒果树中攀爬跳跃。不过他的家人可不接受"扑克"这样怪里怪气的昵称，爸爸叫他"普阿"，意为"小男孩"，爷爷奶奶叫他"纳提"，意为"小孙子"，妈妈则亲昵地叫他"苏纳普阿"，意思是"金色的孩子"，因为他的肤色比哥哥姐姐都要明亮许多。

对于丛林内河畔村落的成长经历，他最初的记忆应该追溯到三岁时。等等，或许当时他刚满四岁，又或者只有两岁。不过究竟是几岁实在没那么重要。若问起一位村民的年龄，他或她给出的答案往往相当模糊：大概十岁；四十左右；快七十了；或者，还很年轻；正值中年；相当老了。

扑克记得自己站在一幢房子的地板上，周围是浅棕色黏土砌成的厚厚的墙，头上是金黄色草甸堆成的屋顶。画面就在那一刻逐渐清晰起来。不远处，麦田在飒飒晚风中扬起飞尘，丛生的树木招摇着厚实的叶片，在冬季开出绚烂的花朵，在春季结出香甜的果实。一条小溪蜿蜒着汇入大河，小溪外，一片葱葱郁郁的绿墙拔地而起，那就是丛林开始的标志。里面偶尔传出野生大象号角般的长鸣，以及猎豹或老虎的嘶吼咆哮；随处可见野生动物活动的痕迹：大象的粪便，老虎踩踏的脚印，以及嗡嗡作响的昆虫和引吭高歌的鸟儿。

丛林边缘即是扑克眼中的地平线，他的足迹越过地平线，一直延伸进丛林深处。村落和丛林构成了他的全部世界。丛林无边无际，神秘、奇妙、难以捉摸，同时却也熟悉、亲切，给他以安全感。森林中的跋涉既是一场冒险，也是一次心灵沉淀。关于城市，他只依稀听老人们谈起过，而从未亲眼见到。

家里除了他自己，还有妈妈，爸爸，两个哥哥，当然也有爷爷奶奶。村里几乎所有的家庭都是这样。根据当地的传统，长子在结婚成家后必须和父母同住——就像他爸爸斯瑞德哈这样。

但扑克很少见到爸爸。斯瑞德哈在阿特马利克①的一家邮政局担任总管，那是一个具有相当规模的城镇，从酒吧、茶室到警察局、监狱，一应俱全。由于觉得每天骑行二十公里的上下班路程太过辛苦，爸爸在邮政局内搭了一张临时床铺，工作日就在办公室过夜。每周六的傍晚，爸爸会前往阿特马利克寄宿学校，接上扑克的两个哥哥，然后骑车带他们回家。

因此，扑克过着类似独生子的生活。妈妈给予他近乎宠溺的呵护和关心。一周的大部分时间里，他都和妈妈、爷爷、奶奶一起，生活在丛林边缘村落的小木屋内。

由于被郁郁葱葱的树丛所环绕，扑克所生活的小村落只能从树叶缝隙中晒到一丝阳光。村内大部分的房子看起来都差不多：圆形或矩形结构的木屋，四周是晒干黏土砌成的棕墙，上面是棕榈叶铺就的灰屋顶，一侧还有圈养牛羊的竹篱笆。除了种植的一垄垄蔬菜

---

① 阿特马利克（Athmallik）：印度奥里萨邦的一个城镇。

外，篱笆外还堆着喂牲口的干草。村落里还有几幢黏土和砖块结构的房子，那是英国人出于同情心为流浪汉建造的庇护所，由于季风降雨的侵蚀，它们还未迎来房屋主人就已经摇摇欲坠。村中还设有一所小学，也没有一幢专供村公所开会的小楼。

扑克的妈妈常说，他们身处印度最大的丛林之中，而孔德普达是丛林里最大的村落。她郑重其事地告诉扑克，所谓村落，既是生者的家园，也是逝者的归宿。小溪下游有一片用来火葬的沙滩，半夜时分，亡灵们都会聚集在那里唱歌跳舞。小溪中暗藏一道凶险的涡流，几年前，曾有两个新婚怀孕的女子在此溺亡。扑克的妈妈亲眼见到她们冰冷的身体横陈在沙滩上，额头中央点缀的红色吉祥痣格外鲜艳明亮，寓意着她们生前的纯净无瑕，贞洁隽永。她们微睁的双眼似乎仍在找寻着什么，半启的嘴唇仿佛继续着临终前绝望的哭喊和求救。而事实上，妈妈解释说，那只是因为她们的灵魂由唇齿间抽离而去，忘记关上出口而已。

每晚枕着草席入睡之前，她都会向儿子娓娓道来关于灵魂的传说。那些灵魂来自逝者、神灵、女神和黑魔法师。她边说，边用手链和脚链发出鬼魂般的窸窣声响，扑克不由心跳加速，屏住呼吸认真聆听：黑暗中，鬼魂正在一点一点迫近，发出令人毛骨悚然的呻吟和喘息。但他很快就感觉到妈妈的体温——或许担心自己吓坏了儿子，母亲总是满心安慰地搂住他的身体。他在脑海中回味着午后森林里无拘无束的玩耍，眼前不时浮现出鬼魂骇人的面孔，身体感知着母亲怀抱传来的热度，就这样沉沉睡去。

扑克的妈妈卡拉巴提并不惧怕亡灵和鬼魂。她始终坚信强大的自信能驱赶恶灵，唯有当人们对自己产生怀疑时，才会为魂灵的力量所控制。而自信是她从未缺少的品质。

"只要怀有勇气，任何人都不能伤害到我，哪怕死者的灵魂。"她说。

直到上学后,扑克才第一次听说种姓的概念。也第一次知道印度社会被划分为四大种姓以及成千上万个亚种姓。他第一次听说,论述种姓起源的经典著作《梨俱吠陀》①已经存在了数千年之久。其中,象征宇宙开端的原人②被分为四个部分,由嘴生出婆罗门,即僧侣;由手臂生出刹帝利,即武士;由腿生出吠舍,即商人、手工业者和农民;由脚生出首陀罗,即奴仆和体力劳动者。

他第一次了解到,古老的游牧民族雅利安人在进入中亚平原后,逐渐成为平原居民,被称为雅利安-旁遮普人,三千五百年前,他们迁徙到印度半岛,向当地的土著居民传授耕种知识,僧侣、武士和部落首领逐渐成为高等种姓群体,而肤色较深的土著居民被迫从事农耕、手工业制造及服务业,逐渐沦为低等种姓(比如扑克爸爸的祖辈),或是在丛林中以狩猎为生,被称为部落原住民(比如扑克妈妈的祖辈)。

成年后,在思考印度种姓制度的问题时,扑克常常会对比欧洲的封建制度和等级制度。

---

① 《梨俱吠陀》(Rigveda):印度最古老的一本诗歌集。内容包括神话传说、对自然现象和社会现象的描绘与解释,以及与祭祀有关的内容。是印度现存最重要、最古老、最具有文学价值的著作。
② 原人(Purusha):最早起源于《梨俱吠陀》内的《原人歌》,印度婆罗门教神名。为宇宙最初的开端。此神具有千头、千眼、千足,为现在、过去、未来之一切,乃不朽之主宰。由嘴生出婆罗门,由手臂生出刹帝利,由腿生出吠舍,由脚生出首陀罗,由心中生出月亮,由眼中生出太阳,由气息生出风,由脐上生出空界,由头上生出天界,由脚上生出地界。

于是，在面对西方朋友疑惑的目光时，扑克总是说："这样一来就不难理解了嘛。"

当然，他偶尔也会承认："好吧，可能的确更复杂一点。"

然后他会描述所谓的亚种姓群体，从梵文音译为"伽提"。它们是四种瓦尔纳（即梵文的"种姓"一词，意为"颜色"）所派生出的隶属下层种姓。印度的古籍文献里，瓦尔纳阶序即意味着婆罗门、刹帝利、吠舍和首陀罗。

对此，扑克是这么概括的："印度社会里只有四种瓦尔纳，但却有数百万种亚种姓。"

西方朋友往往惊讶不已："数百万种?！你们究竟是怎么搞清楚的？"扑克诚恳地回答说，自己也搞不清楚。事实上，印度没有人能彻底搞清楚。关于种姓制度的话题于是就此结束。

如果对方不再刨根问底，扑克绝不会主动提及自己的家世背景：他的家庭不在瓦尔纳之列，而是被归属于"不可触碰""被剥夺种姓"的一类。这当然不是件值得骄傲的事。但正是这"不可触碰"的出生背景，彻底改变了扑克的人生轨迹。

对于这些被践踏和被剥夺种姓的群体，印度的国父圣雄甘地[①]一直致力于提高他们的社会地位，甚至亲切将他们称为"神的孩子"。甘地希望这一美妙的名字能够改善他们的生活质量。在脱离英国统治独立出来后，印度政府便将他们归类为贱民。除了向他们提供便宜的火车票外，政府还拨出一定配额供他们申请大学以及参选政治集会。对于尖锐的阶级矛盾，这些举措无疑起到消弭和缓和的作用。

种姓制度所造成的歧视引发越来越多人的不满，大多数诉求

[①] 甘地（Mohandas Karamchand Gandhi）：被尊称为"圣雄甘地"。1869年10月2日出生于印度西部港口城市博尔本德尔，1948年1月30日在印度德里做晚祷时，被印度教一名极右派分子开枪暗杀。他是现代印度的国父，也是提倡非暴力抵抗的现代政治学说——甘地主义的创始人。他带领印度迈向独立，脱离英国的殖民统治。

已经落实成为公平公正的法律条文。然而，无人遵守的法律形同虚设。陈腐的偏见和价值观已经深植于民众的头脑之中，难以撼动。

　　扑克越发深刻地认识到，改变绝不是表面的敷衍，它必须从内而外，源自人们的思想和内心。

从十二岁起，洛塔就渴望着去印度旅行。她清楚地记得，初一时，全班观看了一部关于恒河的电影。随着放映机齿轮的咔咔转动，太阳从恒河上缓缓升起。她记得扬声器里传出西塔琴①的弦乐，河畔寺庙的钟声悠然响起，僧侣们缓缓走下通往恒河的台阶，直至河水漫过腰部。

洛塔经常想，这部黑白电影大概就是自己和印度的第一次接触。比起她在学校里经历的一切，关于恒河的电影显然更具有震撼力。事后当老师要求大家写观后感时，洛塔交出了感情充沛的长长一篇。

洛塔暗自下定决心：总有一天，我要去印度。

洛塔的愿望是成为一名考古学家。她喜欢在土地里挖掘，获得意想不到的发现。她梦想着有朝一日能够做出轰动世界的考古成就，将历史的乱麻梳理成整齐分明的丝线。在读到英国考古学家霍华德·卡特发现图坦卡蒙②陵墓的故事时，她着迷不已，甚至做了一张埃及金字塔的巨幅画像放在家里。法老的诅咒充满神秘色彩，而二十余名考古队员以离奇的方式相继死亡更是不可思议。洛塔心里痒痒的，她一定要探索这些不解之谜。

青少年时期，洛塔频繁光顾图书馆，借阅大量关于不明飞行物

---

① 西塔琴（Sitar）：印度拨奏弦鸣乐器，为木制长颈的琉特琴，是印度最重要及最流行的传统乐器。
② 图坦卡蒙（Tutankhamun，前1341—前1323）：古埃及新王国时期第十八王朝的法老。

的书籍。她甚至搭车前往哥德堡，只为参加关于太空其他生物知识的讲座。洛塔还订阅了一本专门介绍不明飞行物的杂志。新的一期拿到手后，她总是迫不及待地一头扎进一页页的新鲜内容里。她深信，地球上的人类并不是宇宙中唯一存在的生物。

　　洛塔同样着迷于从前的生活方式。她有时会幻想自己出生在十六世纪，全家人住在森林里的小木屋内，远离现代科技的打扰和约束。一切简单纯粹，朴素本真，完全亲近大自然。

只有妈妈才了解小扑克到底在想些什么。妈妈叫卡拉巴提,脸上用深蓝色线条勾勒出刺青图案,鼻翼佩戴着心形的金色鼻钉,耳垂坠着月亮造型的金色耳环。如今,妈妈留给他的只有一只大象造型的黄铜烛台。那是她生前最爱的烛台,仍然守着丛林边的黄色小屋,静静地端立在壁炉上方。看见它,扑克就会想起妈妈。

妈妈在村落内承担一项传统而重要的任务,即在一年一度的重大节日到来之际,为房屋的墙壁画上色彩绚烂、多姿多彩的图案。妈妈不仅颇具艺术眼光,绘画的技巧也很娴熟,她的画作在整个村落里是出了名的,甚至受到婆罗门的追捧。节日这天,妈妈会早早起床,先用牛粪清洁完棕色的黏土墙壁,然后着手进行绘画装饰工作。自己家完成之后就轮到邻居家。前一天,妈妈从早到晚奔波于各家各户,在人们身上绘出蜿蜒纤长的藤蔓植物以及叶片衬托下的花卉。妈妈用米粉和水混合成自制的白色涂料,刷在砖红色墙壁上显得格外明亮。节日当天,第一抹晨曦晕出淡黄的色彩投射进来时,整个屋子在各色图案的映衬下焕然一新。一切都是卡拉巴提的杰作。

扑克好奇地看着妈妈在墙壁前忙碌,不由生出疑问:为何妈妈从不在纸张上绘画?

卡拉巴提出生于奥里萨邦的库提亚-孔德部落。

她告诉扑克:"我们这样的部落原住民是深肤色的土著居民后代。几千年以来,我们的祖辈就生活在这片土地上,他们见证了平原居民迁徙至此,砍伐森林,开垦田地,栽种小麦和稻米。"

"平原居民不仅带来了战争和疾病,还按照价值高低将人划分为三六九等。平原居民到来之前，人与人根本没有区别，谁都不会高谁一等。"

　　妈妈是他唯一感到贴心的亲人。对于扑克来说，家里的其他人或多或少都有些陌生。周六晚上，当爸爸和哥哥骑着自行车回到村落和他们共度周末时，扑克总觉得浑身不自在。爸爸总是将自行车靠在墙边，冲过来一把将他举过头顶，扑克一阵害怕，哇哇大哭起来。

　　"别哭别哭，没看见爸爸给你带吃的回来了吗？"卡拉巴提试着安慰他。

　　扑克紧抿嘴唇止住了哭泣，从爸爸手中接过各种各样的甜点：脆爽可口的杏仁奶糕、松软甜腻的玫瑰蜜炸奶球和韧劲十足的英国太妃糖，然后伏在妈妈膝盖上满意地咀嚼起来。

　　每天早晨，卡拉巴提都会用溪水为他清洁身体。有时，他们会一起前往孔德普达河畔，岸边开满了香气袭人的野花，散落着一坨坨晒干的粪饼。扑克兴奋地跳进河中，妈妈总是一边不厌其烦地叮嘱他别游出太远，一边掀起纱丽的一角擦拭他的背部，然后用椰子油涂抹他的全身，阳光照耀下，扑克的皮肤泛出油亮亮的光。他爬上一块被水冲刷得滑溜溜的石头，一个猛子扎向河底，不多时将脑袋探出水面，如此往复，乐此不疲。厚厚的椰子油既防水又保暖，扑克可以尽情玩耍到中午才回家。

　　初夏时节，季风降雨来临前，小溪和河流几乎全部干涸。马哈纳迪河[①]丰富的水资源已经被建于上游的希拉库德水库[②]尽数掠夺。六月初的时候，宽阔的河道中间往往只剩下几绺细细的水流。对附近的所有村落而言，干旱无疑是巨大的灾难。如果有电的话，或许

[①] 马哈纳迪河（Mahanadi River）：印度德干半岛东北部的河流，源于锡瓦山脉，东注孟加拉湾。全长约 900 公里，流域面积为 12320 平方公里。

[②] 希拉库德水库（Hirakud Dam）：位于印度中央邦与奥里萨邦之间，拦截马哈纳迪河上游及其附近一些河流而成。坝长 4800 百米，水库面积 650 平方公里。

能够缓解缺水造成的不便，但随着水电站的运作陷入停滞，黄昏来临之际，村民们只好劈劈啪啪地生起柴火，或是靠着油灯的昏暗光线抵御黑暗。

旱情最严重的时候，卡拉巴提和村中其他妇女联合起来，在沙洲中间挖掘出临时的水井。她们往往要钻凿数米深才能探到地下渗出的水源。妈妈用铁皮桶打满两桶水，手上一桶，头顶一桶，将水运回家里。

僧侣们认为，贱民的存在会玷污一切洁净神圣的东西。因此每当扑克靠近村落内的寺庙时，他们便会不断向他投掷石块。上学前，扑克还曾伺机进行报复。他埋伏在暗处，等仪式开始，僧侣们手持盛满清水的陶壶鱼贯而行时，他立刻掏出弹弓，用地上的石子当作武器，对准陶壶一只接一只弹射出去。嘭！嘭！嘭！清水从陶壶的裂缝中汩汩渗出，僧侣们很快发现始作俑者，一边对他穷追不舍，一边恼羞成怒地嚷嚷着：

"我们要杀了你，杀了你！"

扑克躲进长满仙人掌的灌木丛中，尖锐的刺深深扎进他的身体。他蹒跚着脚步，满身血痕地回到家中，一边向妈妈寻求安慰，一边委屈地想：就连仙人掌也欺负我。

尽管卡拉巴提很清楚，身为贱民和部落原住民会遭遇到怎样的不公平，但她仍然温柔地抚摸着扑克的脊背，向他娓娓道来这个世界上的善良和正义。扑克不知道婆罗门为何如此憎恶自己，也不明白自己为何需要远离寺庙。想到向自己投来的那些石块，他完全弄不清原委，只觉得身体一阵阵疼。

妈妈始终不肯戳破事实真相，而是用善意的谎言为他编织梦想和希望。

有时，高等种姓的孩子不小心撞上了扑克，他们会立刻尖叫着跑开，跳进河里拼命洗刷身体。

扑克不由好奇："他们为什么要这么做？"

"他们很脏，所以才要清洗身体。"妈妈总是这么回答，接着赌气似的喃喃自语："他们确实该好好洗一洗！哼，也不看看自己到底有多脏！"扑克于是露出释然的微笑。

卡拉巴提从没上过学，既不会读书也不会写字。但她在其他方面颇具天分。她可以自己调配色彩，绘画出精美的图案、叶片和花朵，以及草药的种子和果实。

卡拉巴提的日常生活极有规律，总是在固定的时间点开始固定的工作。天才蒙蒙亮，她就已经起身开始劳作。破晓时分的鸡鸣就是她天然的闹钟，而天空中的星盘就是她辨别方向的指南针。卡拉巴提用牛粪混合了溪水，逐一清洁地板、露台和院子。扑克躺在草席上听着窸窸窣窣的声响，好奇于牛粪怎么能够当做清洁剂使用。直到很久以后，母亲才为他解开了这一谜团：牛粪里具有强效的去污成分，比商店里买来的那些白色粉末的化学制剂要管用得多。

打扫完毕后，卡拉巴提前往自家的玉米地除草施肥，接着去小溪边洗澡。回家后，她身穿深蓝色纱丽站在洗刷干净的露台上，用棉布拧干湿漉漉的发梢，大波浪似的拳曲秀发在晨曦下泛出亮泽的光芒。

为圣罗勒①灌木浇水时，她一边哼唱民谣，一边喜悦地欣赏它们绿油油的叶片。回到厨房后，她拿出盛满朱砂红粉末的沉重石盆，用食指蘸取少许印在额头中央，走到挂在壁炉上方的镜子前，在满是裂缝的镜面里打量自己。她微微躬身向前，用化妆墨在眼眶周围涂抹上粗粗的线条。化妆墨是她用黄油提炼的印度奶油和研碎的煤灰混合制成的。

扑克通常在妈妈收拾打扮停当后才懒洋洋地爬起来，将草席卷成一捆放在墙边。妈妈为他的眉心点上化妆墨，寓意着为他驱赶邪

---

① 圣罗勒（Tulsi）：罗勒属半灌木植物。是印度传统医学阿伦吠陀里使用的药材。

恶力量。有时，妈妈还会在他额头上涂抹厚厚的黄油，受到太阳的炙烤，融化的黄油顺着他的脸颊流淌下来。通过这种方式，卡拉巴提向全村人证明他们生活得挺不错。

卡拉巴提总是一脸骄傲地说："不是所有人都像我们这样买得起黄油和牛奶。"

卡拉巴提暗暗希望，当村民们看见扑克油滋滋的脸颊时，会充满羡慕地议论说：瞧，马哈纳狄亚家的孩子连额头上都涂着黄油，这小日子过得可真滋润哪。

清洁过身体，梳理好头发，点上化妆墨，涂抹过奶油。扑克已经准备好迎接新的一天。

数千年以来，像卡拉巴提这样的部落原住民始终以丛林狩猎和林中垦荒为生。现在，卡拉巴提家族的许多人已经转行在河岸边生产砖块。他们从河底挖掘淤泥和黏土，进行塑形和烧制。但扑克的舅舅仍在从事狩猎的营生。扑克对他赠送的一根孔雀毛视若珍宝，插在头顶的发圈上，假装自己是名威风凛凛的猎手，在森林里欢呼雀跃。

由于内心始终渴望拥有一个小女儿，卡拉巴提刻意将扑克的头发留得很长，并且将扑克的一头深色长发编成数条小辫。扑克很是为自己的小辫自豪，总是忍不住利用它们炫耀自己的力气。比如他会用辫梢绑住石头，一边拉拽着往前跑，一边发出胜利的呐喊：

"瞧我的头发有多结实！"

见到这一幕，没小辫的那些男孩总是又惊讶又佩服，这可是他们想都不敢想的。

扑克总是赤裸着身体，只在手臂和腰间系着坠有白色贝壳的绑带。库提亚-孔德部落里的所有孩子都像这样，习惯于光着身子跑来跑去。在印度的瓦尔纳眼里，部落原住民不穿衣服的行为实在古怪，至少瓦尔纳的孩子总是打扮得规规矩矩。

卡拉巴提崇拜的不仅仅是太阳和天空，还包括大自然里的各种生物：猴子、奶牛、飞禽、眼镜蛇、大象；散发甘草香味的圣罗勒、菩提、楝树（它的树枝中含有抗菌汁液，可以做成牙刷）。卡拉巴提无法用神圣的字眼为它们命名。但他深信神灵无处不在，就和这些生物紧密共生在一起。每隔几天，卡拉巴提都会走进丛林深处，在树木遮蔽而成的天然绿色小屋内进行祈祷。她将石块和未经践踏的草叶收集起来，放上一块黄油，均匀地撒上晒干后的红色颜料粉末，为森林里的生物进行虔诚地祷告。而最为神圣不可侵犯的，一定是那些向着太阳挺拔生长的葱郁树木。

卡拉巴提告诉扑克，自古以来，生活在印度东部丛林里的孔德人及其他部落居民从未有过种姓观念，部落首领和部落成员之间也不存在任何区别。所有人都享有崇拜神灵的同等权利，并且能够平等地参加祭祀和祷告活动。但后来事情发生了转变。由西部迁徙而来的平原居民开始在山谷和河岸边开垦耕作，将土著居民视为原始和未开化的人群。

"最后，我们不得不被归入他们的种姓制度。"卡拉巴提哀伤地总结道。

平原居民的举动引起了土著居民的不满，继而开始出现偶发性的暴动和反抗。英国人不得不派遣军队进行镇压。由于双方力量悬殊，类似的冲突往往以叛乱分子的溃败而告终。二十岁那年，扑克读到关于纳萨尔派的历史，他们以游击队的形式不断为部落原住民争取权利。矛盾的升级导致镇压军队采取以暴制暴的行动，随着流血事件的激增，仇恨的火焰在人们心中熊熊燃烧。当时的报纸将这一系列冲突称为内战。扑克对这些暴力行为并不感兴趣，他只知道，对于许多部落原住民来说，当他们奉为神明的山丘遭到炸毁，作为狩猎之地的森林遭到砍伐，被强行征用为矿业和工业用地时，他们就已经彻底失去了希望。起初，扑克认为以暴制暴是唯一的真理和准则，但当仇恨渐渐淡去，他开始认识到，哪怕是镇压者或杀人犯，也同样拥有生存的权利和价值。扑克很欣赏圣雄甘地的名言："以眼还眼，举世皆盲。"这句话恰恰符合扑克对战争哲学和革命行动的观点。

一直到一九四七年，印度在政治上都属于英国殖民地，当时，阿特马利克还是印度五百六十五个土邦之一。它是英属印度政府控制下的一个领地，在二十世纪初时拥有四万个居民。但它从来不是一个"真正意义上"的邦国：在英国殖民时期，土邦的君主必须效忠英国王室，而随着印度独立，土邦并入联邦，君主立刻失去统治权，必须让位给现代国家机器以及民主选举产生的政治家。

在阿特马利克，人们仍然时常谈论起君主统治的土邦时代。对于扑克的家族而言，那段岁月始终带有一种怀旧的光环。这要从扑克的爷爷说起，他曾因深受君主信赖而得到一份荣耀的差事：在丛林里狩猎大象并进行驯化，专供王公贵族使用。从此之后，皇室成员便对驯象人的子子孙孙青眼有加。

阿特马利克的君主从未与英国人发生过争执，他们不仅无条件接受对方在政治统治和贸易控制方面的要求，并且主动提供各种援助和支持。作为犒赏，一八九〇年时，英国统治者将土邦领主马亨德拉·迪欧·萨曼特的头衔从"拉惹"（梵文，意为君主）提拔为"马哈拉惹"（梵文，意为大君）。阿特马利克同时也成为土邦中具有代表性的忠诚榜样。

一九一八年，时任阿特马利克邦君主的比布登德拉逝世，由于享有其继承权的子嗣刚满十四周岁，还不足以肩负重任，阿特马利克的统治权交由英国陆军上校科布登·拉姆齐接管。被下属誉为"白色拉惹"的拉姆齐统治土邦长达七年之久，而这段时期被扑克的爷爷视为原住民的黄金时代。对此，爷爷是这么描述的：

"拉姆齐不像其他英国人那样具有种族歧视。他对印度人一视同仁，从不在乎种姓和阶层。"

爷爷常说，不同于绝大部分的印度人，很多英国人会从大局利益出发，而不仅仅沉迷于满足一己私欲。

"比如婆罗门，他们只会替自己的种姓考虑，从不关心其他人的死活。你见过一个婆罗门人替低等种姓的人做过些什么吗？没有，绝不可能!"爷爷不无讽刺地说,"但是英国人不同。他们关心所有人,对待我们这些贱民完全没有歧视。"

阿特马利克的君主并不富裕,相比之下,印度西部拉贾斯坦邦的君主可以说富可敌国,他拥有雄伟的宫殿和数百头大象,宫殿墙壁内挂满了狩猎勋章,橱柜里堆满了钻石。他名下的轿车,光劳斯莱斯就有二十七辆。公主出嫁时的排场,被吉尼斯世界纪录称为"绝无仅有的奢华婚礼"。拉贾斯坦邦君主甚至为自己的一对宠物犬举办了隆重的婚礼:受到邀请的二百五十只狗贵宾穿着宝石镶边的锦缎礼服,蹲坐在装饰一新的大象上,迎接新郎狗的登场。扑克所生活的地方可从没出现过这么气派的阵仗。

扑克出生的时候,原先的土邦君主所居住的宫殿早已破败不堪。蔓生的藤条植物密密匝匝地包裹住霉烂的断壁残垣,树种从缝隙中钻进房间,生根发芽,疯长的植株很快撑破摇摇欲坠的屋顶。印度宣布独立时,阿特马利克的最后一任王储被迫搬离宫殿,好在他颇有生意头脑,不久后便购置下一幢富丽堂皇的庄园。他不时邀请扑克及其家人来庄园里喝茶聊天。直到现在,扑克仍会沿袭幼年时的习惯,在庄园里走走转转,好奇地打量悬挂在墙上的相框里,拍摄于殖民时代的老照片:头戴软木遮阳帽的英国士兵,以及包裹头巾的印度土邦君主和王子。

扑克的爸爸和爷爷奶奶都信奉印度教的神灵。和其他贱民不同,斯瑞德哈甚至坚持在家里举行印度教的仪式。扑克认为,这一定是因为爸爸在邮政局里受到了高等种姓同事的影响。斯瑞德哈在家里设立了一个神坛,恭恭敬敬地摆上两张神像,一张是象征幸福与财富的吉祥天女[①],另一张是善于战胜逆境,克服挑战的象头神[②]。神像

---

① 吉祥天女(Lakshmi):婆罗门教—印度教的幸福与财富女神,传统上被认为是毗湿奴的妻子。
② 象头神(Ganesh):印度教中的智慧之神,主神湿婆与雪山神女的儿子。

中间立着一尊毗湿奴①的塑像，寓意保护众生。四周供着熏香棒和油灯。每天，爸爸就在甜腻的熏香和缭绕的烟雾中向众神虔诚地祈祷，赐福自己和家人一个幸福的生活。

只要不被婆罗门发现，贱民会悄悄前往村里的湿婆神庙祭拜，但是供奉神像的内室仍然是他们的禁忌之地。一旦在湿婆神庙撞见了贱民，婆罗门会勃然大怒，暴跳如雷。

村里的湿婆神庙是蛇的巢穴。由于担心招致不幸，没有人敢对蛇进行驱逐或残杀。扑克很享受人与蛇之间的亲密关系，甚至会主动为它们喂食。妈妈说过，正是一条眼镜蛇为尚在襁褓内的他遮风避雨。所以扑克深信，蛇是善待人类的。

僧侣们每天都会为蛇送去食物，这食物同时也是为湿婆奉上的供品。透过门缝向内室看去，可以窥见影影绰绰中，一条闪着金属光泽的印度眼镜蛇撑开颈盾，以防御之姿时刻保护着神像。

一旦有人被蛇咬伤，村民们会立刻将他抬往湿婆神庙，以俯卧的姿势安置在入口处。伤者必须双目紧闭，不断默念湿婆的名字，排除其他一切杂念。唯有这样才能得到来自湿婆的心灵感应，从而痊愈。扑克曾亲眼看见过这一奇迹。一天傍晚，他的姑妈被眼镜蛇咬伤后，立刻来到湿婆神庙前，躺在入口的台阶上不断虔诚地祈祷，直到深夜时分才回家安歇。次日清晨，她从床上爬起来，向全家宣布自己已经安然无恙。所有人都相信，这是湿婆的神力所创造的奇迹。

湿婆的力量远不止如此。扑克的另一个姑妈已经结婚十二年，迟迟没有生育。她于是来到湿婆神庙前，在台阶上躺了整整四天四夜，不吃不喝，不言不语，只是冥想和祷告。回到家时，她已经意识模糊，接近虚脱，全家人强行为她灌下米汤才让她缓过劲来。九

---

① 毗湿奴（Vishnu）：印度教中被视为众生的保护之神。印度教三相神之一，梵天主管"创造"，湿婆主管"毁灭"，毗湿奴主管"维护"。

个月后，姑妈终于如愿诞下了第一个孩子。

　　神不仅仅存在于庙宇中。玉米地的仙人掌丛中就住着七位女神，她们最初起源于丛林土著的原始崇拜，之后被吸纳进印度教。这些女神掌管风调雨顺，庇护农作物的丰收。据说她们拥有惊人的强大力量，对她们任何怠慢或敷衍的行为都会招来灾难。

　　每到村民们为下一季播种收集作物种子的时候，僧侣们会举行特别的祭祀活动，向庇护丰收的众位女神致以敬意。只有一次，在仪式开始之前，一位村民就迫不及待地劳作起来。没过多久他便发起高烧，浑身酸痛，腿部肌肉迅速萎缩，最后只剩火柴棍一样的皮包骨。他再也没能站起来，下半生始终依靠拐杖度过。这就是冒犯女神的下场。

　　连接村落与外部世界的是一条自东向西延伸的狭窄小径。小径旁边矗立着一棵相当古老的树，上面住着蝙蝠和各种昼伏夜出的鸟儿。扑克的奶奶说，这是一棵受到女巫诅咒的树。每到夜里，鸟儿们发出叽叽喳喳的嘈杂声响，其中乌鸦凄厉的叫声最为尖锐和刺耳，扑克总是感到恐惧：那些乌鸦难道是被女巫们施展了黑魔法的村民？

　　村落外停着一辆巨大的木质拖车。每逢夏季节日来临之际，村民们会将黑、白、黄三色神像供奉其上，在全村内进行游行巡礼：宇宙之神贾格纳神①及其兄长大力罗摩②和妹妹妙贤③。他们是最古老的部落神祇，数千年以来一直为世代土著居民所景仰膜拜，之后经过合并，被印度教徒逐渐吸纳进自己的宗教体系内。印度教徒将贾

---

① 贾格纳神（Jagannath）：意为"宇宙之神"，在印度的奥里萨邦、恰蒂斯加尔邦、西孟加拉邦、贾坎德邦、比哈尔邦、阿萨姆邦、曼尼普尔邦和特里普拉邦中，为印度教徒和佛教徒所崇拜。
② 大力罗摩（Balarama）：印度教神话中毗湿奴化身黑天的异母兄长，通常被视作舍沙的化身。
③ 妙贤（Subhadra）：梵文史诗《摩诃婆罗多》中的雅度族公主，般度族阿周那之妻，激昂之母。

格纳神视作毗湿奴的化身,但佛教徒却将其视为佛陀的化身。

秋季到来之际,村落里迎来又一场盛大的节庆,所祭祀的神祇为湿婆之妻杜尔迦①。僧侣们将宰杀的山羊供奉在村落外的山丘上,让羊血充分浸染土地。婆罗门认为,这些羊血会给予杜尔迦无穷的力量,以抵抗对神祇体系造成威胁的恶魔。

扑克经常会想:印度教崇拜的神实在是太多了。扑克始终没能弄清他们之间的复杂关系,也并不在乎其中的矛盾和冲突,他所能切身感受到的是,神灵无处不在。直到成年后他才意识到,爸爸妈妈实际被这些庆典活动割裂在外。他们可以参加游行,但绝不能接触神像或是木车;他们可以祷告,但绝不能靠近高等种姓人群或是进入寺庙;他们也可以举行仪式,但必须摸黑行事,以免污染了婆罗门的眼睛。僧侣们坚持认为,身为贱民,应该安分地留守家中,主动远离一切洁净和神圣的人和物。

---

① 杜尔迦(Durga):印度教女神。原为古印度的部落神祇,被婆罗门教吸纳进谱系后,传统上被认为是湿婆之妻雪山神女的两个凶相化身之一。

婆媳矛盾是印度大家庭里永恒的问题，以此为主题所拍摄的电视剧和宝莱坞电影为数不少。当祖孙数代住在同一个屋檐下时，争吵和冲突往往难以避免。印度遵循所谓"男主外，女主内"的传统，婆婆在家里有着一言九鼎的地位，而媳妇的生活习惯却由自己的母亲沿袭而来。从如何擀制恰巴提薄饼，如何烹煮鹰嘴豆咖喱，到怎样种植和收割玉米，怎样教育和抚养孩子，可谓是各执己见，争执不休。

三岁的扑克还很懵懂，完全意识不到家中存在的隐患。但他从哥哥那里隐约听说，妈妈和奶奶的关系很不和睦。

卡拉巴提刚刚生下第四个孩子，一个三个月大、名为帕拉莫迪妮的女婴。新生命的降临显然并不能阻止奶奶无休止的攻击。

这天，奶奶冲着斯瑞德哈大骂："你傲慢的老婆就是个女巫！"

接着，她转向卡拉巴提。

"你害得全家不得安宁。这个家可容不下你。"

卡拉巴提的目光黯淡下去，但她什么都没说。辩驳和抗议根本毫无意义，奶奶在家的地位和话语权不容他人质疑。再说，这本来就是爷爷和奶奶的房子，扑克的妈妈是搬进来的外人。唯一能够说得上话的是扑克的爸爸斯瑞德哈，但他一声不吭，将愤怒、羞愧和苦恼统统咽了回去。对于母亲的蛮不讲理，他只是一味忍让。

沉默笼罩住整个屋子。斯瑞德哈返回城里上班，整整一周时间，卡拉巴提都在隐忍和压抑中度过，她装出若无其事的样子忙里忙外。当周末斯瑞德哈回家时，卡拉巴提主动告诉婆婆自己已经做出了决定。她以异常冷静的口吻表示,自己打算搬回娘家去。

"我要带最小的两个孩子走。"

奶奶蛮横地挡住去路。

"你可以带走最小的那个,她还是个婴儿。但儿子必须留下来。"

卡拉巴提没有反抗,默默接受了婆婆的条件。

扑克记得,妈妈满面愁容地收拾行李时,自己一直在哇哇大哭。他站在露台上,双手抱在胸前,泪眼蒙眬地望着妈妈背着行李,怀里抱着小妹妹,踏上通往村外的小径。妈妈无数次回头张望,冲他挥手道别,他依依不舍地冲妈妈拼命挥手,直到妈妈的身影消失在甘蔗地后,世界瞬间变得前所未有的空洞和冷清。

妈妈和妹妹走了。爸爸每周有六天住在城里,因此家里只剩下扑克、奶奶和爷爷。

扑克就这样一连哭了好几天,好几周,甚至好几个月。此间,季风云团挟裹着连绵降雨如期而至,将原本浅粉色的土路浇灌成猩红色,屋顶的稻草开始散发出潮湿的霉味。雨水和泪水交织成悲伤的迷雾,将他束缚在其中。当他终于停止哭泣,也从此停止了交谈和欢笑。他就这样哀愁地挨过一天又一天,常常一声不吭地坐在角落里,出神地打量空空荡荡的房间。他抗议的形式很快从沉默演变为绝食。当奶奶强行向他嘴里填塞食物时,扑克已经完全失去反抗的力气,将大米和亚麻籽混合炖煮的粥一口口往下咽。那种味同嚼蜡的麻木感令他至今记忆犹新。

一个周日,一名骑自行车的男子出现在家门口,他受到扑克外公外婆的委托捎来口信,告诉他们卡拉巴提的情况很不好,成天坐着流眼泪,甚至连日常家务都料理不了。斯瑞德哈面无表情地听完对方的陈述,沉默地走向屋后的花园,找到正在松土施肥的奶奶,将她拉进一旁的玉米地里,将数月以来积攒的怒气一股脑发泄出来:

"我看这日子没法过了!"

奶奶紧抿嘴唇不吭声,斯瑞德哈继续道:

"你这么做,就快把我老婆逼疯了!"

奶奶仍然一声不吭。

她还能说什么?她骄傲惯了,自然不肯承认自己的过错。况且在内心深处,她大概始终认为自己是正确的一方。她坚定,固执,自视为正义和公平的代表,从不在乎旁人的感受。

一周后,爸爸再次回到家时,突然以冷静的口吻向大家宣布,自己已经在阿特马利克城里距离邮政局不远的地方购置了一块土地。

他蹲下身望着扑克,温柔地说:

"那里就是属于我们的新家。"

"新家?属于我们的?"

"对,只属于我们。"

"只有我们住在里面,没有别人?"扑克还是不敢相信,他还没听说过有哪个小朋友不和爷爷奶奶住在一起。

但是斯瑞德哈的回答很干脆。

"对,那是属于我们自己的家。没有别人,只有我们。"

连绵不断的雨水将甘蔗黄绿色的外皮冲刷得锃亮,使得原本坚硬的土壤变得松软和黏稠。来往的牛群和行人踩踏出深浅不一的足迹和脚印,驶过的自行车留下横七竖八的车辙,最终混为泥泞一片。铅灰色的云层低低地笼罩在丛林上空,使得整个村落陷入昏暗和朦胧。本该明亮的正午,看来倒像是暮霭中的黄昏。

爸爸将扑克抱上早已准备好的简易牛车。车夫坐在前面,挥动着皮鞭催动牛车吱吱呀呀地往前挪动,拖车上方支起一张竹篾编织的顶棚,车后装着几罐陶壶,里面盛满了温热的牛奶,都是从爷爷奶奶养的奶牛身上刚刚挤出来的。

妈妈将妹妹抱坐在膝盖上,一手紧紧搂住扑克。爸爸仍然在房前和爷爷奶奶理论着什么。扑克听不清楚他们说话的具体内容,只希望爸爸能够解释清楚非走不可的原因：只有搬出去单独住，妈妈才能从忧郁中走出来。

几分钟后，牛车已经接近村落边缘，就在湿婆神庙前停了下来。扑克扭头向后望去，爸爸跪在奶奶面前，额头磕在泥水之中，双手不断摩挲着奶奶的脚尖。

雨水淅淅沥沥地坠落下来，淋湿了奶奶灰白的头发和黄色的纱丽。但是她始终倔强地不掉一滴眼泪。牛车顺着田埂间凹凸不平的土路继续前行，整个村落在扑克的眼里越来越小。迷蒙的雾气很快模糊了他的视线，房屋消失了，寺庙消失了，就连壮阔的玉米地也完全不见了踪影。

奶奶的身影逐渐缩小成一只颤颤巍巍的黄色小点，很快淹没在天地间一团铅灰色之中。

扑克将头枕在妈妈的腿上，疲惫地闭上眼睛。妈妈拿过一块薄薄的棉布，小心地盖住他赤裸的身体。

牛车继续在丛林之中艰难跋涉，经过雨水泛滥的稻田，穿过溪流之上晃晃悠悠的木桥，驶入越来越深的黑暗之中。扑克在半睡半醒间揉着惺忪的眼睛，费力地向车外张望——什么也看不见。但他的听觉却异常敏锐起来：车轱辘发出嘎吱嘎吱的滚动声、青蛙的呱呱声、草蜢的鸣叫声、狐狸的咆哮声。他的脸颊能感觉到妈妈体温的热度以及脉搏跳动的力度，扑克于是安心地沉沉睡去。

抵达目的地后，妈妈用手掌抚摸着扑克的额头，温柔地将他唤醒。浓浓的睡意和倦意向他袭来，双腿仿佛灌了铅似的沉重。车夫将他抱下车，扑克抬眼四下打量，周围除了漆黑还是漆黑。哪里有他们的新家？

爸爸点亮一盏油灯，新家的轮廓隐约从暗影中浮现出来。这时，扑克才看清腿部阵阵瘙痒的原因：他正站在齐腰深的草丛里。

"这个地方叫什么？"他问爸爸。

"利普提加-萨里村。"妈妈答道，"这里靠近阿特马利克，距离你爸爸的邮政局和你哥哥的学校都不远。"

爸爸迅速消失在夜色中，从寄宿学校的厨房里带回满满两抽屉食物。全家人于是围坐在新房里，尽情享用起属于他们的晚餐。这是搬家后的第一顿饭，象征着离开爷爷奶奶之后新生活的开始。汽油灯周围泛起一圈奶白色的光晕，扑克出神地盯着那些盘旋乱撞的小飞虫，突然感觉心中燃起了无限的希望，嘴里的食物似乎被赋予了新的滋味，而周遭的世界仿佛被涂上新的色彩。过去几个月的苦闷和悲伤被永远留在了旧的房子，再也不值得困扰。

他暗暗下定决心：从今以后，再也没有任何人能够将自己和母亲分开。

不同于从前邻里之间挤挤挨挨的格局，他们的新家是一幢孤立存在的小木屋，而最近的所谓"邻居"，也和他们隔了相当一段距离。"邻居"们的房子倒是拥挤而热闹，扑克不时听见那里传出孩子们的欢笑声和嬉闹声。

"他们和我们是一类人。"妈妈一边说，一边爱怜地摸摸他的头。

"一类人？"扑克疑惑了。

"他们和我们来自同样的种姓。"

这是他第一次听说"种姓"这个概念。但"一类人"这个说法并不坏。他隐隐约约觉得，既然如此，这些孩子大概都愿意和他一起玩吧。

"种姓？"他越发好奇。

"对，他们属于潘这个种姓，和你爸爸一样。"

"妈妈，那你呢？"扑克问。

"我是孔德人，属于库提亚-孔德部落。"

对他而言，这一切都是闻所未闻的新知识。

邻居房屋的聚落外就是村里的酒铺。说是酒铺，其实就是一幢粉刷成黄色、摇摇欲坠的水泥房子，墙上开了只小窗，插了几根粗重的铁条充当栅栏，也就是对外营业的窗口了。时常有成群结队的男子蜂拥而至，冲着栅栏内大呼小叫，塞进一沓钞票，然后心满意足地接过货品：大瓶的啤酒，以及用棕色纸张包裹起来的小瓶烈酒。

他们家旁边的玉米地里有一条直接通往酒铺的小路。打从一大清早开始,直到黄昏降临,不时会有醉醺醺的酒鬼瞪着一双充血的眼睛,唱着不知所云的歌曲,踉跄着从路上经过。啤酒也好,烈酒也罢,对扑克而言完全是新鲜玩意,他生平第一次亲眼看见了大人口中所谓的酒鬼。现实就这样,一点一点消磨掉童年的无忧无虑和天真无瑕。

家门口的另一条小路通向一座巨大的水库。扑克喜欢顺着小路,探索沿途所及的新风景。随着每一天获得的新发现,他的胆子也越来越大,往前走的路也越来越远。但他始终牢记,千万别拐上通往酒铺的岔道。他曾经撞见过满嘴酒气的壮年男子,冲他粗鲁地嚷嚷,对他推推搡搡,还骂骂咧咧地说一些他听不懂的粗话。

和爷爷奶奶住在一起时,全家人都是去溪边或河里洗澡。搬到利普提加-萨里村后,水库就成了他们的天然浴池。水库里开满了荷花,各种各样的小鱼就在荷叶间穿梭畅游。一大清早,伴随着清脆的鸟鸣声,许多村民都会聚集在水库边清洗身体,偶尔有几只熊探头探脑地出没于堤坝上,试图捕捞小鱼填饱肚子。妈妈经常在水库旁的树丛中挖掘湿润的黏土,装在篮子里带回家。黏土不仅可以用来清洁头发,还可以刷洗铁盘、煎锅和水壶。

"沙砾和黏土比肥皂的效果好多了。"这是卡拉巴提挂在嘴边的一句话。她总是尽可能缩减去商店采购的花销,攒下钱来应付更重要的事情。

雨季终于过去,云层渐渐散开,秋日的暖阳照耀着大地,扑克在新家内慢慢找到温馨和眷恋的熟悉感,仿佛这才是他一直生活的地方。扑克惊讶于自己的适应能力,之后遇到任何陌生的环境,他都能很快让自己融入进去。

许多年之后,当回顾自己的人生经历时,扑克会觉得,墨守成规的人往往寸步难行,因而失去了认识新世界的可能。

这天,妈妈一直带他走到村落的边缘,指着两棵粗壮的大树告诉他,神树上就是老鹰和秃鹫的巢穴。树下的人们正忙着处理牛的尸体,将剥下的牛皮卖给做皮鞋和皮包的工匠。

"瞧那边,"她边说边指着剥牛皮的几个男人,"他们就是我们的人。"

"我们的朋友?"扑克问。

"不,我们的种姓。"

这句话也不确切。和动物死尸打交道的这些男人来自加西哈部落的某个家族,就住在玉米地外的森林里。由于加西哈部落同样属于贱民阶层,妈妈因此将他们称为"我们的人"。加西哈人的生活处境十分恶劣。他们不仅徒手解剖牛的尸体,而且公然违抗神的旨意,吞食神圣不可侵犯的牛肉,婆罗门因此将他们视为比潘更为肮脏的群体,别说走路时要避开他们的影子,就连被他们看上一眼都会招致厄运。

然而随着夜幕降临,加西哈女人身上的低贱魔咒会"奇迹般"地解除。卡拉巴提深知这一点。周边村落的男人会趁着夜色纷纷潜入加西哈女人家里买春,这已经成为一条心照不宣的习俗。其中不乏自诩洁净的高等种姓,甚至有些婆罗门男子,白天时会朝加西哈女人厌弃地吐唾沫,到了夜晚却摸黑爬上她们的床。

妈妈从不向扑克透露村落的任何丑闻,她总是尽自己所能营造出一个美好的氛围,让扑克对身为贱民的生活依然充满信心和希望。

第二轮雨季来临时,扑克正准备开始小学的课程。他站在铅灰色天空笼罩的玉米地里,目睹着几名精壮的加西哈男人将一头死牛抬往村边的神树下。他们割开牛的身体,剥下牛皮,顺着牛骨剔下一块块牛肉。苍蝇被血腥味吸引过来,发出嗡嗡的沉闷声响。秃鹫扑棱着翅膀,在半空一圈一圈盘旋,越飞越低,最后停在不远处的空地上,虎视眈眈地盯住支离破碎的屠宰现场。那种沉着而冷静的等待姿态不仅仅是贪婪的体现,更是透出耐心和从容。秃鹫已经不再是猛禽,而是神灵的化身。扑克抬头向上望去,不知何时,天空中出现了两只体格更为硕大的秃鹫,其中一只突然迅猛而精准地俯冲下来,翅膀掀动的气浪仿佛龙卷风般席卷过整片玉米地。

扑克着迷地看着这一幕,梦想着自己也能像秃鹫那般展翅飞翔。他张开双臂,在空中奋力上下扇动,沿着家门口的斜坡直冲下去,嘴里还发出秃鹫般的呼啸。

回到家后,他迫不及待地问:"妈妈,要是我坐在秃鹫背上,是不是就能飞起来了?"

卡拉巴提兜头浇熄了他的飞行梦想,厉声说道:

"离秃鹫远一点!当心它们啄走你的眼睛!你就什么都看不见了!"

但是扑克仍然对刚才的一幕很好奇:

"为什么要等最大的那对出现,其他秃鹫才能开始吃东西呢?"

妈妈想了想,答道:

"秃鹫和我们人类一样,也有一位国王和一位王后。秃鹫是一个大家庭,世世代代生活在一起,这点和我们人类也是一样的。当发现动物的尸体时,负责侦查的秃鹫必须通知秃鹫国王和秃鹫王后,在它们到达前,其他秃鹫是不能擅自行动的。"

"所以我看到的那些秃鹫必须蹲在一旁等着,原来是这个原因。"

妈妈顿了顿,接着说道:

"在秃鹫群体中,国王和王后一定是最漂亮的两只。下次你注意看,它们的羽毛在阳光下会闪闪发光。"

妈妈用手摸了摸扑克的额头。

"这么说吧,秃鹫的世界和我们人类的世界几乎一模一样。"

扑克的外婆住在几公里外的丛林深处。和扑克家相比,外婆的房子显然简陋得多,墙壁和屋顶都是用竹子、干草和黏土混合搭建的,雨季里常常发生垮塌。

外婆的房子周围满是茂盛的玉米地。玉米成熟时,附近的许多野生动物便会出没其中。包括有着一身油亮黑毛的印度熊和狡猾敏捷的狐狸。由于不堪忍受作物遭到动物的偷袭和践踏，外婆在玉米地里竖起了一只稻草人，还挂上一只黄铜铃铛，风一吹发出叮叮当当的响声，方圆几里内的许多动物因此吓得不敢靠近。但是凡事总有例外。

扑克和妹妹帕拉莫迪妮有时在外婆家过夜，这天晚上，他们意外遭到大象的突袭。当时，扑克和妹妹已经入睡，两头成年大象带着一头小象闯入玉米地，对着香甜的玉米棒大嚼特嚼。整个大地在大象的踩踏下颤动起来，干草从房顶上扑簌簌震落下来。但外婆并不害怕，她冷静地走到露台上，拢起一束干草，燃起熊熊火焰冲着大象的方向拼命挥舞。但效果适得其反，被激怒的大象在地上霍霍摩擦着后脚掌，仰起脖子发出挑衅的呼啸，然后朝着外婆的方向直冲过来。外婆扔掉手中的火把，退回屋内反锁上木门。

大象已经逼近门外，正在用沉重的身躯一下一下撞击墙壁，墙上的黏土逐渐被撞出一道道裂缝，其间不时夹杂着竹节断裂的清脆声响。外婆赶紧摇醒两个孩子，将帕拉莫迪妮背在背上，一手托住她的身体，一手攥成拳头向朝着森林的那面墙用力锤击，试图砸开一条逃生通道。在墙上出现一只不规则的大洞后，外婆先将扑克推了出去，嘱咐他一直向前跑，自己则背着帕拉莫迪妮跟在后面。扑克赤脚踩过布满碎石的小路，穿过长满仙人掌的灌木丛，鲜血从伤口处汩汩涌出，但他丝毫感觉不到疼痛。

祖孙三人直到筋疲力尽才停下脚步，扑克已经不记得自己跑出了多久。这场逃难仿佛只是一瞬间的惊心动魄，又似乎是一场没完没了的噩梦。扑克已经分不清身上黏稠的液体究竟是血水还是汗水，他蜷缩在一截树根旁，在蚂蚁、草蜢和蟋蟀的陪伴下静静等待黎明的到来。

想想真后怕，扑克自言自语，万一大象追上来，一抬脚就把我们全部踩成肉泥了。

布罗斯周围的森林里，穿梭着威武雄壮的驼鹿和身姿轻盈的狍子，古老的树木萌发出嫩绿的新芽，柳莺在枝头发出嘹亮的啼声，大大小小的湖泊穿插其中，各种各样的小昆虫在湿润的草丛间频繁出没。在雨水的冲刷下，伐木机碾压过的车辙变成一条条泥泞的沟渠，林间空地里坐落着一幢幢有着红色房顶的小木屋，烟囱里升起袅袅炊烟，很快消散得无影无踪。

洛塔一家会定期前往布罗斯的教堂做礼拜。洛塔的妈妈从小受到宗教文化的熏陶，虔诚地信服牧师的布道，对炼狱怀有极度的恐惧，认为有罪之人必须祈求上帝的宽恕。洛塔的爸爸也会跟着家人参加礼拜，但他算不上忠实的信徒，确切说，洛塔并不清楚爸爸对教堂和宗教的看法。爸爸很少坦诚内心的想法，因此总给人一种难以靠近的印象。但有些时候，当她和爸爸肩并肩坐在一起，尽管彼此什么都不说，洛塔仍然能体会到心有灵犀的奇妙感觉。

洛塔八岁的时候，姑妈在怀孕期间患上重病。全家人每天都向上帝祈祷，但姑妈的病情越来越重。最后，姑妈和刚生下的婴儿双双殒命，洛塔开始对上帝感到失望和愤怒，并且拒绝接受任何布道。

洛塔在十三岁时接受坚信礼，但那并非出于信仰，只是她不愿成为同学中的异类而已。她能感到来自父母和朋友的巨大影响，因此能够预见到特立独行的艰难。一旦偏离大众眼中的正常轨道，势必将受到指摘和非议。洛塔没有强烈的信仰，因此也缺少偏执和狂热的冲动。她认为各执己见是件好事，每个人都有自己的道理所在，因此她对党派政治完全没有兴趣：所谓的执政党怎么能保证做出的决定一定英明和正确，从而一概否定其他政党的提议呢？

偶尔，洛塔会情不自禁地哼唱起孩提时代学会的一首歌谣。歌词大意是：在人类的虚荣欲望和琐碎庸碌之外，始终亮着一簇纯净明亮的火苗。

那簇火苗就在我心里，洛塔对自己说。但它不是上帝，而是另一种信念。

> 云朵来，云朵走，
> 大人有时冷冰冰。
> 天空黑，天空灰，
> 许愿星始终亮晶晶。

从少女时代起，洛塔就对东方文化产生了浓厚兴趣。她阅读了《奥义书》[①]、《吠陀本集》[②]，以及各种佛经。她认为，古老的印度典籍和《圣经》的教义有许多相似之处，但基督教的表达方式似乎更为极端，具有强烈的排他倾向，并不能给人宽容平和的感觉。洛塔不赞同基督教里强调人与人的差异。无论信仰如何，每个人都拥有相同的生命力，每个人的心脏都在有力地跳动。宇宙中所有一切都是息息相关的，谁都不应被单独割裂开来。

洛塔特别欣赏东方哲学所崇尚的轮回概念：一切逝去的生灵都会以再生的形式重新回到这个世界。前世、今世和来世互为因果，

---

① 《奥义书》(Upanishad)：印度最经典的古老哲学著作，用散文或韵文阐发印度教组古老的吠陀文献的思辨著作。

② 《吠陀本集》(Veda)：婆罗门教和现代印度教最重要和最根本的经典。"吠陀"意为知识、启示。《吠陀本集》包括《梨俱吠陀》《娑摩吠陀》《夜柔吠陀》和《阿闼婆吠陀》。

循环不息。正如佛经里所说：欲知前世因，今生受者是；预知来世果，今生作者是。

洛塔望着如画般的田园景色，陷入了沉思：大地孕育了我们的生命，走完人生旅程后，我们的肉身又将化为泥土和水，孕育出新的生命。生生不息，大概就是生命的奥义。

扑克很快成为村里贱民孩子的头领。他喜欢沿路收集石头：扁平的，光滑的，透亮的石头。他从厨房炉灶里拿来木炭，在石头上描绘日出、日落的场景以及森林山峦的自然风光。

扑克的绘画水平越发高超。一次，他带领一帮邻居孩子来到河边一块巨大岩石前，命令他们闭上眼睛，然后郑重宣布，自己将要借助神秘力量从森林中召唤出一只老虎，乖乖坐在大家面前的岩石上。孩子们将信将疑地闭上了眼睛。扑克立刻开始埋头工作起来，在岩石表面迅速画出一只栩栩如生的大老虎。睁开眼后，孩子们目瞪口呆：那只老虎仿佛正要跃出岩石表面，朝他们扑过来。不过大家并不像扑克以为的那样害怕，而是嘻嘻哈哈笑出声来。

好吧，扑克暗暗想，至少我的画画能逗大家开心嘛。

磨炼绘画技巧的同时，扑克也在不断拓展画作的内容和色彩。他不仅上学前画，放学后画，就连整个周末都在画画中度过。他用石头研磨出米色、灰色和黑色，从树叶和花朵的汁水中提炼出鲜艳的绿色、红色和黄色。他从河底捞出淤泥，捏制成盘子，晒干后在表面刷上一层蛋黄使其坚固耐用。他也会在纸上绘画，临摹的对象大多是树木、花朵和叶片。

方圆数百米范围内的每一块石头都被扑克变成了艺术品。家里的橱柜上层层叠叠陈列着他的杰作：淤泥捏成的彩绘盘子。

根据潘家族的传统，如果有人成功捕猎一头水鹿，在烹煮完毕后，必须邀请扑克的爷爷品尝第一口。每逢重要节日，村民们会主动送来象征幸运的虎皮或是羽毛。爷爷德高望重的地位同样影响到扑克，他理所当然地受到全村贱民孩子的推崇。扑克很为爷爷而自豪，甚至以模仿爷爷为荣。爷爷作为生日礼物赠予他的狩猎工具是他最为珍视的宝贝，他常常挎着弓箭，带领孩子们深入丛林探险。他照例赤裸着身体，只在腰部和手腕佩戴羽毛和贝壳的饰物。他们蹑手蹑脚地顺着小径前行，试图发现老虎或雄鹿的踪迹。任何一点轻微的响动都会引起紧张和骚动，而那响动往往来自于林间跳跃的松鼠或是枝头栖息的老鹰。

当贱民孩子聚在一起时，扑克总是假扮成部落首领，然后挑选出一名亲信充当军师的角色。在大家采摘完水果后，由军师负责向首领汇报情况，然后毕恭毕敬地递上"贡品"。游戏结束后，大家哄笑着跳进河里抓鱼，或是寻找挂在枝丫上的蜂巢偷食蜂蜜。

对付蜂巢一直是扑克的任务。他会顺着树干迅速攀爬到蜂巢附近，点燃手中的干草，试图将蜜蜂从蜂巢中熏出来。他的嘴里往往叼着一根结实的树枝，对于那些不肯出窝的蜜蜂，他干脆将树枝伸进蜂巢乱捅一气。扑克可算是个中高手，但也难免会遭到蜜蜂的反抗和攻击。扑克总是强忍蜇痛，直到顺利尝到蜂蜜才肯罢休。他一手抱住树干，一手拿着沾满蜂蜜的树枝往嘴边送。黏稠甜腻的蜂蜜顺着他的手腕滴落下去，小跟班们在树下依次排好，仰起脖子，张大嘴巴，等待着从半空坠下的惊喜。

森林里的游戏是扑克童年最美好的回忆，那些探险经历满足了他幼小的好奇和憧憬。森林处处充满着惊喜，而他所涉足的不过是冰山一角。未知的领域仍然神秘，或许终其一生，他也无法揭开这神秘的面纱。但扑克已经心满意足，那里的一小块土地上曾经留下他欢乐的足迹，剩下的部分则属于森林自己的秘密。

扑克的爸爸显然心情很好,他一边吹着口哨一边狂热地踩着自行车,沿着蜿蜒曲折的小路穿过玉米地和芒果林,绕过一幢幢棕色的黏土房子,在坑坑洼洼的路面上颠簸个不停。扑克也很开心,他笑容满面地坐在自行车后座上,望着爸爸的白色衬衫迎风招摇,仿佛扬起一面胜利的风帆。这是通往城市的道路,来自村落的熟悉感正渐渐远去,取而代之的是源自未知的新鲜感。但扑克完全没有紧张,只有兴奋和期待。

他终于要开始上学了。

阿特马利克小学的老师向斯瑞德哈保证,尽管距离开学已经过去了一个多月,扑克还是能顺利插班入学。之所以迟迟无法做出决定,是因为爸爸妈妈本身都有过被歧视对待的求学经历,他们担心同样的情形会发生在扑克身上。

学校建筑是一座由黏土砌成的长条形平房,切割成大小相同的若干教室。平房外是一块沙土质地的操场,操场周围竖起几排密密麻麻的竹竿划定出范围和界限,竹竿上爬满了繁茂的藤条植物,一眼望去像是一堵郁郁葱葱的绿墙。

扑克满心期待地向教室里张望。老师就站在讲台上,腆着圆滚滚的大肚皮,目光直直地向他投过来。

"瞧我这身材,和象头神差不多吧?"老师一边说,一边骄傲地拍拍自己的肚皮。

他回过头继续上课,用教鞭指着黑板上的一个个字母,台下的学生高声朗读起来。

好多小朋友啊，扑克暗暗惊叹，我一下子能认识这么多小伙伴。

老师停下手里的动作。示意扑克坐下来听课。但他指向的地方并非教室里的座位，而是教室外的门廊。

"你就坐那儿，"老师宣布，"帕拉迪纳·库马尔·马哈纳狄亚，那里就是你的位置。"

扑克盘起双腿，坐在门廊下的沙土地上，脑海里充满了问号。就我一个人坐在教室外面听课吗？他挠挠头，百思不得其解。但爸爸的反应格外平静，一切似乎在情理之中，莫非他清楚某些扑克所不知道的内幕？爸爸握了握他的手，和他道别，然后跨上倚靠在竹竿旁的自行车，头也不回地离开了学校。

扑克被孤零零地扔进一群陌生人之中。原先对学校的憧憬和向往已经消失，他开始感到忧虑和担心：他们会友好地对待自己吗？为什么老师的口气凶巴巴的，还不准他进教室和其他同学坐在一起？

没过多久，老师走出教室，来到门廊下帮助扑克练习拼写。他发给扑克一块木板，在上面铺了一层细细的沙，然后伸出食指示范如何在沙面上写出字母。扑克注意到，尽管他们靠得很近，老师始终刻意避免和自己发生肢体接触。这究竟是为什么？

从门廊下他坐的位置望过去，可以清楚地看见老师指着黑板上的奥里亚语字母，讲解拼写和发音规则。

他指向辅音字母"ma"，示范"毛"的读音，然后要求全班跟读五遍。

"毛，毛，毛，毛，毛。"扑克跟着大家大声朗读。

学习完辅音字母后，老师摇响一只黄铜铃铛，示意大家课间休息。同学们一窝蜂冲出教室，在操场上玩起了各种游戏。扑克站起身，迫不及待地想要参与进去，但没跑出多远就被老师喊了回来。

"你去哪儿？"

扑克被问住了。他还能去哪儿？当然是找同学一起玩啦！

老师似乎读出了他的心思，厉声喝止道：

"你不准和大家一起玩！"

扑克的心情顿时变得沮丧起来。上学的第一天，他就一个人坐在操场角落里，泪水在眼眶里直打转。第二天，他在平房后面找到一个偏僻的小池塘。之后的一整个星期，他完全没有心思听课，只是盼望着下课后能一个人坐在小池塘边静一静。他仍旧弄不清楚自己被孤立的原因。扑克望着水面上的倒影，试图找出自己身上有别于其他同学的特征：或许他的鼻梁太塌，肤色太深，头发太鬈？有时他觉得自己像头森林里的野兽，有时他又觉得，自己和其他同学没什么不同。

在学校挨过了难熬的一个星期，他终于鼓足勇气向妈妈提出心中的疑问。或许早在上学第一天，他就该坦诚自己的困扰：

"为什么我必须坐在教室外面听课？"

妈妈蹲在地上，往炉灶里添加晒干的玉米秸秆，将炉火生得旺旺的，准备动手摊烤恰巴提薄饼。听到这话，她转过头望着扑克。

"我为什么不能和其他同学一起玩？"扑克继续问道。

沉默许久后，妈妈终于开口说道：

"因为我们是土著。"

扑克更加疑惑了，土著？什么意思？

"很久很久以前，我们的祖辈就生活在丛林深处。要不是平原居民的到来，我们或许还住在那里，不必和他们组成同一个村落。"

妈妈将扑克抱坐在膝盖上。

"我们不能进入寺庙。你大概已经发现了，就连靠得近一点，僧侣们都会很生气。我们也不能从他们的井里打水，所以只好去河边或者水库边接水。我们没法反抗，只能认命。"

"为什么？"扑克不理解。

"因为我们是贱民，因为我们出生在下等种姓……确切说，我们根本没有种姓。"

在扑克灼热目光的注视下，妈妈有些不知所措。

"其实也没那么糟糕，你必须面对现实，正视现实……"

她擦了擦眼角的泪水。

"……要真诚地对待其他人，更要真诚地对待自己的内心。"

夜幕降临，扑克躺在草席上，翻来覆去难以入眠。黑暗中传来蝙蝠掠过的嗖嗖声和狗的吠叫，妈妈在厨房里将刷洗过的不锈钢碗堆叠在一起，发出叮叮当当的撞击声。这些本该是他最为熟悉的催眠曲，现在却成了嘈杂恼人的噪声。扑克心乱如麻：什么是种姓？身为贱民意味着什么？老师种种奇怪的言行举止大概可以得到解释，但这一切意义何在？况且，为什么大家那么在意，无时无刻地强调这些？

学校在操场的另一边开辟出一片菜地,扑克的班级就分到了一块。大家合力栽种了黄瓜、秋葵、茄子和番茄,等到作物成熟时,每个人还可以将果实采摘回家。扑克很兴奋,忙前忙后地浇水施肥,这一回,他并没有遭到阻止或反对。

收获那天,他拎着篮子出现在菜地时,发现班里其他同学都将采摘的蔬菜统一集中到一起。扑克这才意识到,自己的"不洁"会威胁到大家的食物,但这已经不再是他在意的问题,扑克满脑子都是带给妈妈的新鲜番茄。想到自己也能为家里的生计做出贡献,扑克激动地冲进菜地,一不留神被水管绊了一跤,正好撞到了其他同学的集体菜篮。堆在最上面的几只番茄骨碌碌滚了出来,扑克下意识地弯下腰,将番茄捡起来放了回去。

见到这一幕,老师勃然大怒,冲他嚷嚷起来:

"你知道自己在做什么吗?!你把所有蔬菜都弄脏了!"

扑克愣在原地,隐约意识到自己惹了大麻烦。老师大步走过来,一把拎起集体菜篮,将满满一篮番茄朝他兜头倒扣下来。番茄像雨点一样砸在他身上,滚落得到处都是。其他同学围成一圈,沉默地投来异样的目光。老师用嘲讽的口吻说,这下可好,他可以把所有蔬菜统统带回家,因为他"玷污了一切"。

扑克哭着蹲下身去,将番茄一只一只捡起来,放回自己的篮子。

看见扑克带回满满一篮蔬菜,妈妈的眼睛里溢满了惊喜。然而,当扑克讲述菜地里所发生的经过后,妈妈的神情黯淡下去。她担心扑克没法继续在学校待下去,更担心他们全家遭到老师和同学的驱逐。

"这可不好说，"她忧心忡忡地表示，"印度的瓦尔纳甚至会挨家挨户惩罚村里所有的贱民。"

第二天上学时，老师和同学的表现一如往常，扑克和家人也没有察觉到一丝一毫的异常反应。似乎从没发生过任何番茄事件。

然而扑克久久不能释怀：老师解释过，但凡他碰过的东西都会变脏。那假如他把全班都碰一遍呢？他们是不是会暴跳如雷？还是依然装出若无其事的样子？

他在心里盘算着，我一定得试试看。

第二天一早，全班同学在操场上列队站好，扑克的机会来了。他伸出胳膊，迅速地从队首跑到队尾，在每个人肚子上都拍了一下。然后绕到一旁，给老师和校长各来了一下。

老师猝不及防地愣在原地，看了看扑克，看了看校长，最后将目光转向其他同学。

"过来集合！"老师气急败坏地嚷嚷，"现在立刻去井边洗澡！"

接着他瞪了一眼扑克：

"扑克，你给我站在这儿。过会儿再收拾你。"

在学校里，如果有谁违反规定，老师会用藤条抽打他的脊背以示惩戒。但扑克从未受过这类体罚，老师担心藤条会受到污染，进而传染给其他学生。于是，老师想出了一个专门对付扑克的办法：他要求扑克闭上眼睛，一动不动地坐在门廊下，然后朝他身上投掷石子。石子尖锐的棱角刮擦过他的皮肤，留下一道道血痕和一块块淤青。

扑克在心里暗暗诅咒老师，同时又不免有些灰心丧气。正如妈妈告诉他的那样，这就是家以外的世界，这些是他必须遭受的经历，对此谁都无能为力。

时不时地，他也会感到愤怒，胸中燃起复仇的火焰，殷切期盼着神祇的公平。忧愁和苦闷无时无刻不纠缠着他，出现在放学后骑车回家的傍晚，出现在万籁俱寂的深夜，出现在晨曦初现的黎明。

这天早晨，在全班进行集体晨祷时，讲台后的老师靠着椅背陷入了昏睡。他发出越来越响的鼾声，一股浓重的酒气从他半张的嘴里喷薄而出。接下来的一幕令扑克终生难忘：一只飞上房梁的鸽子冷不丁拉了一泡屎，鸽子屎冲着讲台坠下来——不，确切说是直奔老师的椅子而来，在同学的目瞪口呆中，不偏不倚地掉进老师嘴里。老师跳起身，恼羞成怒地冲大家咆哮个不停，他坚持认为这是某个学生精心设计的恶作剧。

扑克则认为，这是鸽子读懂了自己的心思，伸张正义的方式。老师的厌恶和恶心让他油然而生一种报复的快感。

在督学前来视察的日子里，扑克的处境发生了翻天覆地的变化。督学的职责是监督学校是否遵守印度法律，彻底消除了种姓的偏见和歧视。督学身穿蓝色西装外衣，白色衬衫和熨烫挺括的白色西裤，脸上露出礼貌却坚定的微笑，透出不怒自威的架势。

督学的莅临使得老师和同学被迫改变了对扑克的待遇。

当天早晨，老师向大家宣布，扑克本就应该进入教室，和其他同学坐在一起上课。身为贱民所遭到的歧视仿佛只是一场噩梦。扑克得以融入集体生活，和大家肩并肩坐在地板上，课间休息时参与操场上的各种游戏。没有人刻意和他保持距离，扑克感到前所未有的喜悦和自由，他从没想过这是校方的权宜之计，只要蒙混过督学的视察，他的噩梦还得继续。

扑克有时会想，如果自己无知一些，迟钝一些，或许心情就不会那么糟糕和压抑。

当晚，扑克骄傲地告诉妈妈，自己当众回答正确督学的提问时，同学和老师的表情是多么的惊讶而钦佩。妈妈喜极而泣。每当妈妈因为自己的成就而动情时，扑克都会真切感觉到自身存在的重要价值，因此满心欢喜。许多年后回想起这一幕，扑克才意识到，妈妈的哭泣或许是出于对扑克的同情,她早已心知肚明,扑克暂时得到平等的待遇不过是校方做给督学看的一场戏。

扑克梦见督学再次出现在学校里,坐在老师斜后方的位置,用鹰一样锐利的眼光扫视教室。督学对大家一视同仁。扑克得以坐在同学中间,骄傲地举起手来,一次又一次回答老师提出的问题。醒来后,扑克仍然沉浸在梦境的温馨氛围之中,浑身洋溢着友爱的温暖。然而当目睹督学跨上自行车,返回阿特马利克的教育局时,他的心一点一点沉了下去。他被迫走出教室,回到门廊下属于自己的位置上。身为婆罗门的老师带领其他同学前往井边,用肥皂和清水仔细地清洁身体,仿佛在努力刷洗掉一整年的污秽。

扑克突然明白了一切。

放学回家后,他失望而沮丧地落下了眼泪。妈妈不停安慰着他。

"他们脏极了,是该好好洗一洗。一群臭烘烘,脏兮兮的人,哼!"

扑克终于止住哭泣,尽管他知道妈妈的话都是骗人的,但还是感到心里暖洋洋的。世界上再没有人会像妈妈一样保护自己了。

迫使老师和同学做出改变的不只是督学一个。三年级的时候,学校接待了一名贵宾的来访,他曾担任前英国殖民地官员,在印度独立后仍然留在奥里萨邦工作。官员身穿一袭深色西装,挽着一身花布连衣裙的太太,风度翩翩地步入教室。他们的脸像酸奶一样光滑洁白。班级里的婆罗门女孩走上前去,将鲜花编织的花环恭敬地套在贵宾的脖子上。这天,学校破例让扑克进入教室和大家坐在一起,齐声高歌向贵宾致敬,仿佛对待贱民的歧视从未存在过一样。

临别之际,官员的太太特意走到扑克面前,用手掌轻轻抚摸过他的脸颊,向他投来一个温柔的微笑:

"我和你一样没有种姓,所以我也是不可触碰的贱民。"她一边说,一边摘下花环,套在扑克的脖子上。

官员太太的话仿佛一股暖流温暖着扑克的内心。尽管清楚平等只是暂时的假象，扑克还是抑制不住感动，站在操场上冲官员夫妇的背影拼命挥手，直到他们消失在视野之中。

　　扑克想，英国人完全不在乎种姓歧视，或许在他们统治下的印度，贱民可以获得更好的生活。

　　目睹着官员太太白皙温柔的脸庞，扑克不由回忆起占星术士的预言：同他结婚的女子不在这个地区，不在这个邦，甚至不在这个国家之中。那也会是一个拥有酸奶般皮肤的女子吗？穿着花布连衣裙，一脸温柔可亲的笑容？

洛塔对东方的向往之情与日俱增。她在报纸上读到关于乔治·哈里森①的报道，哈里森前往印度拜见了精神上师，学习西塔琴的演奏技巧，回到伦敦后，还和印度寺庙里的信徒们合唱印度歌曲。在一篇对马哈瑞希②的采访中，这位被披头士奉为精神领袖的上师表示，他能从内心感知到这支英国流行乐队所具备的宇宙能量。

这天，她读到一则标题：《披头士乐队前往印度开启冥想之旅》。洛塔感觉印度文化无处不在，已经成为自己生活中无从躲避的一部分。

洛塔常常想起自己的爷爷。爷爷在她两岁时过世，生前总是遗憾于那些未能实现的旅行。他生平最大的愿望就是想亲眼看看这个世界。爷爷是一名纺织业主，认识不少来自孟买的手艺人和纺织商。爷爷迷恋鲁德亚德·吉卜林③、杰克·伦敦④和斯文·赫定⑤的著作，梦想着有朝一日能亲自踏上神秘的东方大陆。

洛塔翻出泛黄发旧的《伊登日报》，爷爷特意圈出了印度邮轮之

---

① 乔治·哈里森（George Harrison，1943—2001）：英国音乐人，歌手及作曲人，以披头士乐队主音吉他手的身份闻名。
② 马哈瑞希·马赫什·瑜伽（Maharishi Mahesh Yogi，1918—2008）：出生于印度贾巴尔普尔，因创造超凡冥想技术而成为世界性组织的领导者和上师，该组织以新兴宗教运动和非宗教运动的多元化方式为特征。马哈瑞希（意为"伟大的先知"）和瑜伽都是他所荣膺的称号。
③ 鲁德亚德·吉卜林（Rudyard Kipling，1865—1936）：英国作家及诗人。
④ 杰克·伦敦（Jack London，1876—1916）：美国20世纪著名现实主义作家。
⑤ 斯文·赫定（Sven Hedin，1865—1952）：瑞典地理学家、地形学家、探险家、摄影家、旅行作家，曾四次前往中亚进行探险考察。

旅的广告。但他从没有机会动身启程，而是试图将整个世界纳入家中。爷爷曾经在废料厂找到一只来自波斯的香炉。谁都不知道它经过如何辗转落入布罗斯的垃圾堆中，但这并不重要。爷爷将其视若珍宝，香炉承载了他所有的旅行幻想。

爷爷过世后，香炉作为遗物传承到洛塔手中。许多年后，洛塔在林中空地的木屋内设置了一个壁龛，专门供奉爷爷留下的香炉。我不会满足于幻想中的旅行，洛塔心想，我要实现爷爷的梦想。

洛塔一家住在一间三室一厅的公寓内，钱不多，日子过得紧紧巴巴。洛塔的爸爸妈妈早先继承了一家布店，后来生意越来越差，入不敷出，最后只好宣布破产。洛塔的爸爸于是改行在自家的森林里从事林业工作，妈妈去了舅舅的牙医诊所担任牙科护士。

虽说生活并不富裕，洛塔一家可是不折不扣的贵族。对于少女时期的洛塔而言，贵族头衔并不是荣耀的象征，反倒成为沉甸甸的负担。她的贵族姓氏冯·谢德温简直就是讽刺，洛塔情愿和普通人一样，有个朴朴素素的名字。

贵族头衔并不能带来特权，但别人往往不这么想。为此，洛塔没少感到苦恼。

洛塔家有一辆嘎吱作响的旧汽车，常常莫名其妙地出问题。爸爸妈妈一直考虑攒钱换辆新车，但洛塔和姐妹们想要一匹属于自己的马。换车还是买马于是成为家庭会议争论的焦点。在只能选择其中之一的前提下，妈妈拍板做了决定。

"培养孩子们的兴趣爱好比买一辆新车重要得多。"

说完，她转向洛塔和姐妹们：

"从今天开始，你们必须学会负起责任来。"

洛塔曾经在电影院看过一个画面：一个男孩骑着大象穿梭于印

度的丛林之中。洛塔渴望拥有这样一位朋友，她很快结交了来自世界各地的笔友：内罗毕、日本、奥地利和旧金山。

内罗毕的笔友曾经寄给她一只大象毛编织成的手环。洛塔格外骄傲，第二天就戴着手环去了学校。

印度的第一位总理名叫贾瓦哈拉尔·尼赫鲁[①]。他崇尚现代化和工业化，注重城市发展和铁路建设。在关于印度未来走向的演讲中，尼赫鲁表示，现代化的工业生产必将取代传统畜牧业和手工业。尼赫鲁的理念影响了许多印度人，扑克的爸爸就是他的崇拜者之一，扑克学校的新校长也是一名坚定不移的支持者。

　　上任后第一天，校长将全校师生召集在操场上，兴致勃勃地介绍他在城里见到的工业机器和现代化新鲜事物。他首先描述了电话机的使用，接着讲到了火车。

　　"所谓火车，"他用夸张的语调说，"是一个很长很长的东西。它让我想到了蛇，一条巨大的蛇，从我站的位置一直延伸到远处的山脚下。"

　　校长指向几百米外绿草掩映的山坡，接着说：

　　"它移动起来也很像一条蛇，弯弯曲曲的，在大地间蜿蜒前进。我曾经在火车上度过三天两晚。一共好几百人呢，大家都吃住在火车上。"

　　扑克聚精会神地听着，在脑海中勾勒出火车的样子：一条巨大的人造蛇，好几百人像骑着大象那样跨坐在上面，跟着火车在沙地里穿梭。

　　"有问题吗？"介绍完毕后，校长向大家发问。

[①] 贾瓦哈拉尔·尼赫鲁（Jawaharlal Nehru，1889—1964）：印度独立后的首位总理，不结盟运动的创始人。

扑克把手举得高高的。

"火车会像眼镜蛇那样跳起来吗?"

扑克联想到婴儿时期的经历,眼镜蛇撑开颈盾为襁褓中的自己遮风避雨;他又想起五岁时自己被眼镜蛇咬伤,一气之下抓住蛇的身体反咬回去,直到鲜血四溅,蛇头耷拉下来才肯作罢。他的眼前仿佛出现一条膨胀成千百倍大的眼镜蛇,骄傲地高昂起头颅,在阳光下发出耀眼的光芒。

校长干涩地笑了几声,不自然地抽了抽鼻子。

"火车都是用铁做的,很重很重,当然跳不起来。"

都是用铁做的?那肯定死沉死沉的。扑克若有所思,难怪它没法从地上抬起头来。但很快他又产生了新问题:

"它能绕到我们村里来吗?"

校长的耐心已经被磨光了,他不耐烦地敷衍道:

"当然不行。火车只能在铁路上走,铁路!我们村可没有铁路。"

太神奇了,扑克在心中默默感慨。实打实的铁做成的路!造这么一条路得用多少铁啊!爷爷弓箭箭头上那点铁肯定不够,不过爷爷有的是箭,要是把所有箭头都攒起来熔成一锅,说不定还够修一段……扑克在心里仔细计算着,顶多也就能铺一米长的铁路吧。校长说他在火车上度过了三天两晚,那得是多长的一条铁路啊!扑克的脑袋一阵阵发胀,他拼命摇了摇头,试图暂时摆脱混乱思绪的困扰。

结束了五年制的小学学业后,扑克进入初中开始第六年的学习。扑克的初中是一所寄宿学校,这意味着,他要像爸爸和哥哥们那样,每周日才能回家看望妈妈。

学校教室、宿舍和走廊的天花板坠下一条条细线,吊着他从没见过的新玩意儿。乍一看像是圆溜溜的玻璃球,每一只都会发出强烈得几乎刺眼的亮光。扑克在心里琢磨着,这里面肯定灌满了油。

他在灯下走来走去，从各个角度寻找着装油的容器。

星期天刚一回到家，他就迫不及待地问爸爸："城里人是怎么把油灌进灯里去的？"

爸爸安慰儿子说，他不必一下子搞清楚所有事情，可以一点一点适应起来。

"但是你应该开始习惯有电灯的生活。"爸爸说，"我们的总理已经承诺，很快就要在我们村引进电灯了。"

从进入新学校的第一天起，老师和同学就已经知道了扑克的贱民身份。扑克的口袋里始终放着由当地政府颁发的种姓证明。对于所有贱民，部落原住民及低等种姓人群，政府有义务在各方面预留出专门的配额。

"种姓证明。第四十四号。兹证明杰格德·阿南达·帕拉迪纳·库马尔·马哈纳狄亚，斯瑞德哈·马哈纳狄亚之子，所属种姓享有政府配额。居住地：丹卡那尔县，阿特马利克镇，孔德普达村。亚种姓：潘。"

文件上白字黑字地表明了他的贱民身份。持有这份证明，扑克不仅能够以低廉的价格购买到火车票，在中学毕业后甚至能够通过特别的渠道申请进入大学。但这证明同时也是瘟疫的象征，它强调了扑克作为弱势群体的地位，昭示出他必须在夹缝中生存的事实。

扑克的新老师同样是种姓制度的拥护者，因此处处要求扑克以贱民身份规范自己的言行举止。只要有其他人在，扑克就不能进入厨房或食堂，只能坐在走廊地板上眼巴巴等着。食堂师傅端出菜盆，用餐勺舀起米饭、蔬菜咖喱和扁豆酱，从半米高的地方倒进扑克手中的饭碗，避免与他发生任何可能的接触。

扑克总是最后一个吃上饭的。有些时候菜都分完了，留给他的就只剩下米饭。对于扑克的抗议，食堂师傅总是无可奈何地叹气。

"这是我们的先人制定的规矩，你必须理解和遵守。"

扑克以前就听过这种说法。他知道制定规矩的先人要么是婆罗门，要么是受婆罗门思想灌输的人。是这些人将贱民视为不可触碰的群体，错误是他们造成的，扑克试图这样安慰自己，但胸中仍然涌起一阵阵愤怒。

学校雇用了一名朱比-瓦拉①，专门负责清洗寄宿学生的衣物——扑克的除外。意识到这一点后，扑克不由怒火中烧，但他不敢明目张胆地表示出不满，只好偷偷溜到河边，使出小时候的伎俩——掏出弹弓，用石子将朱比-瓦拉舀水的陶壶打得粉碎。朱比-瓦拉瞥见扑克的身影迅速消失在树丛后面，一回到学校就设法联系上扑克的爸爸狠狠告了一状。他在信里这样写道：

"你儿子必须理解和尊重我们的传统和规定。如果每个人都突发奇想，为所欲为，这个学校还像样吗？"

斯瑞德哈在回信中说，扑克一定很清楚传统和规定，这一点毋庸置疑。然而，"这样的做法有失公允，特别是对于印度这样一个崇尚现代化、有志于同西方竞争的国家而言，恪守所谓的传统和规定简直就是耻辱。"

难道朱比-瓦拉从没听过尼赫鲁总理的演讲吗？难道他不知道，新德里的政治家正在努力构建一个消除种姓歧视的新印度吗？难道他没有读过尼赫鲁的宣言吗？宣言中倡导人民拥有自由意志，不被旧制度所束缚。尼赫鲁曾这样说过："生活就像是玩扑克，发到手里的牌没法更改，但你可以决定怎么尽力打好。"

收到斯瑞德哈的回信后，朱比-瓦拉主动找到扑克。当时扑克正坐在食堂外的走廊里，孤零零地吃着晚饭。朱比-瓦拉凑近过去，悄声说道：

"晚上带着你的脏衣服过来找我，当心别给人看见。我会帮你洗干净，趁明晚大家睡觉的时候还给你。"

---

① 朱比-瓦拉（Dhobi-Wallah）："洗衣工"的印地语音译。其中朱比是分布于印度、巴基斯坦和尼泊尔的贱民种姓，以从事洗衣业为传统。

扑克欣慰地想：至少对方做出了妥协和让步，这也是一种胜利。

扑克常常有这样的想法：印度真是一个充满矛盾的社会。一个有力的例证就是种姓制度对爷爷的影响。做事方面，爷爷勤恳踏实，受人尊重，但对于他吃过的食物，喝过的水，婆罗门仍然像躲避瘟疫一样避之不及，并且强烈拒绝爷爷进入寺庙的要求。

数百年以来，潘家族一直依靠从事纺织业维持生计。爷爷第一个打破传统，在阿特马利克镇上谋得一份文员工作。尽管在婆罗门眼里肮脏而卑贱，爷爷的价值却在英国人那里得到充分的肯定和体现。他被选为村里的尊者，在村民发生冲突纠纷时有权作为仲裁人介入解决。由于英国人不信任婆罗门，爷爷理所当然成为英国殖民官在本地的代理人。

"婆罗门在饮食方面的禁忌实在太多，行为规范的准则也稀奇古怪。对于阿特马利克的英国人来说，他们永远弄不清楚怎么做是尊重，怎么做算冒犯。这点估计只有婆罗门自己知道。"

怀疑往往是相互的。正统的婆罗门同样对英国人深恶痛绝，将他们称为"吃牛肉的野蛮人"。

扑克感到不可思议，英国人不屑于婆罗门的势力，而是推举爷爷成为村里的尊者，这是一个极具分量的头衔。由于村落内没有警察局或民事登记处，尊者必须定期向殖民政府汇报人口的出生、死亡及犯罪情况。尊者同样掌握惩罚的权力。一旦有人违反法律，爷爷会按照英国人的指令对犯事之人施以鞭刑。

爷爷从不掩饰自己对英国人的喜爱之情。

"英国人信守承诺，他们都是好人。和婆罗门不同，他们会主动和我们握手，发生肢体接触也不介意。"

爷爷顿了顿，继而郑重其事地说：

"离婆罗门越远越好。否则你会惹上大麻烦。"

丹卡那尔县中学坐落于一片荒野之上。偶尔造访的马戏团于是成为全县关注的焦点。马戏团支起帐篷,安顿好大象,搭建起粗制滥造的游乐园。第一天晚上,摩天轮和旋转木马外就排起了长长的队伍。旋转木马完全由人力驱动,几个精壮的小伙子拼命蹬着改装过的自行车,催动圆形台面一圈一圈缓慢旋转,发出吱吱呀呀的摩擦声。尽管这场狂欢的盛宴不免简陋寒酸,扑克还是深深沉迷于那些不知疲倦的机械装置之中。他鬼使神差地走进马戏团帐篷,好奇地打量着各式各样的大篷车,伸出手拍了拍马匹和大象的身体。然后向杂耍艺人和驯狮员做起自我介绍。

打从一开始,扑克就强调了自己的贱民身份。选择权完全在于对方,要是怕受到污染,他们可以与他保持距离,或者干脆赶他出去。

听完他的担心,一名驯狮员哈哈大笑:

"我们才不在乎这个呢!"

一旁的杂耍艺人解释说:"我们是穆斯林——你听说过穆斯林吗?我们自己觉得自己就是贱民。"

扑克没听明白这话的意思。他不知道印度穆斯林的处境和贱民一样艰难。实际上,穆斯林并不受种姓制度所约束。曾有一段时间,低等种姓的印度教徒试图通过皈依伊斯兰教摆脱自己的贱民身份,然而收效甚微。歧视和排挤仍然如影随形。

扑克重重叹了口气:种姓制度就像一场无法治愈的疫病,在印度大地上无休无止地蔓延。

每天放学之后,扑克都会在马戏团逗留一会儿。他终于找到一个接纳他、善待他的地方。马戏团成员友善亲切,充满好奇心,丝毫没有偏见和歧视。他们会耐心回答他的问题,也会认真倾听他天马行空的讲述。这令扑克受宠若惊。后来,马戏团甚至主动向扑克抛来橄榄枝,愿意给他一份差事。扑克寻思:要不试试看?反正自己在学校受够了折磨,到处被人瞧不起,再说他对未来也没有一个确切打算，还不如先爽快地应承下来。

扑克感到无比荣幸。生平第一次，他以贱民的身份得到他人的认可。

接下来的两个星期内，扑克忙得不亦乐乎：为牲畜运送粮草，搭建和维护帐篷，绘制马戏团的宣传海报。

这天，马戏团经理突然提议："我们巡演期间，由你来扮演小丑吧！"

扑克心想，反正快到暑假了，何乐而不为呢？

扑克于是套上一件条纹图案的长衫，贴上一只红色的塑料鼻子，认真学习了小丑的几个经典招式。还真像那么回事。观众被他逗得哈哈大笑。

马戏团成员对扑克的表现赞赏有加。马戏团正在筹划一个前往印度东部的大型巡演活动，当经理询问扑克是否愿意随团同行时，扑克却犹豫了。他隐约有种感觉，这不是自己应该走的道路。小丑的工作固然是一种肯定，但是扮演小丑的意义究竟是什么？通过滑稽可笑的举动掩饰原来的身份，取悦那些本该对自己避之不及的观众？他有工作，有收入，和马戏团成员也很合得来，但观众席中高等种姓印度教徒们发出的阵阵哄笑听来是那么刺耳，扑克感到深深的悲哀。

切蒂帕达①高中的入学考试简直是场彻头彻尾的灾难。面对老师的提问，扑克一无所知，哑口无言。数学和物理科目更是要命，他连问题都没听懂。

扑克感到深深的自卑：我天生就是贱民，遭到别人欺负不说，什么知识都学不会。

如果不能通过入学考试，他就没有光明前途可言，只能去有钱人家里打扫厕所，或是充当纺织工或烧砖工。这些体力活都是专为他这种教育程度低下的印度贱民所准备的。扑克心灰意冷地走到河边，渴望着被激流带去一个全新的世界，得到彻底的重生。他义无反顾地跳了进去，一切痛苦和折磨即将画上句点，他的人生将重新开始。

就在没入水下的那一瞬间，他突然想起妈妈。妈妈该有多么伤心？！他突然萌生出求生的愿望，用尽全身力气阻挡激流的侵袭。

扑克好不容易浮出水面，游回岸边爬上陆地。然而沮丧和失落又一次击垮了他，他纵身跳回河里。这一回，还没等触到水底他就莫名其妙地被冲了回来。他咬咬牙，一个猛子扎了进去，紧紧抱住陷进河床的一块圆石头，感觉自己正站在通往另一个世界的大门前。

一切再也没有挽回的余地。

就在这时，河底的石头突然发生松动，扑克手一滑，又一次浮了上来。

他浑身透湿，垂头丧气地挪回学校，躺在宿舍地板上望着天花

---

① 切蒂帕达（Chhendipada）：印度奥里萨邦阿努古尔县的一个议会选区。

板出神。

扑克将这段时间发生的事情仔仔细细梳理了一遍。老师，同学，食堂师傅和洗衣工都认定，每个人在社会中的角色是从出生那一刻就决定了的，他痛恨这种说法。但同时，他相信自己所做的一切都是有意义的。世界上没有无谓的努力，就连失败也是一种经验。被排挤的感觉，自杀的尝试，松动的石头……这一切都暗含了某种征兆。他猛然想起占星术士写在棕榈叶上的预言，想起预言中所描述的自己未来的妻子。他在脑海中幻想着她的模样：黑暗中浮现出一名金发碧眼的女子，面容姣好，笑容温柔。他从心底涌起一股暖流，感觉一道灿烂的光芒包裹住自己的身体。他相信那道光芒就是妈妈。恍惚间，妈妈正坐在地板上，拥住他的身体，用温柔而坚定的口吻给他安慰：

"你所做的一切都没有错。愚蠢的是他们。总有一天，你会遇见预言中那个女孩。"

当生活陷入黑暗和绝望的时候，正是妈妈的光芒挽救了他，阻止他滑向未知的深渊。

谢谢你陪着我，妈妈。扑克在喃喃自语中坠入梦乡。

初中毕业前一年，所有男孩都要接受义务性的军事训练。印度刚刚经历过两场战争，战场辗转于潮湿的丛林、炎热的沙漠和寒冷的冰川之间，条件极其艰苦。所有人都相信新一轮战争即将打响，只是时间早晚的问题。因此，印度所有在校的男孩必须时刻做好斗争的准备。

九年级升入十年级①的暑假，正值全国青年团②在巴尔普组织大

---

① 印度学制分为学前教育、初等教育、中等教育及高等教育。学前教育包括幼儿园低班和幼儿园高班；初等教育，即小学教育，面向六至十一岁儿童，编制为一年级到五年级；中等教育分为初中和高中两阶段，初中学生年龄在十一岁至十五岁，编制为六年级到十年级，高中学生年龄在十六岁到十七岁，编制为十一年级到十二年级；高等教育包括技术学院、高等学院和大学。
② 全国青年团（National Cadet Corps）：印度国防部主持下成立的由学生自愿参加的准军事组织，于1948年4月16日成立于新德里。

规模青年营活动，奥里萨邦数千名青少年应召聚集于此，进行军事操练和实弹射击。他们住在婆罗门河①两岸临时搭建的帐篷内，从头顶的芒果树上，不断有成熟的果实落在帐篷周围的沙地里。军训单调而枯燥，但扑克着迷于飒爽的军装制服，配有黄铜徽章的军帽以及刚劲有力的皮靴，它们象征着权力和威严，令扑克肃然起敬。

  这天，当其他男生列队前往一公里外的河岸边进行野地训练时，扑克和另外两名学员奉命看守营地。整个下午，墨色的云朵密密匝匝地堆积在树丛之上，沉甸甸得像能挤出水来。突如其来的呼啸声中，玉米粒大的冰雹伴着雨点劈劈啪啪地砸落下来，台风的力度越来越强，势头越来越猛，不到十分钟，所有的帐篷都被砸得趴伏在地上。阴沉的天空中不时划过几道雪白的闪电，扑克跌跌撞撞地躲进不久前刚挖好的壕沟内，这才发现壕沟内的另一名同伴已经被台风掀翻在地。这时，一根被风折断的粗壮树枝朝着他们飞过来，像根巨大的牙签插进同伴的胸口。扑克被刮倒在地，腿上一阵钻心的疼。他努力睁开眼，汩汩涌出的鲜血在壕沟内汇成一摊血泊，将他的衣服染成一片红色。

  但那不是他的，而是同伴流出的血。

  扑克失去了知觉，等他醒来时，距离台风的袭击已经过去十几个小时。他躺在丹卡那尔县医院内一张硬邦邦的担架上，头顶的灯泡发出明晃晃的白光。他的一条腿骨折了，然而同伴的身体早已成为血肉模糊的一团，不治身亡。

  暑假后，扑克迎来了新一轮的入学考试。在大家都以为升学无望时，事情突然发生了转机。或许是死里逃生的经历刺激了扑克的学习热情，他突然开窍了。

---

① 婆罗门河（Brahmani River）：印度奥里萨邦东北部河流，由森克尔与南科埃尔河汇合而成，从比哈尔邦南部向东南汇入默哈讷迪河北支，在帕尔迈拉斯角注入孟加拉湾，全长约 480 公里。

凭着突击复习的成果，扑克勉强通过了入学考试。他终于不再是个一无是处的人了。

爸爸的梦想是将扑克培养成为一名工程师。他不仅希望儿子拥有一个光明的前途，更希望印度成为一个摆脱迷信的现代国家。而工程师正是现代化建设的栋梁。先进的知识是对抗保守和传统的有力武器。爸爸从扑克身上看见了契机，一旦成为工程师，扑克就能帮助印度走向现代化，实现理性和公平，从而彻底消除种姓歧视。

爸爸敦促扑克申请自然科学学院，扑克依言照做，在新学校开始了秋季学期的课程。但他很快厌倦了书本上的知识，将一整个学期都耗费在创作老师的漫画像上。

一天，数学老师发现了他的画。

"贱民就是没有大脑！"老师咆哮着，将他赶出课堂。

扑克丝毫不觉得难过。他非常清楚自己想要什么。数学、物理和化学完全不是他的强项。国家栋梁可以由其他人充当，反正他讨厌自然科学。

第二天，将他赶出课堂的那位数学老师主动找到他，给他提出一条很好的建议。

"帕拉迪纳·库马尔，你这么下去可不行！"

"那我该怎么办？"

"去美术学校读书！"

扑克听从了老师的建议，终止了爸爸的工程师计划，兜里揣着五十五卢比从自然科学学院退了学。起初，他完全不清楚下一步该如何打算，但后来，扑克突然想到毕马·布依[①]设在卡里亚帕利的灵修中心，离家只有几小时的车程。那里的僧侣专注于冥想和诵经，感召迷路的灵魂皈依。灵修中心的僧侣坦然接纳了扑克，分给他睡

---

① 毕马·布依（Bhima Bhoi，1850—1895）：印度孔德部落的圣人、诗人和哲学家。

觉的草席和餐饭，邀请他参加殿堂内的修习。僧侣们席地而坐，只用树皮遮住隐私部位，屏息凝神进入冥想。扑克身处其中，不由对这庄重盛事的创立者毕马·布依肃然起敬。僧侣们告诉他，毕马·布依的童年并不幸福，他自幼丧父，母亲后来改嫁。但他从小就痛恨种姓制度、阶级歧视，尤其是那些道貌岸然的婆罗门。他宣扬佛教理念，创立了崇尚平等的新教派，并且迅速吸引了众多信徒。

僧侣们哼唱起上师的歌谣，反复诵读他的诗篇，诗中描绘出一个美好的梦境：人们生活在一个平等的社会之中，没有高低贵贱之分，摒弃掉所有的钩心斗角、尔虞我诈。扑克为找到知音而感到安慰，他不再是孤单一人。这里的僧侣对婆罗门同样怀有反感，对腐朽的种姓制度深恶痛绝。然而，他不可能将余下的生命都致力于冥想，他还没有体验过人生，不想早早皈依。他会像预言的那样结婚成家，他还想看看阿特马利克之外的世界。

扑克离开灵修中心，继续上路。他偷偷攀上一列北行驶向西孟加拉邦的火车。他坐在拥挤的车厢内，听着车轮驶过铁轨发出的嘎吱声响，想起校长曾经对火车的描述：一条钢铁做成的巨蛇。他还记得当时浮现在自己脑海里的构想：数以百计的人们跨坐在火车身上，在纯铁铸成的道路上蜿蜒前进。扑克不由哑然失笑：自己可真是笨到家了！

扑克的下一个目的地是位于桑蒂尼盖登的艺术学校[①]。他在课本上读到过，这所学校是由印度的伟大诗人拉宾德拉纳特·泰戈尔创建的。他在学校的宿舍安顿下来，一晚上只需要一卢比的房费，这他还支付得起，但上课的梦想显然遥不可及：学费太过高昂，完全超出了他的

---

① 该艺术学校印地语为"Kala Bhavana"，成立于1919年，以视觉艺术见长，现为印度加尔各答的维斯瓦·巴蒂拉大学的艺术学院。

承受范围,写信给爸爸讨要更多的钱也不现实。一筹莫展之下,扑克意外得到了一个消息:奥里萨邦的卡利克提就设有一所美术学校,专门招收家境贫寒的学生。

扑克重新燃起希望,他攀上一列南下的火车,辗转来到位于卡利克提的美术学校,学校依山傍水,旁边就是吉尔卡湖①。校舍由原来的殖民者旧居改造而成,铺有大理石地板,四周竖着铸铁围栏。

由于免收学费,报考的学生纷至沓来,竞争异常激烈。扑克必须和其他数百名考生一起争抢剩下的三十三个名额。入学考试旨在检验考生们使用毛刷、炭块和画笔的技巧。所有考生在操场上围坐成一圈,在规定时间内完成对静物的临摹:一口锅、一串葡萄和三只芒果。

扑克偷偷瞥了一眼其他人的画作,感觉自己胜券在握。招生老师在浏览过他们的作品后进行逐一淘汰,然后宣读录取学生的名单。

扑克赫然在列。

录取名次的先后完全按照考试成绩的优劣排序。

扑克是第八名。

在卡利克提的美术学校,扑克从没和任何人透露过自己的贱民身份。好在也没有人问。老师和学生来自全国各地,彼此相处融洽,仿佛世界上从来不存在种姓和等级这回事。扑克恍惚置身于另一个印度,这种和睦平等的感觉让他回忆起在马戏团的时光,他想念那些四处为家、亲切友好的印度穆斯林。

另一种生活向他热情地敞开怀抱。

在卡利克提美术学校度过的一年中,扑克取得显著的进步。老师十分欣赏他的绘画天赋,鼓励他在来年春天申请新德里艺术学院的奖学金。扑克按照要求邮寄出申请材料。当夏季季风挟裹着雷雨

---

① 吉尔卡湖(Chilika Lake):印度东海岸奥里萨邦境内的潟湖,是印度最大、世界第二大潟湖。

和闪电登陆印度大陆时,装有回执的棕色信封悄然抵达阿特马利克邮政局。爸爸小心翼翼地将回信带回家,交给妈妈拆开。

在电话里,扑克听见妈妈颤抖的声音:

"你得到奖学金了!"

扑克兴奋得有些眩晕。

"你就要去首都读书了!"妈妈激动得泣不成声。

爸爸也已经放弃了工程师的理想,由衷地向儿子表示祝贺。

扑克动身前往新德里之前,妈妈斋戒了整整三天。她的心情矛盾极了,一方面为即将远行的儿子牵肠挂肚,一方面又感到无比自豪。她以胜利的口吻向邻居们夸耀:

"我的儿子要出远门啦,坐汽车,坐火车,坐上一只银色大鸟飞上天。那可是个大城市,越过丛林,越过大山,远到我们谁都看不见!"

/ 转变 /

夏末时节，空气中弥漫着水果发酵的气味，季风降雨已经开始。扑克即将启程前往新德里。他双膝跪地，用指尖轻轻触碰妈妈的双脚。妈妈一直在低声啜泣，扑克强忍住泪水，站起身，紧紧地拥抱住妈妈，然后跳上牛车催促车夫出发。拉车的牛晃了晃脑袋，驱赶掉周围嗡嗡作响的苍蝇，顺着石子路缓慢而有力地向前行进，带动身后的拖车发出吱呀的响动。扑克回想起占星术士的预言："同他结婚的女子并非部落中人，她不在这个村落，不在这个地区，不在这个邦，甚至不在这个国家之中。"

扑克所乘坐的火车于次日一早抵达布巴内什瓦尔，这是奥里萨邦的首府。扑克顿时感到一种繁荣而紧张的氛围。笔直宽阔的林荫大道上，每个十字路口都站着一身白色制服的交通警察。路边不时掠过一辆辆印度斯坦大使牌轿车①，车后座上的男子大多身穿白色棉布衬衫，神情严肃。精心修剪的绿地中，矗立着一座座砂岩结构的古老庄严的寺庙。集市刚刚开始，货摊上堆满了琳琅满目的商品，一切应有尽有。餐厅里不时飘散出一股股甜腻浓郁的香气。叮当作响的自行车和嘟嘟车②在大街小巷穿行而过，其间还有几头牛悠闲地踱着步子。到了夜晚，柔和的灯光勾勒出寺院的轮廓，各种商店和高楼大厦灯火辉煌，共同构成一个生机勃勃的世界。扑克不由浮想

---

① 印度斯坦大使牌轿车（Hindustan Ambassador）：由印度斯坦汽车公司于1958年至2014年间推出的车型；是印度最著名，生产历史最久的汽车。

② 嘟嘟车（Auto rickshaw）：由"uk-tuk"音译而来，是在南亚和东南亚、中南美洲非常普遍的一种公共交通工具，大部分作为出租车使用，是人力三轮车的机动化形式。

联翩：新德里该是怎样璀璨的景象？

扑克刚满二十二——要么是二十一，也有可能是二十……他自己也不知道。妈妈不识字，显然说不清楚。扑克家里没有庆祝生日的习惯，当时的印度也没有身份证号这回事。学校墙壁上挂着一九七一年的日历，火车站月台的摊位上，日报头版刊登出的日期也是一九七一年。那么今年就是一九七一年。

尽管在家乡的时日并不算久，扑克已经体验过人情冷暖：从无忧无虑的童年进入备受冷落的少年，巨大的心理落差让扑克深感孤独。现在，他重新体会到自由的滋味。房屋、街道、公园、寺庙、商店、车辆……这一切的一切都仿佛一场进入美丽新世界的梦境。

根据列车时刻表，从布巴内什瓦尔开出的乌特卡特快列车经过两天半就可以抵达新德里中央车站。然而当火车吭哧吭哧驶入首都时，已经比预计时间晚了八个多小时。扑克询问睡在下铺的男人发生了什么事，对方耸耸肩，一脸满不在乎的表情：

"管他发生了什么呢？我们应该庆幸总算顺利到了，好歹没出什么岔子。再说了，就算真发生了什么，你又能怎么办呢？"

说的没错。他应该憧憬美好的未来，而不是纠结于痛苦的过去。毕竟他已经离开了压迫他、欺凌他的村落，投入伟大首都的怀抱。他的梦想，他的目标，在这里都有实现的可能。

他搬进公立宿舍楼位于五层的一个房间，在香甜的睡梦中度过了第一晚。次日清晨，他站在房间外的走廊里，揉了揉惺忪的睡眼望向窗外，突然油然而生一阵恐惧。他在勇气和期待中沉睡过去，却在胆怯和退缩中清醒过来。他能感觉心脏在胸腔内剧烈跳动，那是对未知的抵触和对归属感的渴望：他恨不得立刻回到奥里萨邦，回到家里，回到属于自己的草席上。

从窗口眺望出去，新德里的街景一览无遗——铺着深色沥青路面的宽阔街道上汇聚了各种车辆：白色和米色的老爷车，车身布满刮痕和凹陷的公交车，刷成五颜六色的卡车，黑黄相间的电动嘟嘟车，成群结队的摩托车；街边矗立着各种材质的建筑：混凝土的房子，钢铁质地的脚手架，玻璃覆盖的大厦……在九月的艳阳下熠熠闪光。

扑克陷入了沉思：有一天，我也会在这里找到家的感觉吗？

他怀疑自己根本不敢走出宿舍。他习惯于使用母语奥里亚语，可害怕别人听不懂他说的话。在学校他也学习过英语，但并不是所有人都会说英语。在印度首都，大多数人都说印地语，他在初中时接触过一些，但仍然感觉十分生疏。"麦奥里萨西厚。"（我来自奥里萨邦。）"麦提克厚。"（我很好。）他所记得的印地语要么是极其正式的对话，要么是非常幼稚的表达。他用手指在地图上丈量出学生宿舍到艺术学院的距离——真远啊！他甚至搞不清楚应该乘哪一路公交车。要是坐反了方向可怎么办？他还能找到回去的路吗？万一被抢，被骗也说不准。他打扮得这么落伍，整个人看起来畏头畏尾的，肯定被城里人笑话。

开学第一个星期，为了避免坐错路线，扑克都是走路去学校的。这天，他终于鼓足勇气决定尝试乘车上学，但是刚走到汽车站，他就已经打起了退堂鼓。德里运输公司的公交车一辆接一辆驶向车站，每一辆都破旧不堪，嘎吱作响；车身两侧的铁皮凹凸不平，排气管里冒出呛人的黑烟，车门处挤满了乘客，有些大半个身子都悬在外面。和奥里萨邦不同，新德里的公交车过站时从来不停，只是象征性地放缓速度，便于乘客跳上跳下。

扑克好容易攀上一辆公交车，努力挤到车厢中间。他在散发着汗臭味的人群中不知晃晃悠悠了多久，才发现窗外的高楼大厦已经消失，取而代之的是一座座低矮的黏土平房，不远处还出现了农田和森林。

扑克猛然意识到，这辆车不是开往学校的。他担心的事情终于发生了：他坐错了方向。

扑克在下一站跳下车，走到路对面，伸出手朝上竖起大拇指，希望能搭上进城的便车。

第二天,他照常步行上学。他已经慢慢习惯了新德里宽阔的林荫大道,对道路两旁钢筋混凝土的建筑也渐渐熟悉起来。原本陌生和可怕的一切开始变得亲切,扑克感到一阵轻松。这里充满了自由的气息。他不再是贱民的孩子,与他身份有关的一切都已经不再重要:来自低等种姓潘家族的父亲斯瑞德哈·马哈纳狄亚,阿特马利克邮政局的职员;来自库提亚-孔德部落的母亲卡拉巴提·马哈纳狄亚,拥有深色皮肤的部落原住民;还有爷爷奶奶,外公外婆……这里没人提起阿特马利克,大家甚至不知道它的地理位置。至于潘和库提亚-孔德究竟意味着什么,在种姓制度中处于何种地位,这些信息更是无关紧要。至少到目前为止,还没有人问过他关于种姓的问题。

新德里艺术学院的老师都属于现代派和激进派,坚决反对种姓制度造成的社会歧视。和在卡利克提的美术学校时一样,扑克可以和其他同学一起坐在教室里听课。事实上,高等种姓、低等种姓和没有种姓的学生根本没有区别。许多老师都公开表示过,种姓制度是应该取缔的恶势力。他们以高亢自豪的语调向全班同学发出振奋人心的疾呼,似乎有信心将印度的年轻一代从守旧和封建中解放出来。扑克甚至可以和其他人一起吃饭,这对他而言简直是革命性的转变。大家在同一个教室里上课,在同一个食堂里吃饭,在同一张桌子上学习。没有人唯恐对他避之不及,也没有人抗拒和他的肢体接触。每天晚上,扑克迈着轻松的步伐走回宿舍时,都会对这座城市充满感激:新德里就是我的未来!

扑克的奖学金由奥里萨邦政府负责发放,按月领取。奖学金数额足够支付学费、绘画材料、书本、学生宿舍的房租以及膳食。但没过几个月,奖学金就莫名其妙地停发了。爸爸每个月寄来的五十卢比仅供维持几天的开销。很有可能是某位发放奖学金的官员私吞了这笔钱。扑克来到政府部门的窗口找人理论，得到的答复却是：
"对不起！没钱！你一个月以后再来问吧。"

都说好的开始是成功的一半，扑克在新德里艺术学院的第一学年却在捉襟见肘中度过。他每天饥肠辘辘，到处找地方蹭住过夜，还要担心对方可能临时变卦。搬出学生宿舍后的头三个月里，扑克在好几个同学家里轮流借住。但他觉得心里过意不去，于是谢绝了大家的好意，干脆在新德里火车站打起地铺，和那些打零工的，等车的，要饭的挤在一起。火车站大厅内到处散落着过夜的铺盖，其间夹杂着硬壳旅行箱和背包，装满稻草和种子的麻袋，小型农用器械，偶尔还有一两头山羊。

睡在火车站内可比露宿街头舒服多了。新德里的夜晚不像阿特马利克那样干燥炎热，而是透着潮湿的凉意。每天早晨出发前往学校前，扑克都会在公共卫生间里清洗干净，以免一身汗臭地招人讨厌。

有些时候，他实在太累了，撑不到火车站过夜，只好在学校附近找间电话亭，蜷缩着对付一宿。

十八岁那年,洛塔飞往伦敦参加一个护士培训的课程,之后在一所医院内实习。她独自一人旅行,倒也没觉得非要有个伴。事实上,孤身一人的感觉反而更自由些。她在汉普斯特德①的临终关怀医院担任护士,在那里,长期住院的病患和医护人员之间产生出家庭成员般的信赖和亲密。洛塔的任务是照顾一名曾被授予爵士头衔的年迈老者。

在咽下最后一口气之前,他握住洛塔的手,语重心长地说道:"答应我,洛塔。保持一颗柔软的心,永远不要忘记。"

这句话她一直铭记在心。

在伦敦,她喜欢去街角的小餐馆品尝印度菜。一走进店门,小茴香和辣椒的浓郁气味扑面而来,挠得她鼻子直痒痒。她在皇家节日大厅②观赏了印度奥里萨邦民间舞蹈家的演出,他们在脚踝系上黄铜铃铛,随着舞步叮当作响;她还在皇家阿尔伯特音乐厅③聆听了乔治·哈里森和拉维·香卡④为世界和平而举办的音乐会。她结识了一位来自新德里的印度移民,并且很快成为好朋友。

医院挂历上有着各地的风景和名胜。其中一幅画是一只石头做成的巨大轮盘。轮盘显然颇有历史,边缘处还刻着人物和大象的雕

---

① 汉普斯特德(Hampstead):英国伦敦的一个区域,属于内伦敦卡姆登区的一部分。
② 皇家节日大厅(Royal Festival Hall):英国建筑,位于伦敦泰晤士河南岸的南岸中心,以举办各种艺术活动著名。
③ 皇家阿尔伯特音乐厅(Royal Albert Hall):位于伦敦西敏市区骑士桥的艺术地标。
④ 拉维·香卡(Ravi Shankar,1920—2012):印度传统音乐作曲家,西塔琴演奏家。

饰。洛塔悄悄撕下图画，贴在租住寓所的卧室内。每到夜深人静时，她就躺在床上望着轮盘出神。

洛塔在日记里这样写道：

"巨大的轮盘似乎对我有一种神秘的吸引力，它在向我讲述着什么，或许是一段已经尘封已久的历史，等待着我去开启。"

上完最后一堂课后，扑克常常步行前往康诺特广场①。这是位于市中心的一个环形区域，周围林立着维多利亚式建筑风格的白色楼房，其间不乏城内最昂贵的餐厅和最奢华的商店。环形区域的中心是一个公园，里面设有草坪、灌木丛、喷泉和池塘。康诺特广场以独特的方式散发出大城市的气息：喷泉溢出的水在周围形成泥泞的一汪，贩卖水果和鲜花的摊位散发出浓郁诱人的香气，公交车和货车突突排放着柴油燃烧后的尾气，铁网后的排污管内流出黏稠浑浊的污水，打扮时髦的年轻人仰面躺在草坪上抽着比迪烟②。

公园旁边坐落着一排低矮的白色房屋，其中包括著名的印度咖啡屋③。这里是首都大学生、记者和知识分子的聚居地。近一阶段，店里涌现出一批新客人：沿陆路而来的欧洲嬉皮士。他们的座驾就停在咖啡屋外的街边：小型中巴车，改装后的邮车和刷成五颜六色的旅游巴士，车身上画着涂鸦式的标语："1973—1974，远征印度""下一站，喜马拉雅"或是"慕尼黑—加德满都，纵贯之旅"。

扑克几乎每天放学后都会去印度咖啡屋坐一会儿。他喜欢那里人头攒动的热闹气氛。墙上挂着印度咖啡协会成员的标牌以及一系列棕褐色调的五十年代广告宣传画：左边，一个戴白色棉帽的白胡子咖啡工人一脸自豪地正视前方，配上广告词"优良传统"，右边，一张咖啡

---

① 康诺特广场（Connaught Place）：原先作为郊区的狩猎地点，现为新德里的中心商务区，兴建于1929年至1933年间。目前正式改名为拉吉夫广场。
② 比迪烟（Beedi）：源自南亚的卷式香烟，用叶子卷成，烟蒂部分通常用一条线捆绑住。
③ 印度咖啡屋（Indian Coffee House）：创立于1936年的印度餐饮连锁品牌。

豆的特写，配上广告词"优质咖啡"，最后用粗体印出"均源自印度！"几个大字。咖啡屋的服务生身穿一袭白色长袍，腰间系着黄绿色相间的宽腰带，帽子上饰有棉布质地的白色扇子。他们赤着脚在粗糙的纤维地毯上来回奔忙，用白色瓷盘托住瓷杯，为客人送上黑咖啡或奶茶。只要一杯茶、一支铅笔和一本速写本，扑克就可以在这里消磨上几个小时。

扑克描摹的对象包括咖啡屋的服务生和客人，尤其是外国人：一脸络腮胡、留着嬉皮士长发的外国男孩，他脖子上围着棉布围巾，身穿绣有印度传统图案的衬衫；染了一头红发的外国女孩，她下身一条简洁的牛仔裤，上身搭配紧身长袖衫或者色彩斑斓的棉布衬衫。偶尔扑克会主动将画作送给客人，但由于生性害羞，他不好意思讨要报酬，只是欣然接受对方请客的茶或咖啡。尽管如此，一些客人还是坚持给他零钱作为小费。扑克于是将钱攒起来购买上课用的纸笔和颜料。

留宿火车站的日子里，他每周去学校的天数变得十分有限。饥肠辘辘的时候，他根本没法集中精力听课，更别说完成作业了，于是只好沿着大街漫无目的地游荡。几乎每天下午，他都要在印度咖啡屋内为客人画像，以此赚得免费的茶或咖啡。总有好心的客人关心他是否饿肚子，慷慨地从外面买回各种吃食：油滋滋的咖喱角或炸蔬菜，盛在棕榈叶器皿内的焗鹰嘴豆或煮土豆，以及食品车内贩卖的各种街头小吃。

扑克已经无力承担起画布和油彩的高昂费用，只好改用次一级的替代品进行作画：薄如蝉翼的复写纸，棕色的包装纸以及质量低劣的黑墨水——那是他从康诺特广场后的狭窄小巷内花几个派萨①买来的。扑克临摹的对象开始转向挨饿受冻的穷人，他用表现主义手法所描绘出的贫穷景象深深震惊了每一位观众。对于扑克来说，创

---

① 派萨（Paisa）：货币名称。在印度、尼泊尔和巴基斯坦，1卢比等同于100派萨。

作的动机至为重要。那些描绘现实的细腻笔触仿佛都在为全世界饥饿的人群呐喊疾呼。而在描摹绘画的过程中,他也能暂时忘却痛苦,获得内心的短暂平静。

在拖欠了半年的学费后,扑克被学校正式除名。尽管许多老师允许他继续旁听,但他觉得没有意义,干脆放弃去学校上课。他也不再画画,事实上,生活中有更重要的事情等着他,比如赚钱,混口饭吃。

在忍饥挨饿了整整四天后,扑克感到胃部传来一阵阵痉挛。与之相伴的是间歇性的绞痛,痛感往往持续数分钟之久,然后渐渐消失,不知何时又猝然来袭。扑克陷入一种矛盾而复杂的情绪之中:在垂头丧气、灰心失落的同时,他又毫无来由地不时感到亢奋和躁动。这亢奋和躁动充满了对食物的渴望:他的面前仿佛出现一盘刚出炉的恰巴提薄饼①,旁边摆着一大碗印度奶酪和酱汁花菜。

扑克漫无目的地在大街上游荡,绞尽脑汁地琢磨着如何才能填饱肚子。或许是因为太过饥饿,从费罗兹沙路的某家私人宅邸内飘出的香味显得格外诱人。扑克忍不住循着气味找了过去。围墙正中是一扇黝黑的铸铁大门,里面矗立着一幢气派的小洋楼。扑克从大门敞开的缝隙中向内窥探,房前花园里支起的顶篷下面摆放着长条桌,上面铺好了红色的桌布。服务生裹着白色头巾,身穿蓝色制服,神情倨傲地来回奔走,手中的托盘里放满了镶金边的玻璃酒杯。几名音乐家坐在一旁,身着统一的深蓝色外套,打着领结,专注地演奏着铜管乐器。

扑克向来谨慎,从不敢贸然行事。但他的害羞和胆怯已经在饥饿的折磨下荡然无存。他毫不犹豫地走了进去,这才意识到,花园

---

① 恰巴提薄饼(Chapatibröd):一种薄面饼。在印度人的日常饮食中,南北方的饮食习惯有很大差别。南方主要以大米为主食,而北方以小麦、玉米、豆类等为主食,尤其喜欢吃这种叫做"恰巴提"的薄面饼。

内举办的是一场规模隆重的婚礼晚宴。上百名宾客排成长队，依次从锃亮的不锈钢器皿中取用丰盛的自助餐：菠菜炖羊肉，雪白的羊奶乳酪佐以鲜红的辣椒酱，炭烤鸡胸肉搭配薄荷酱，色泽金黄的炸咖喱角，蔬菜咖喱蘸酸奶酱，孜然土豆泥和香叶花菜泥，恰巴提薄饼，馕，炸蔬菜，等等。

胃部的痉挛越发频繁。管不了那么多了，先饱餐一顿再说。扑克横下心，混进人群里拿了满满一盘食物，在偏僻处找了个位置，迫不及待地狼吞虎咽起来。

扑克很想稍加克制，但食欲一旦被激发起来就再也难以抑制。他一边往嘴里填塞食物，一边小心翼翼地四下观望，生怕招来怀疑的目光。好在大家都忙着自己的事，没有人注意到他。

扑克很快将盘里的食物一扫而光，站起身想要悄悄溜出去。就在距离大门几步之遥的地方，他突然感到有人重重地拍了下自己的肩膀。

扑克感到一阵恐惧，顿时僵在原地。

这下糟了，他的心一点点往下沉：我肯定要被抓进警察局，然后被遣返回奥里萨邦。干出这么丢脸的事，大家肯定瞧不起我。正在他胡思乱想时，耳畔突然传来一个彬彬有礼的声音：

"先生，您要咖啡还是茶？"

扑克转过身，一名身穿金色刺绣背心的服务生正躬身等待他的回答。扑克一时间没反应过来，但凭直觉意识到对方并没有通知警方的意思。对了，服务生在问自己需要咖啡还是茶。扑克的心里涌起一阵喜悦，强作镇定地予以礼貌的拒绝，然后迈开大步继续向门外走去。直到离开老远，确定身后再没有人跟过来，扑克这才撒开双腿狂奔起来，从路边停着的一溜大使牌轿车旁边穿出小巷。

绕过曼迪楼广场后，扑克沿着宽阔的主街，气喘吁吁地一路跑到康诺特广场。直到看见印度咖啡屋熟悉的招牌，扑克才停下脚步稍事休息。他弯下腰，做了几个深呼吸让自己平静下来。胃部的痉挛已经消失，取而代之的是满足和饱胀感，扑克不由露出了淘气的微笑。

但是饥饿感很快卷土重来,随之产生的还有持续的低烧和乏力。一连好些天,他只能在国会大街旁的灌木丛里采摘野果充饥。季风降雨结束后很快迎来秋季,新德里街旁的行道树上长满了蓝紫色的浆果,它们不时掉落在地上印出蓝色的一摊。对于扑克来说,这些味道甜美的浆果是难得的美味。口渴的时候,他就到处找水龙头灌上几口。久而久之,他不仅出现严重的营养不良,还落下了胃病。

胃病加上饥饿,使得扑克的身体越发消瘦和虚弱。扑克已经顾不上其他,满脑子都在琢磨如何填饱肚子。

秋冬交替之际,夜晚的气温骤降到二三摄氏度。火车站人满为患,扑克只好蜷缩在明托桥下过夜,靠收集来的落叶盖在身上取暖。明托桥是康诺特广场附近一座红色的铁路桥,虽然距离印度咖啡屋只有十几分钟的步行路程,扑克已经没有力气走到咖啡屋替别人画肖像画,只好写信央求爸爸寄钱过来。然而一整个冬天都在杳无音信中过去,他开始怀疑这些信是否真的寄到爸爸手里,同时陷入越来越深的无助和绝望之中。

随着春季的到来,气温开始稳步回升。而紧随其后的夏季则意味着另一场考验:新德里的气温逼近四十五摄氏度,熔化的沥青路面变得黏着,正午时分的人行道冷冷清清。扑克感觉糟糕透顶,胃部疼痛不止,又一次动起了自杀的念头。

新德里,印度,世界!他越来越绝望,哪里都没有自己的容身之处。他又贫穷又低贱,没人关心,没人需要。

我的存在就是一个错误,他悲伤地想。

是时候结束这一切了。他迈开骨瘦如柴的双腿,精神恍惚地向亚穆纳河①的方向走去。在身体碰触到水面的那一刻,他感到前所未有的释然,恨不得就这样坠下去,再也不要回归现实。

---

① 亚穆纳河(Yamuna River):印度北部主要河流之一,恒河的支流,全长 1370 公里。

然而还没等沉到水底，他的身体就下意识地做出挣扎和反抗。尽管求死的心意无比坚定，扑克的四肢却丝毫不听使唤，在混浊的河水中上下扑腾，带动他整个人缓缓上升，浮出水面。

扑克爬上河岸，浑身透湿，沿着太阳炙烤下的小路艰难地往前挪动步子。不知不觉间，他的眼前出现了一条铁轨。扑克立刻想到了另一个自杀的好办法：他将脖子枕在铁轨上，只等经过的火车碾压过去。

没想到，铁轨早已被阳光烤得发烫，扑克没坚持多久就跳了起来。他摸着脖子上烫伤的烙印，悻悻地想，这么干等下去估计没戏。

于是他干脆在铁轨边坐了下来。

等火车一来，我就跑过去躺好。扑克在心中盘算起来。这一切可算是结束了，不知道另一个世界长什么模样？

时间就这样一分一秒地过去，火车迟迟不见踪影。究竟发生了什么事？直到傍晚时分，扑克终于看见一个男人沿着铁轨向这里走来。他赶忙上前询问火车的去向。

"我是火车司机。"男人告诉扑克。

"那你怎么不去开火车呢？"扑克问。

"你没看报纸吗？"

"没有。"

"我们在罢工。"

"罢工？"

"别在这坐着啦，回家找你老婆去吧。"

"可我没有家，也没有老婆。我肚子饿得难受，不然干吗坐在这里？"

火车司机耸耸肩，头也不回地走了。

没过多久来了一名警察，一边挥着警棍一边冲他嚷嚷："不想进局子的话就赶紧给我滚！"

第二天，扑克碰巧捡到几张《印度时报》①，便迫不及待地翻看起来。报纸用了巨大的篇幅报道了由乔治·费尔南德斯②领导的铁路工人大罢工运动。费尔南德斯同时得到了来自其他领域工人的声援，印度的罢工总人数高达一千七百万之多。斗争的主要焦点集中在通货膨胀、食品短缺和贪污腐败等问题，民众将矛头直指由英迪拉·甘地③总理领导的政府内阁。其中一篇报道总结说，这极有可能成为世界上规模最大的一次罢工。

扑克心里稍感安慰：挣扎在贫困线上的人不止我一个，整个印度都陷入混乱。同时他又感到一丝庆幸：要不是这场大规模的罢工，我可能早就没命了。

铁路工人的不满破坏了他的自杀计划。这是怎样一种因果联系啊！感激和敬畏从扑克内心油然升起：很显然，他的生命由一种强大的力量所控制，并不会因个人意志而改变。

多次的自杀未遂绝不是一种巧合。

他必须忠实于占星术士的预言。棕榈叶上的文字怎么说来着？对，他未来的妻子是一个来自异乡的女子。扑克想起小学时来访的官员夫妇，那个身穿花布连衣裙、皮肤像酸奶般白皙的英国女人。他开始幻想自己未来妻子的模样。恍惚中，她仿佛就出现在他面前，带着温柔和善的微笑。

扑克任凭思绪无边无际地蔓延，占据了他全部的大脑。

还好，一个新朋友很快成为扑克的救星，帮助他从饥饿和幻想

---

① 《印度时报》（Times of India）：印度历史最久，发行量最大的英文报纸，于1838年创办于孟买，原名《孟买时报》。
② 乔治·费尔南德斯（George Fernandes，1930—　）：印度政治家、记者、农学家；曾在总理瓦杰帕伊内阁担任多个职务，包括交通部长、工业部长、铁道部长和国防部长。
③ 英迪拉·甘地（Indira Gandhi，1917—1984）：曾出任印度第五任和第八任总理，为印度独立后首任总理贾瓦哈拉尔·尼赫鲁的女儿；于1984年10月31日在新德里遇刺身亡。

中解脱出来。就在扑克重新回到新德里艺术学院恢复听课和绘画后不久，他认识了纳伦德拉。他们一起去印度咖啡屋时，纳伦德拉主动请扑克喝茶。

"我还想吃点东西。"扑克老老实实地坦白。

纳伦德拉是医科学生，他和扑克一样出身贱民，独自来到新德里完成学业。纳伦德拉争取到政府针对低等种姓所颁发的配额，从而顺利进入医学院，尽管他的成绩比绝大多数同学要优异得多，但班里的婆罗门学生仍然拒绝和他交往。在见面的第一天，扑克就向他倾吐了近一段时间以来自己所遭遇的饥饿，绝望和消沉。纳伦德拉安慰他，给他一些钱让他改善伙食，告诫他不能光吃浆果和垃圾桶里的剩菜。两个星期以后，长期困扰扑克的低烧神奇般消失了。

"你很可能感染了痢疾杆菌或是致命的沙门氏菌。"纳伦德拉以专业知识做出了判断。

"那可怎么治呢？"

"不用治，只要恢复正常饮食，你很快会自愈的。"

接二连三的打击加上旷日持久的饥饿，扑克被疾病击倒也是情理之中的结果。

在认识纳伦德拉后不久，停发已久的奖学金又恢复了正常。一切都好了起来。爸爸为没能及时回信表示抱歉，并给他额外寄来一张一百卢比的钞票，让他买些吃的补充营养。

扑克续上了学费，以全新的面貌重返课堂。在找回勇气和信心的同时，他眼里的整个世界也重新恢复了色彩。他积极地结识了许多新朋友。其中一个同学是他在明托桥下过夜时认识的。和扑克一样，他也曾因为经济问题暂时辍学。但是除了对饥饿的感同身受外，他们并没有什么共同点。

扑克的大部分同学都来自富裕家庭，除了中产阶级，不乏首都政界和金融界的精英阶层。其中一个同学的爸爸是印度邮政系统的负责人，一个女生是印度驻保加利亚大使的女儿，还有一个来自孟买的一户波斯富商家庭，透出城里人特有的傲慢和优越。

"我可是从小在孟买市中心长大的。"她一边说，一边骄傲地甩了甩一头长发，将口香糖吐在地板上。

扑克充满羡慕地看着她，强烈地体会到因差距带来的自卑。在对方咄咄逼人的自信下，他甚至无所适从。

同学们用英语交谈时，扑克会感觉特别亲切。后来扑克挣到足够多的钱，除了糊口外还有富余，第一件事就是购买《读者文摘》增加词汇量。但他的印地语越发生疏。置身于印地语的环境中，他总是格外紧张。虽然很多时候他能听出个大概意思，但仍然分辨不清梵文字母和奥里亚语字母的区别。他很担心，朋友们会突然指着一个印地语写成的单词让他朗读出来。

他在学校的咖啡馆认识了一个看上去像穆斯林的男孩，攀谈之下，他证实了自己的猜想：对方果然是穆斯林。

"你好，我叫塔里克，塔里克·贝格。"塔里克用纯正的英语做起自我介绍，骄傲地说，自己是以入学考试第一名的成绩被学校录取的。

"幸好我考了第一。"塔里克末了来了一句。

"为什么说幸好？"扑克很是疑惑。

"这得问我爸爸，"塔里克耸耸肩，"就这样他还不满意呢。"

"你爸爸？"

"我爸爸，米尔扎·汗米杜拉·贝格①。你没听说过吗？"

"这名字听起来还挺耳熟，不过……算了，你还是直说吧。他很有名吗？"

"他是印度最高法院的大法官。"

"天哪，塔里克。你算是名门之后啦！"

"算是吧，真倒霉。"

"倒霉？"

他们对哲学怀有同样的兴趣。但无论是扑克还是塔里克，都对婆罗门所崇尚的印度教典籍不屑一顾。他们会相互督促阅读佛教和耆那教②经文，以及苏菲派③神秘教义。他们可以在学校的咖啡馆一连坐上几个小时，探讨人性的种种可能以及丰富认知的途径。往往等到咖啡馆关门，他们才意犹未尽地起身道别。

得知扑克仍然无家可归后，塔里克慷慨地邀请他住到自己家来。

"你可以睡在我房间的地板上。爸爸肯定没意见。"

贝格一家住在南德里的一幢巴洛克风格的宫殿内，拥有二十间卧室和九间浴室，这在整所学校内都算数一数二的豪宅。就在扑克

---

① 米尔扎·汗米杜拉·贝格（Mirza Hameedullah Beg，1913—1988）：曾担任印度首席大法官。
② 耆那教（Jainia）：印度传统宗教之一，其教徒的信仰是理性高于宗教，认为正确的信仰、知识、操行会通往解脱之路，进而达到灵魂升华的理想境界。
③ 苏菲派（Sufism）：为伊斯兰教的神秘主义派别。苏菲派赋予伊斯兰教神秘奥义，主张苦行禁欲，虔诚礼拜，与世隔绝。

搬进豪宅后不久，恰逢塔里克的姐姐出嫁。贝格一家举办了一场隆重奢华的婚宴，以自助餐形式在自家花园里宴请社会名流。包括英迪拉·甘地总理在内的政界精英均有出席。但是扑克不在受邀请之列。当宾客乘坐的车辆陆续抵达大门时，扑克被反锁在塔里克的房间里，眼巴巴地盼着塔里克溜出来给自己送点吃的，感觉自己像个一无是处的傻瓜。

隔着房门，扑克能听见音乐声和欢笑声，甚至能嗅到食物的香味。直到半夜，应酬完毕的塔里克才回到房间，将盛有菜肴的盘子递给他。

扑克就这样在塔里克的房间里住了好几个月。如果抛开经济上的悬殊，那么他们在许多方面可谓是志同道合。但是谈论梦想、未来和哲学必须建立在一个前提条件之上：每次见面时，扑克都会询问塔里克是否带了吃的。多年之后，当扑克和塔里克通过电子邮件再度取得联系时，对于青年时代这位贫穷的朋友，塔里克的第一印象是：扑克永远处于饥饿状态，只有填饱了肚子，他们才能心平气和地谈天说地。

对于儿子结交的这位穷朋友，塔里克的爸爸越来越觉得可疑。但是在面对扑克时，这位印度最高法院的大法官始终彬彬有礼，态度尊重得体，完全体现出一位剑桥大学三一学院优秀毕业生的素质。他从未直接表示过拒绝扑克进门的意思，只是越发频繁地找塔里克进行家庭谈话，要求他为自己的穷朋友负责。

塔里克坦诚地告诉扑克，爸爸试图劝说他结束这段友谊，结交一些来自富裕家庭和精英阶层的朋友。塔里克和爸爸的关系越发紧张，最后，他不得不假装同意让扑克搬走。而事实上，扑克仍然秘密居住在塔里克的房间里，靠着塔里克从厨房里偷运进来的食物过活。每当塔里克的爸爸从宫殿一端自己的房间走向另一段塔里克的房间时，扑克会立刻躲进衣橱，在黑暗、恐惧和羞耻中倾听大法官的声音回荡在整个房间。

一九七三年的整个春季，扑克都在隐瞒和躲避塔里克爸爸中度过。这种提心吊胆的日子究竟过了多久，他也记不清楚，只有一个模糊的印象，搬离塔里克家应该是在五月的一天，康诺特广场的沥青路面在太阳的炙烤下仿佛一块半熔化的太妃糖，地表温度就要超出玻璃温度计的刻度，水银柱几欲喷薄而出。谁都不知道这样的炎热将会持续多久，或许直到西南季风带来铅灰色的云团，用雨水彻底洗刷过首都的大街小巷，才能完全驱逐初夏的余温。关于酷暑的记忆已经淡去，然而塔里克的一切却牢牢铭刻在扑克脑海中。塔里克曾发誓永远不抛弃扑克，他是位伟大而忠诚的朋友。因为塔里克的出现，扑克对世界的友爱和温暖深信不疑。

春季的某个夜晚，扑克照旧睡在塔里克房间的地板上。他做了个可怕的噩梦，醒来时他已经记不清梦境的内容，只是仍然止不住心悸和恐惧。他抹了抹汗湿的额头，勉强睁开眼睛，却意外地发现黑暗之中浮现出妈妈的身影。她周身笼罩着一层淡淡的灰色光晕，身上的纱丽湿漉漉地贴着她的身体，一如她每天清晨在河边梳洗完毕后的模样。她的黑发一如既往地泛着亮泽，一只手撑住头顶装水的陶壶。

妈妈怎么会出现在这儿？在新德里？扑克十分疑惑。

"一切都会好起来的。"妈妈一脸哀愁的表情，将陶壶放在扑克面前的地板上。

"我的生命已经走到了尽头，"她继续说道，"我亲爱的孩子，你必须照顾好妹妹。别忘了你只有一个妹妹！"

扑克用力揉了揉眼睛，彻底清醒过来。除了他自己和睡在床上的塔里克，房间里再没有其他人。时钟指向凌晨三点半。扑克还在回味着妈妈柔声安慰他的温情，自己仿佛回归到婴儿时期，在妈妈的怀抱里安然入睡。然而这安全感仿佛处在悬崖边缘，摇摇欲坠，不堪一击。妈妈所说的，一切都会好起来的，听来像在交代后事。扑克越想越觉得不安，心脏就快要跳出胸口。他睡意全无，根本做不到若无其事地躺在地上。

扑克不想吵醒塔里克,于是蹑手蹑脚地收拾好背包,溜出房间,一路奔向火车站。他瞄准一辆东行的列车,毫不犹豫地跳上一节满满当当的车厢,在长条木凳上勉强挤出一个位置。此刻距离他从噩梦中惊醒还不到一个小时。

扑克辗转四趟火车,搭乘长途汽车沿着漫长而颠簸的小路穿越过森林,历经三天三夜的旅程,终于来到阿特马利克的父母家门前。

斯瑞德哈走出门,惊讶地望着面前的儿子:扑克套着皱巴巴的衣服,头发打成结,因为汗水和尘土而显得蓬头垢面。

"你怎么知道妈妈病了?"爸爸一脸不可置信的表情。

"我不知道,"扑克答道,"怎么说呢……我只是梦见妈妈不太好。"

"卡拉巴提知道你在赶来的路上,"斯瑞德哈说,"我们以为她在胡言乱语,还试图劝过她放弃这个念头。但你妈妈很固执,反复念叨一句话:我知道儿子就要回来了。"

"快进来,妈妈正等你呢。"斯瑞德哈感慨道,"我们的小鸟终于飞出笼子了。"

亲戚朋友都围绕在卡拉巴提的床边。妈妈只有五十多岁,头发还没有稀疏,体格也还健壮,但是根据阿特马利克卫生所医生的说法,脑溢血已经无情地夺走了她所有的生命能量。

卡拉巴提睁开眼睛,定定地注视着扑克,没有寒暄,直切主题:

"永远不要酗酒,永远不要让你未来的妻子失望。"

她顿了顿,用微弱的气息补充道——一如扑克梦见的那样:

"你必须照顾好妹妹,别忘了你只有一个妹妹!"

向儿子交代遗言耗尽了她最后一丝力气。卡拉巴提的状况急转直下。当天下午,扑克试着将清水小心地倒入她半张的嘴里时,卡拉巴提已经无法吞咽。在几声微弱的咳嗽后，她的喉咙深处发出咕噜噜的沉闷声响。随后，卡拉巴提将头侧向一旁，目光逐渐失去焦点，呼吸越来越弱……她的生命就此结束了。

当天傍晚，斯瑞德哈托人给村里的木匠捎去消息，订购火葬用的一拖车木材。爸爸，扑克和弟弟普拉瓦特一起，将妈妈的遗体抬往河边。他们将担架放在陡峭而倾斜的河岸上，在湍急的河流边跪坐下来。

他们就这样耐心地等待火葬的举行。太阳一点一点落下去，风呼啸着席卷而来，天空中的云团越聚越多，雨点纷纷砸落下来。轰隆隆的雷声令整个大地震颤不已，凌厉的闪电劈开夜色，这是典型的季风天。扑克紧紧抱住妈妈的身体，一只手握住妈妈冰凉的双脚，仿佛只有通过这种方式才能确保他们不会分离。

夜色如浓墨般漆黑。只有在闪电劈过的短暂瞬间，扑克才能看清妈妈苍白的脸庞和灰暗的双脚。许多村民聚集在岸边，希望亲眼见证即将举行的火葬驱走占据河床的恶灵。

扑克没有丝毫害怕，他的心情无比平静，平静而悲伤。

村里的木匠姗姗来迟，但他并没有驱赶牛车，而是徒步而来。他解释说装运木材的拖车在半路出了问题，木材运不过来。今晚怕是没法举行火葬仪式了。

"你总不能这样，抱着卡拉巴提在外面坐上一整夜吧。这么恶劣的天气，她的身体很快会腐烂的。"斯瑞德哈试图劝说扑克。

扑克和普拉瓦特也意识到这样下去不是办法。他们顺着斜坡一直走到近水的沙地上，和爸爸一起徒手挖出一只半米深的坑，将卡拉巴提放了进去。没有火葬，他们只好以土葬形式让妈妈安息。扑克望着汹涌澎湃的河水，在心中祈祷它们带走妈妈。回归河流的怀抱才是最后的归宿。

爸爸和弟弟神情黯淡。扑克忍不住哭泣起来，情绪失控下，他突然跳进坑内，扑倒在妈妈身上，恳求爸爸将自己一同埋葬。短暂的静默后，豆大的雨滴突然劈头盖脸地倾翻下来。爸爸一声不吭地弯下腰，将儿子拽出沙坑，然后捧起一抔抔沙土，逐渐掩盖了妻子的身体。

第二天一早，扑克就动身返回新德里。他不愿意参加数天后举行的哀悼仪式，根据习俗，他必须在那天剪掉自己的头发。受到欧洲嬉皮士的影响，扑克对自己一头乌黑的长发颇为自豪。再说，他认为自己已经在河岸边和妈妈进行了最后的道别。

抱着妈妈身体的时候，扑克感到熟悉的亲切和安定。然而这最后的温情已经消失殆尽。火车在吭哧吭哧的晃动间驶过恒河平原时，扑克只觉得内心前所未有的空虚。

他在日记中写道："那感觉像是一根无形的纽带突然被剪断了一样。无论我们飞得多高多远，最后都会回到妈妈的怀抱。现在她不在了，我已经失去可以依赖的家园。我的生活流离失所，脚下的土地轰然崩裂，我就这样坠入无尽的深渊。"

学期结束后，扑克和塔里克利用假期安排了一次长途旅行。他们商量先去阿特马利克探望扑克的爸爸和哥哥，然后寻访佛教文化的古迹遗址。

第一站是扑克的家乡。他们将整个奥里萨邦游历了一遍，然后在扑克家小住了几天。斯瑞德哈仍然未能从丧妻的阴影中走出来，始终心灰意冷。告别扑克一家后，他们搭乘长途汽车穿过恒河平原，沿喜马拉雅山脉抵达尼泊尔的加德满都。这是他们第一次置身异国他乡，第一次亲眼看见皑皑白雪覆盖下的山峰，第一次亲手触摸到霜降后河面凝结的薄冰。

出现在他们面前的是一个璀璨闪耀的新世界。城市建筑充满了浓郁强烈的色彩，天空蔚蓝而广阔，不像新德里那样，成天被灰蒙蒙的雾霾所困扰。这天下午,扑克坐在加德满都的拉特纳公园①里临摹一棵古树,一个陌生男人突然走到他面前,双手合十,礼貌地用尼泊尔语问候了一声:"你好!"然后询问他是否经常画人物肖像。

扑克犹豫了一下,然后答道:

"对,有时我也画人物。"

陌生男人有着雕塑般的笔挺鼻梁,戴一顶尼泊尔特色的帽子,乍一看很像英国士兵的便帽。抓住这些特征,扑克很快绘出一张栩栩如生的肖像素描。陌生男人表示满意,掏出几个卢比买下了这张画。过路的行人纷纷被吸引过来,争先恐后地要求扑克为他们作画。当太阳消失在喜马拉雅山顶后时,扑克面前已经排起了等待作画的长队。

连续工作四个小时后,扑克的右手臂已经酸软得动弹不得。但值得欣慰的是,他的口袋已经被硬币和纸钞塞得鼓鼓囊囊。

依靠挣来的这些钱,扑克得以应付奇异街②上咖啡馆的消费。他终于可以自给自足,不用依赖塔里克的施舍,扑克体验到久违的解脱和轻松。或许这是一条不错的生财之道,他再也不用为囊中羞涩而不安。

塔里克和扑克常常流连于奇异街上名为帕坦和雪人的两家咖啡馆,在一群来自西方的嬉皮士中,他们可谓是另类的存在:一个来自印度丛林部落的贱民男孩,一个来自印度富裕家庭的穆斯林男孩,就这样鲜活地出现在加德满都的繁华街区。这已经完全超出了成长于欧洲中产阶级家庭年轻人的认知。这些嬉皮士所引以为豪的西方文化正是扑克和塔里克所仰慕和向往的。对于扑克而言,他崇尚的并非西方的富裕生活和先进科技,而是他们的平等自由,没有婆罗门的压迫和种姓制度的束缚。扑克想,欧洲一定也有穷人,但他们

---

① 拉特纳公园(Ratna Park):位于尼泊尔加德满都市中心,根据尼泊尔国王马亨德拉之妻拉特纳王后命名。
② 奇异街(Freak Street):位于加德满都杜巴广场以南。20世纪60至70年代期间,这里居住着许多来自欧美的嬉皮士。

肯定不会像印度贱民那样遭受歧视。

扑克和塔里克渴望融入欧洲文化，他们将大把时间耗在咖啡馆里，鄙视物质主义，吸大麻烟，吃苹果派，穿牛仔裤。西化的生活方式和良好的英语素养令他们颇受欢迎，成为嬉皮士群体中带有异域色彩的两个。

此番加德满都之行带给扑克的最大收获莫过于思想的变化。扑克第一次意识到自己可以依靠双手挣钱。离开加德满都前的最后一个晚上，他感觉生活掀开了全新的篇章，自己再也不用在忍饥挨饿中挣扎。

回到新德里后，塔里克慑于爸爸的威严，不敢再提出留宿扑克的要求。扑克没有任何怨言。如果处在塔里克的立场，他也会做出同样的选择。扑克又一次陷入无家可归的境地。有时他会去同学家借住几宿，有时他干脆回到火车站，睡在大厅内冰凉的石头地板上。扑克又一次陷入沮丧和失落，似乎他的生命注定充满挫折。

但这一次的消沉并未持续太久，当意识到自己可以依靠双手挣钱后，扑克开始了商业化艺术创作的尝试。他选择了两处人口聚居地作为据点，一处位于康诺特广场中央公园的喷泉旁，另一处位于市郊飞机场旁的帕拉姆住宅区。

警察不时会对市内的流动摊位进行突击清理，当巡逻队出现在其中一处时，扑克就会转移到另一处。特别为难的时候，他也会向警察求情。

"尊敬的警官先生，求求您，我得挣钱买面包吃。您行行好，开开恩。"

大多数警察还算通情达理。警察局长对于扑克的素描像始终赞不绝口。警察们于是纷纷提出要求：

"给我画张肖像画，我就不罚你的钱。"

从此，警察局的墙上挂满了扑克用铅笔和炭笔为警察们描摹的肖像画。

印度咖啡屋的顾客经常绕到喷泉边，欣赏扑克的画作。每天下午，扑克新购置的画架前都会聚集起一大群好奇的观众。偶尔警察会过来维持秩序，或是直接将扑克带进警察局。扑克没有反抗或抱怨。他知道拘留有拘留的好处。比如，可以住进暖和的单人牢房，定时供应三餐，甚至还可以洗澡。而往往第二天一早，他就会获释。

长此以往，扑克和一位熟识的警察达成一种特殊的默契：作画的高峰期过去后，警察会将扑克带回警察局，为他提供一间舒适的单人牢房，条件是从他赚的钱中抽成百分之五十。但是没过多久，警察的同事开始怀疑其中有猫腻。警察只好和扑克解除了协议，并且嘱咐他低调行事。

扑克仍然需要赚钱。他于是将整套绘画工具都转移到机场旁的帕拉姆住宅区内。

一九七五年一月二十六日印度共和日那天，市内的大街小巷挤满了人。交通完全遭到堵塞，警察拉起警戒线，阻止人群涌上通往机场的主干道。机场附近人头攒动，大家翘首期待着候机楼内走出的贵宾。其中一些人举着标语，另一些手持鲜花。扑克还看见不少拿着相机和采访本的记者。突然，人群中像是掀起一阵波浪般出现骚动，推推搡搡间响起了几句咒骂和抱怨。但是这声音很快被飞机降落的轰鸣声所覆盖。扑克充满好奇：大家究竟在等谁呢？

四辆警用吉普车陆续抵达候机楼，里面钻出几名西装革履的随从人员。他们态度郑重，步履稳健，仿佛在向公众展示权威。轰鸣声越来越迫近。扑克从人群中挤到警戒线附近，恰好看见一名肤色明亮的女子在随从护送下钻进一辆吉普车。

女子浑身散发出振奋人心的光芒,扑克心想,她肯定来自一个遥远的陌生国度。

人群中有人高呼:"瓦莲京娜①,你是我们的英雄!"

扑克恰好蜷缩在一群狂热的锡克教徒和一群负责迎接的小学生之间。孩子们举起花束,发出阵阵欢呼,扑克也想有所表示,但碍于手里没有鲜花,于是干脆掏出速写本,用画笔记录下这位女皇般的异国女英雄在飞机降落后第一时刻的模样。完成后,他穿过人群来到吉普车边,趁着女子摇下车窗的机会,递上自己的素描画作。一名警卫拦住了他,接过他的速写本打量片刻,露出宽容的笑容,继而交给吉普车内的女子。女子仔细端详起来,然后示意警卫靠近车窗,小声吩咐了些什么。她指了指扑克的方向,同时向扑克投来清澈而柔和的目光。这时,警卫转过身,向扑克宣布:

"夫人要接见你。"

"现在?"

"想得美!现在夫人可没空!"

警卫递给他一张写有地址的纸条。上面写着:"苏维埃社会主义共和国联盟大使馆,香提路查纳亚普里②"。

"明天中午十二点。带着你的速写本,千万别迟到。"警卫粗声粗气地丢下这么一句。

查纳亚普里的苏联大使馆门口,几名印度政府官员和苏联外交官员被记者和摄影师团团围住。大使馆官邸内的会议室墙上挂着苏

---

① 瓦莲京娜·捷列什科娃(Valentina Teresjkova, 1937—):前苏联空军少将。是人类历史上进入太空的第一位女性宇航员;曾于1963年6月16日,单独乘坐"东方六号"宇宙飞船进入太空。

② 查纳亚普里(Chanakyapuri):位于新德里的驻外使领馆区域。建立于20世纪50年代。

联领导人的照片,名为瓦莲京娜的女子就站在照片下,微笑着迎接了由警卫领进来的扑克。她主动握住扑克的手,用带有口音的英语为他的画作表示感谢。

"很棒的肖像画。"她赞许道。接着做了自我介绍:

"瓦莲京娜·捷列什科娃。"

"您有一张很精致的面孔。"扑克坦诚地说道。

她是谁?扑克配合着瓦莲京娜,面对摄像机镜头露出微笑。捷列什科娃?他从没听过这个名字。他只好礼貌性地向她表示问候,说些不疼不痒的客套话。由于有许多外交官员和记者在场,扑克不便提出过于私人的问题。他甚至不知道对方结婚与否。

接见结束后,好奇的记者纷纷围上来对他进行采访。

"你是谁?什么来历?"

扑克央求记者告诉他瓦莲京娜·捷列什科娃的身份。

"我的老天,你连她都不知道?!"其中一名记者嚷嚷起来,"她可是进入太空的第一位女宇航员!"

扑克的好奇心得到了极大的满足,她是一名宇航员!这个答案对他来说具有充足的信息量。他不再发问,而是一五一十地回答起记者们的问题。他讲述了位于丛林边缘的村落,作为部落原住民的妈妈以及身为贱民的爸爸。记者们纷纷做着记录。印度人喜欢励志的故事,从扑克的经历中,记者们敏锐地捕捉到吸引眼球的闪光点。扑克,一个生长于丛林内的贱民男孩,凭借自己的才能,受到著名女宇航员的接见。

当天晚上,扑克坐在康诺特广场的咖啡馆内,回想着与瓦莲京娜·捷列什科娃见面的情形。他从今天的报纸上得知,瓦莲京娜一度辍学,担任纺织女工补贴家用,后来接受函授教育,练习跳伞,最终成为一名杰出的宇航员。其中一篇报道详细描述了她的升空经历:一九六三年六月十六日早晨,瓦莲京娜穿上宇航服,坐上专车前往发射中心。在两个小时的倒计时后，宇宙飞船点燃引擎，成功发射。瓦莲京娜以"海鸥"的代号开始了环绕地球的太空之旅。在总计七十小时五十分钟的飞行中，她所驾驶的宇宙飞船绕地球整整四十八圈，最终降落在哈萨克斯坦一片荒芜的草原上。返回地球后，瓦莲京娜致力于研究宇航科技，她被授予列宁勋章，同时成为苏联最高苏维埃主席团成员，以及苏联共产党中央委员会委员。

如今她来到了印度。

这个独自飞往太空的女人身上笼罩着神圣的光环。扑克联想到"难以接近的女神"杜尔迦，她常常被塑造成救世主的形象，消灭那些企图扰乱神祇秩序的罗刹。当恶魔化身为水牛后，杜尔迦砍下水牛的头颅，手持诸神所赐的各种武器，英姿飒爽地以端立姿态出现。在某些绘画和雕塑中，杜尔迦也会以老虎或狮子为坐骑。

扑克暗自思忖：瓦莲京娜·捷列什科娃飞往太空，又返回地球。一个去往未知领域的女人，一个骑着咆哮雄狮的女人，一个驾驶喷射火箭的女人，一位女性宇航员。

也许她就是占星术士预言中的女子？

扑克开始幻想与她在一起的生活。但是他的想象进展得并不顺畅。扑克的眼前闪过一张张连续的画面：他们一起坐上车队，浩浩荡荡地驶向日落的西方；在漫长的旅途后，他们终于回到她的家乡苏联；她穿着一条花布连衣裙，依偎着一身深色西装的他……扑克试图勾勒出周围的环境，但是眼前的景象越来越模糊，色彩变得暗淡和苍白，他甚至找不到那种置身其间的感觉。他对苏联的城市完全没有概念，也不知道宇航员的家应该是什么样子。至于苏联人民的日常生活，食物口味，风光景致，他更是一无所知。

他梦想的火苗被无情地浇熄。关于预言即将成真的愿望仿佛脆弱的肥皂泡般无声破灭。许愿星感觉遥远而苍白。

他头脑里一片空白，失魂落魄地游荡在空无一人的街道上，希望能赶紧找间电话亭凑合一宿。

第二天一大早,他特意赶到火车站外的报摊,充满期待地盯着陈列整齐的各种报纸:《纳瓦拉特南时报》《印度时报》《印度斯坦时报》①《印度教徒报》②《新印度快报》……他好奇于报纸上会怎么形容自己。

"新闻照片里那个人是你吗?"一旁卖茶的小贩问道。

"没错,是我。"扑克老老实实地回答。他付了三十派萨,从小贩手里接过粗糙陶土杯盛着的热气腾腾的茶。

小贩蹲下身,将表面凹凸不平的铝壶挂在噼啪作响的篝火上,一脸钦佩地望着扑克。

扑克买了一份《印度时报》翻看起来。

第十二页上印着一张他和瓦莲京娜于大使馆内的合影。标题是这么写的:《来自印度丛林的男孩受到太空女英雄接见》。

他的脸上火辣辣的发烫。就是他,他的人生经历原原本本地印在了报纸上。

那天,扑克成为大家议论的焦点。等公交车的队伍中,咖啡馆闲聊的人群中都会提到他的名字。各大报纸争相报道了他受到苏联女宇航员接见的始末。他在人们充满羡慕的眼神中走出火车站,特意绕着帕哈甘吉③集市兜了一圈。行人纷纷驻足向他致意。扑克以骄傲的姿态穿过墙面斑驳的小巷,敏捷地避让开摇摇欲坠的广告牌,沿着宽阔的潘切库拉路走向康诺特广场。

---

① 《印度斯坦时报》(Hindustan Times):创办于 1924 年的英文报纸,报社总部设在新德里。
② 《印度教徒报》(The Hindu):创办于 1878 年的英文报纸。报社总部设在印度塔米尔纳德邦清奈。
③ 帕哈甘吉(Paharganj):位于新德里火车站以西的中心区域,莫卧儿王朝期间因其市场而出名。

在斯德哥尔摩的医院内打完暑期工后，洛塔重新回到英国，在南部海岸的一所学校学习英语。她已经做出决定，自己的专业必须与印度有关。她从滨海波茨莱德①乘坐火车抵达伦敦，专程前往联邦研究学院的图书馆收集有关东方国度的资料。经过几周密集的工作，她以印度东部奥里萨邦的村落生活和部落居民的仪式性壁画为主题，举办了一次小规模的展览。

当翻阅到印度绊织②花纹的图片时，洛塔受到很大启发。这些花纹看着格外眼熟，在瑞典传统节日的服装上，她也见过类似图案。这些源自古老东方的印度布料几乎就是布罗斯郊外图奥普斯裙子的翻版。印度和瑞典的织物为何会如此相似？

冥冥之中，一切早已注定。洛塔对此深信不疑。

---

① 滨海波茨莱德（Portslade-by-sea）：波茨莱德的旧称，位于英格兰布赖顿-霍夫。
② 绊织（Ikat）：染织结合的一种编织染色工艺。在对纱线进行编织前先对花纹进行抗蚀染色处理。

印度正陷入危机。通货膨胀的失控引发失业率暴增。扑克从报纸上获知,总理英迪拉·甘地认为情况将进一步恶化,越发难以控制。印度教右翼成员极力煽动宗教团体,将整个国家推向岌岌可危的边缘。但是扑克照旧每天去康诺特广场的喷泉边,靠替人画像赚取生活费。

这天,他正坐在地上专心致志地画画时,一名衣冠楚楚的男士出现在他面前。

"来张肖像画吗,先生?十分钟,十卢比!"扑克主动招揽生意。

"不是我要画,"男人答道,"到这边来,我们私下聊聊。"

"出什么事了?"

"我们敬爱的总统法赫鲁丁·阿里·艾哈迈德[①]先生正在安排一场高规格的宴请,他指明要你为他画肖像画。"这个自称总统秘书的男人简洁干脆地向扑克交代了情况。

几天后,一辆纯白色的大使牌轿车一路揿着喇叭,将扑克送往总统府。

总统府是一幢砂岩结构的雄伟建筑,简直就像为巨人造的宫殿。扑克暗暗感慨:气派,庄严,昭示着权威和力量。

总统卫队由几名身材魁梧的锡克教徒组成,他们包着头巾,神

[①] 法赫鲁丁·阿里·艾哈迈德(Fakhruddin Ali Ahmed,1905—1977):于1974年至1977年间担任印度总统。

色严峻。跟随他们参观官邸时，扑克不由偷偷咂舌：他们中间无论哪一个，抡起一只胳膊就能要了我的命。总统府原为英国统治者为最后一任印度总督所建的总督府，整幢建筑气势恢宏，金碧辉煌，闪耀着古老帝国的光辉。如此令人震撼的景象，扑克只在画中见过。如今他正站在这个国家首都的中心位置，很快就要亲眼见到印度总统，一切仿佛梦境般不可思议。

面对总统，扑克双手合十，深深地鞠了一躬，礼貌而谦恭地致以问候。总统端坐在座椅上，旁边的小圆桌上摆着一瓶鲜花。扑克立刻开始着手作画，秘书在一旁负责计时。

"好了就说一声。"秘书嘱咐扑克。

十三分钟后，扑克说了声"画好了"，秘书按下计时器的停止按钮。总统接过画像，长久地端详着，脸上看不出任何表情变化。过了好一会儿才对扑克说：

"相当不错。"

总统发出赞许的笑声，神色明显轻松不少。在扑克听来，那笑声仿佛一辆反应迟钝的电动车发动时的吭吭响。笑声缓和了屋内的气氛，扑克面对的不再是一名高高在上的总统，而是一位普普通通的印度大伯。

起身告辞时，扑克听见总统吩咐秘书：

"别忘了给我女儿寄钱。"

扑克喜欢这句吩咐。印度总统和天下所有的父母有着一样的心思：替自己远行的儿女牵挂忧心。总统的人性化表现使他显得平易近人，必将受到国民爱戴。扑克这么想着，刚刚走出总统府大门，就被一阵闪光灯晃得睁不开眼。媒体记者蜂拥而上，纷纷打听总统说了些什么。

"总统吩咐秘书给他的女儿寄钱。"扑克原原本本地复述道。他心想，大家一定为拥有这样体贴慈爱的总统而自豪。

但是记者们并不买账。

"他应该多为这个国家着想,而不是惦记着自己的小家庭。"其中一名记者表示了不满。

"印度的未来比他女儿的未来重要得多。"另一名记者抗议道。

"我们需要的是一名领导人,而不仅仅是一名父亲。"又一名记者嚷嚷起来。

第二天,报纸上披露了扑克的总统府之行,并且附上了扑克的照片以及他为总统所作的肖像画。文章重点提到作画时间仅为十三分钟,仿佛这是一场竞技展示。

一九七五年春,警方对群众集会的监督明显更为严密。政府担心动荡的局势会引发暴动、冲突,甚至叛乱。

扑克在喷泉边竖起一块牌子,上面写着:"十卢比,十分钟。"等待画画的队伍越排越长。扑克的炙手可热使他成为警方眼中的安全隐患。康诺特广场分局的警察局长亲自来到现场,厉声痛斥:

"这样下去绝对不行!"

于是扑克又一次被带往警察局。

次日清晨,他在饱餐一顿后,神清气爽地走出警察局大门,先是去学校听完课,然后来到喷泉旁继续画画挣钱。

他将铅笔或炭笔的素描画卖给顾客,至于那些表现主义的风景油画,他则珍惜地挂在周围的栅栏上或房屋墙壁上。油画越攒越多,形成了一道别样的风景。每天傍晚六点到九点期间,喷泉池内会打出射光,广场附近常有小型的歌舞或戏剧演出。太阳落山时,迷蒙的水雾形成一道明亮的彩虹,正好挂在喷泉上方。这是整座城市最能激发灵感的地方,扑克欣喜不已,他要用画笔将一切记录下来。

随着扑克越来越有名,警察局对他的态度也越来越礼貌。偶尔实施的逮捕不过是例行公事或是应付上级的检查。大多数时候,他们对扑克都是睁一只眼闭一只眼。各大报纸都将扑克誉为"喷泉艺术家",新德里艺术学院的老师对他也赞赏有加。之前对他不屑一顾的同学如今都想成为他的朋友。短短几周内，扑克摇身一变，从一个默默无闻的无名氏成为备受追捧的画坛新星。这也难怪，每个人都热爱成功和励志的典范。

在先后受到苏联宇航员和印度总统的接见后，扑克的形象几乎每周都会出现在媒体上。电视台、电台和周刊争相对他进行采访。他的经历成为人们茶余饭后议论的话题，而画架前排起的队伍达到了空前的规模。他的名气越来越大，两名国会议员从报纸上了解到他的故事后深受震撼，主动邀请他来到国会议员俱乐部为他们作画。俱乐部就位于南大街，距离总理官邸不远。就在扑克专心绘画的时候，哈克萨尔①注意到了他。

纳拉扬·哈克萨尔是英迪拉·甘地总理的私人秘书。他敏锐地察觉到政府的形象每况愈下，当务之急是赢得公众的支持。在他看来，扑克很有可能成为帮助政府改善公共关系的关键人物。扑克出身社会底层，凭借自己的努力得到"喷泉艺术家"的美誉，这是许多特权阶级所欠缺的人生经历。扑克曾是印度社会恶势力和歧视的牺牲品，而这些落后的制度和观念正是英迪拉·甘地和国大党②希望消除和扭转的。贱民在全国人口中占到百分之五，在选民中占据相当比例。如果得到贱民的同情票，英迪拉·甘地就能大刀阔斧地实施改革，甚至赢得下一届的选举。

扑克很快意识到，哈克萨尔是英迪拉身边的一个重要人物，他集媒体顾问、智库成员和政治战略家的角色为一身，同时也是社会民主政治的倡导者。和英迪拉·甘地的背景相仿，哈克萨尔同样来自克什米尔一个激进的婆罗门家族，属于实实在在的掌权派。扑克在报纸上读到，一些政治评论家坚称哈克萨尔才是幕后的操纵者，

---

① 帕尔梅什瓦尔·纳拉扬·哈克萨尔（Parmeshwar Narayan Haksar, 1913—1998）：印度政治家，外交家。曾于1967年至1973年间担任英迪拉·甘地总理的首席秘书。
② 印度国民大会党（Indian National Congress）：简称国大党，1885年于印度新德里成立，是印度历史最悠久的政党，也是印度两大主要政党之一（另一个是印度人民党）。

他积极推动银行的政府国有化进程，极其抵触类似可口可乐这样象征资本主义的商品。

在国会议员俱乐部第一次见面时，哈克萨尔主动做完自我介绍，丝毫没有拐弯抹角，开门见山地问：

"您考虑过为我们的总理画一张肖像画吗？"

"当然没问题，先生。"扑克赶紧从椅子上站起来，毕恭毕敬地答道。

"那好。我怎么联系你呢？你电话号码是多少？"哈克萨尔问。

"我没有电话，先生。"

"好吧，那你的地址呢？"

"我没有固定住址，先生。我有时候睡在火车站，有时候在警察局过夜。"

"嘘！小点声！"哈克萨尔慌忙阻止他说下去。

接着他凑近扑克。

"我会解决你住的问题。"

英迪拉·甘地不愧是一位令人钦佩的杰出女性。她集母性和权威于一身，同时不乏睿智和幽默。对于报纸上的新闻报道，以及位于南大街总理官邸内发生的新鲜事，她都会给出独到的见解和评论，并且时不时打趣，开些戏谑的玩笑。以扑克的粗浅见识，他其实并没捕捉到笑点，然而总理身边的工作人员爆发出一阵阵笑声，扑克也只好跟着做做样子，反正和其他人保持一致总没错。

在扑克的想象中，英迪拉·甘地应该是位身材修长的女子，大多数人必须仰起脖子才能看见她的容貌。然而出乎意料的是，她和扑克的身高差不多，不到一米七。她有着姣好的身材和一双漂亮的眼睛，简直就像一名电影明星。

英迪拉礼貌地询问扑克的家庭背景以及未来的打算。

回答的时候，扑克能明显感觉到自己声音中的颤抖。

"奥里萨邦。我来自奥里萨邦,目前在首都的新德里艺术学院学习。"扑克的口吻中流露出自豪。

"这样啊。"英迪拉显然有些心不在焉,她转而望向窗台前的花盆。

她挥挥手,示意站在门旁的仆从过来:

"这些花必须定期浇水。你们千万不要忘记浇花。"

接着她又陷入了沉思。

扑克向英迪拉展示自己的绘画作品:油画、炭笔画和水彩。扑克知道,英迪拉曾就读于位于桑蒂尼盖登,印度诗人泰戈尔一手创办的艺术学校,因此对艺术作品具有相当不错的鉴赏力。扑克一张张翻过去,英迪拉饶有兴趣地认真端详,偶尔微微点头,予以肯定。

"这张我很喜欢,"英迪拉指着其中一张油画,用权威的口吻评论道,"至于其他的嘛……嗯,怎么说呢……你还是应该多加练习,所谓熟能生巧嘛。"

同时,她也给予扑克极大的鼓励,由衷地祝愿他成为知名的艺术家。

"你会成功的。"英迪拉笃定地说。

他们转移到餐厅,在餐桌边坐好。身穿制服的仆从立刻端上丰盛的午餐。

两个人就这样面对面坐着:英迪拉·甘地,世界著名的杰出女性总理;扑克,来自印度丛林的贱民男孩。当然,秘书并没有告诉英迪拉,扑克同时还是个借宿火车站的流浪汉。

天上的妈妈会看到这一切的,扑克深信。

午饭时,扑克偷偷瞥了一眼英迪拉。她正在自己动手剥煮土豆的皮。不可思议!身为一国总理,难道没有仆从帮她处理这些琐事吗?

结束了和英迪拉·甘地的第一次见面，扑克径直去了城里的奥里萨邦同乡会俱乐部。他的一个同学就在俱乐部里当厨师。扑克对这次约会并未抱太大希望，只觉得有顿饭吃就行。然而当他迈进俱乐部大门时，一群素未谋面的陌生人突然将他团团围住。所有人都以一种全新的目光审视他，他们的眼神中充满了好奇和期待，似乎在等待他讲述某件趣闻。

"扑克，我特意给你做了好吃的。"当厨师的那个同学走出来，像面对国家元首般对他深深鞠了一躬。

"这些人是谁？"扑克疑惑地环视四周。

"都是记者。"当厨师的同学微笑着回答，"他们想知道总理都说了什么。"

《纳瓦拉特南时报》的一名记者从人群中挤到最前面，恳求扑克给他一个采访的机会。扑克欣然回答了他的提问。他喜欢受到关注和重视的感觉，也乐意将总理的所做所说分享给大家。但是记者们似乎并不满意，总想从英迪拉和扑克的会面中挖掘出更深层次的内容。面对如此具有影响力的女性，扑克难道只谈了艺术？就没聊点国家大事？不过这件事本身也已经足够具有新闻价值了。

在和英迪拉·甘地的第一次见面中，扑克始终很不自信，紧张不安。周围的所有人都将总理视为女神一样的存在，这让扑克觉得无所适从。

根据哈克萨尔的安排，扑克总共和英迪拉有过三次交谈。第二次见面时，扑克明显放松了不少，他能感觉到对方的诚意和善意，因此不再忐忑。

第三次见面时，应哈克萨尔的要求，英迪拉、扑克，以及一些贱民孩子在总理官邸的花园里拍摄了几张合影。英迪拉的摄影师将这些照片提供给新闻媒体，第二天一早，它们纷纷出现在各大报纸的首页。照片里，英迪拉穿一袭明黄色纱丽站在正中，一头黑色鬈发中夹杂着浅灰色的发丝。贱民孩子们蹲在她身前的草地上，看上去倒像是她的学徒。

扑克和英迪拉的会面被大肆渲染和报道后，谣言甚至传到了家乡奥里萨邦。知情人言之凿凿地宣称，被誉为一国之母的英迪拉·甘地已经正式收养了扑克。扑克的妈妈不再是卡拉巴提——那个因病过世，被埋葬在河边沙坑内的部落原住民女子，而是出身高贵、地位尊贵的英迪拉·甘地。

洛塔从来不会在挫折前低头屈服。天空中也会出现乌云，但她并不气馁，而是坚定地朝着阳光灿烂的地方走去。她经常会想，最重要的是正视此时此刻。我们不该否认生活中的低潮和逆境，但我们更不应该在悲惨中自怨自艾，一蹶不振。许多人沉溺在过去中无法自拔，一遍又一遍地重复不幸的遭遇。这些人不断揭开已经愈合的伤疤，永远无法得到幸福。

在开始练习瑜伽时，洛塔欣慰于自己终于找到所适合的人生哲学。在气息吐纳和肢体舒展间，她进入了一直梦寐以求的境界：与其固守现有的状态，不如敞开怀抱迎接陌生的未知；忠于自己的内心，永远不要成为他人意志下的奴隶。

洛塔想：每一个人都在积极成长，追求幸福，但我们不该墨守成规，并且应该时常自省，避免思想的僵化。

世界上存在如此多的不公平，一些人试图按照自己的意志改变他人生活的轨迹，这怎么能称为幸福呢？或许每个人都应该关心政治，但政治不能解决所有问题。就她所了解的政党或社团，那些夸夸其谈的言语中找不出一丝一毫的真理。她知道自己不可能创造出一个全新的意识形态。她不够虔诚和忠心，既不信仰基督教，印度教或是佛教，也不属于保守党，自由党或是社民党。

洛塔想，或许我就是这样，对什么事情都只有泛泛的兴趣。

尽管妈妈是一名虔诚的基督教徒，尽管她自己一度着迷于瑜伽和东方哲学，洛塔对于宗教仍然持有批判的态度。她是一名人道主义者。这就够了。无论出身如何,肤色如何,世界上的每一个人都享有同等的权利。洛塔深信,一名人道主义者是永远不会存有种族歧视的。

扑克将画肖像赚来的钱投资在水彩和画布上，他因此得以拓展其他绘画主题，并且尝试不同的绘画技巧。大多数他所绘制的图画都卖给了康诺特广场上的外国人或者印度咖啡屋的顾客。

哈克萨尔曾经许诺帮扑克解决住宿问题，但现在看来已经没必要了。扑克利用赚来的钱，在洛迪殖民区①内租了一个单间。这是一片靠近郊区的繁荣住宅区，住宅区以北坐落着一个郁郁葱葱的公园，其中包括一片庄严的陵墓，中世纪德里苏丹国②的许多统治者遗体就被安葬于此。但是扑克的新家和庄严丝毫不沾边：除了一张床、一只床头柜和钉在水泥墙上的三个挂钩外，房间里就只剩下两三平方米的空间供他留宿朋友了。

扑克在新德里艺术学院修习三年级的课程，这也是他在学校的最后一年。扑克常常成为学校食堂里大家讨论的话题。他被视为上师一样的存在。老师、学生，甚至比他年长的知名艺术家都会专程找上门来，向他请教心中的疑问。问题五花八门：他是如何走上绘画这条路的？他的心理历程如何？他喜欢使用哪一种材料作画？他的爸爸妈妈是不是知名画家？他对艺术趋势的看法？以及，英迪拉·甘地的真实的人究竟是什么样子？

---

① 洛迪殖民区（Lodhi Colony）：新德里市中心以南的一片住宅区，建于 20 世纪 40 年代，住户多为中央政府官员及其工作人员。
② 德里苏丹国（Delhi Sultanates）：始于 1206 年，终于 1526 年，共存在 320 年。是 13 世纪至 16 世纪突厥和阿富汗军事贵族统治北印度的伊斯兰教，区域性封建国家的统称，以其建都德里得名。

其中一名学生几乎每天都出现在咨询的人群中，这是一个刚刚进入艺术学院的女孩，扑克总觉得她的面部表情有些奇怪，似乎总有种欲言又止的意味。最后，她终于鼓足勇气来到扑克面前，自我介绍说：

"我叫普尼。"她小心翼翼地吐出短短几个字，生怕冒犯了扑克。

但之后她很快就切入正题：

"你愿意和我一起吃午饭吗？"

扑克一如既往地爽快答应下来。他几乎不会拒绝任何与吃有关的邀约。但普尼显然对他的诚意有所怀疑。

"不会打扰到你吗？"她不安地问。

"当然，"扑克半开玩笑地说，"当然会打扰到我！确切说，你扰乱了我的工作。但是被请客吃顿午饭，嗯，这种打扰还不错！"

午饭后，普尼邀请扑克到家里做客。

"我妈妈想见见你。周日你能来吗？"

"你妈妈？怎么回事？她为什么想见我？"

"她希望你能帮她画张肖像画。"

扑克乘坐的人力车钻出贾玛清真寺[①]旁的小巷，进入拥挤的主街。大使牌轿车、涂成五颜六色的货车以及破破烂烂的公交车争先恐后地向前挪移，壮观的车流仿佛行将凝固的糖浆般缓缓流动。扑克望着车水马龙和穿梭其间的如织行人，产生一种前所未有的新鲜感。他从没乘坐过人力车，从没体验过近在咫尺的人力车夫拉着他奔跑前行的感觉。他想到那些富有的地主、商人和婆罗门，他们早已习惯花钱购买他人的劳力，以显示出自己身份的尊贵。而他现在

---

① 贾玛清真寺（Jama Masjid）：位于印度旧德里中心繁忙的义卖市场街，是印度最大的清真寺。贾玛一词来源于穆斯林在星期五下午举行的主麻日聚礼。

隐约体会到同样的优越感，似乎和眼前奋力拉行的车夫相比，自己的地位明显要高出一截。

人力车颠簸着，汇入月光集市①内越发密集的人群中，一路掠过珠宝店、纺织品店、自来水厂的广告牌和拍摄街景的外国摄影师，继而一个急转弯钻进小巷，瞬间切换到另一个场景：滞留不前的山羊，匆忙行进的人力车，摇头摆尾的奶牛，汪汪吠叫的狗，裹着灰色头巾的女人和头戴针织印度帽的男人。人们挎着装有牛奶和辣椒的口袋，行色匆匆地与斑驳的墙面擦身而过。扑克着迷于这样生机勃勃的画面。

在一个丛林村落中长大的男孩眼里，德里的集市仍然像是充满异域风情的神话世界。整个城市充满历史和权力的气息，同时充斥着拥挤和贫穷。大街小巷的开放式下水道中，漂浮的黑色黏稠物散发出恶臭，然而这恶臭中混杂了广藿香②的甜腻气味，让人联想到，或许在某个街角，隐藏着一个种满芒果树和无花果树的庭院。

几经辗转终于抵达目的地。扑克走下车，在支付车资之余，还慷慨地犒赏了车夫喝茶的小费，仿佛不这么做，他就觉得良心上说不过去。扑克来到一幢颇为古旧的住宅前，敲了敲漆成深色的木门。

"请进！"门后传来一个声音。

普尼打开门。和在学校时相比，她的神色更为紧张，脸上没有一丝笑容。见到扑克后，她匆匆转身拿出一杯冰汽水。

"凉白开就行。"扑克说。

普尼这才笑了起来，但仍然掩饰不住内心的不安。

"你喝茶还是咖啡？"

"不急，等会儿吧。"

---

① 月光集市（Chandni Chowk）：印度旧德里最古老繁忙的集市之一，据说因为月光倒映在水渠中而得名。
② 广藿香（Pogostemon cablin）：唇形科多年生草本植物，原产地印度或非洲，可用作强刺激药与芳香料，是香水常见成分。

房间里静悄悄的。扑克环视四周。墙上挂着印度知名影星的照片，茶几上堆放着家居生活类时尚杂志。普尼拿着托盘走了进来，递给扑克一杯清水。从弥漫在空气中的香气可以判断，普尼刚刚去浴室喷了香水。那是掺杂了茉莉和玫瑰的清香，扑克不由对她微微侧目：普尼已经不再是学校食堂里那个拘谨朴素的女学生了，她身穿一袭亮晶晶的纱丽克米兹①，脸颊上泛出胭脂的红晕，嘴唇上特意涂了口红。这身穿着打扮使她看来比实际年龄成熟不少。但无论如何，她还是那个来自艺术学院的害羞却直率的女学生。

扑克喝了口水，有些着急地问道：

"你妈妈呢？我现在就开始准备给她画画吗？"

"我妈妈啊……是这样的，就在你来之前，她有事必须出门一趟。应该是……应该是她工作方面的急事。"

扑克立刻意识到普尼在搪塞自己。

"你等等吧，她很快就回来。"普尼柔声说道。

但扑克觉得其中存在蹊跷，他一分钟都不打算耽搁下去。

"星期天可是赚钱的好日子，喷泉旁边有好多顾客等着我呢。我得走啦，再见！"说完，他以最快的速度离开了普尼家。

"早上好！"

新德里艺术学院的走廊里一个响起熟悉的声音。扑克转过身，原来是普尼。

"最近还好吗？"扑克问。

"不怎么样，"普尼答道，"妈妈买了两张今晚大广场的电影票，可她临时变卦不去了。你愿意和我一起去吗？"

"那部电影好看吗？"

---

① 纱丽克米兹（Shalwar Kameez）：源自南亚的一种传统服装；上身为简易版的纱丽，下身为灯笼式长裤。

"妈妈选的电影从来都很好看。"

"让我想想。午饭时给你答复。"

扑克走进学校的画室,开始清理昨天留下的一片狼藉:他找到散落在工作台上的几管颜料,旋紧塑料盖;扔掉一把磨损严重的毛刷,用松节油将其他两把梳理整齐;捡起散落一地的素描画;对着一幅完成了一半的油画端详良久,然后挑出一只毛刷,继续工作起来。

他努力回想普尼的模样,但总是莫名其妙地分神。一团神秘的寂静充斥着他的脑海。耳畔突然响起一声低沉的音符,紧接着是另一声,稍稍轻快些,清脆些。那似乎是油画中的色彩奏起的曲调,又像是人们哼唱的歌谣。他找不到与之匹配的拟声词可以形容,或许是源自意识深处的幻觉?扑克迅速在画布上涂抹着色彩,想要将身体内蕴藏的能量尽情释放出来。

学校的钟声悠悠响起,到了吃午饭的时候。扑克完全沉浸在创作中,已经忘了时间。画室里悄然闪进一个身影,慢慢挪到墙边的长凳上坐下。扑克装出若无其事的样子,他已经猜出这名不速之客的身份,然而令他意外的是,自己竟然感觉不到一丝喜悦或兴奋。他只想一个人静静地待着,而对方的出现完全扰乱了这份宁静。

"真是一幅精美绝伦的作品。"普尼由衷地发出赞叹。她走到画室巨大的落地窗前,让整个身体沐浴在阳光之中。

扑克转过身来看着她。

"你愿意和我一起去看电影吗?"普尼问道。

扑克不自然地笑了笑。

"稍等片刻!"说完,他立刻钻进走廊,顺着楼梯来到楼下塔里克的画室。

塔里克正坐在画桌边完成一幅插画。

"一年级的普尼约我今晚出去……"扑克气喘吁吁地开了口。

塔里克抬头看了他一眼。

"我是说……我该答应她吗?"扑克上气不接下气,"她约我去看电影。"

扑克一脸期待地望着他的朋友,渴望从他身上寻找答案。塔里克意味深长地看了看扑克,无奈地叹了口气。

"我的老天,帕拉迪纳!她又不会绑架你!去吧去吧,玩得开心!"

扑克和普尼乘坐一辆电动三轮车来到电影院。电影名为《陌生人》,讲述了一个看似不可能发生的爱情故事:出身中产阶级的男孩爱上了一个来自上层社会的、漂亮聪明的富家女。他们坐在放映厅后部的一张双人沙发中,两侧的塑料扶手已经有些破损。电影以一阵悠扬的旋律开场,整个故事感人肺腑。富家女怀有身孕,但决意打掉孩子,继续自己的模特生涯。(天哪,这完全不能反映出印度社会的现实嘛,扑克嘀咕)一对情侣抱憾分手,富家女回到爸爸妈妈身边。(这也太丢人了,扑克摇摇头)

扑克喜欢电影中的自然风光和歌舞场景。不管怎么说,这是他所看过最浪漫的一部电影。扑克一度忘记了时间和空间,直到掌心感觉到普尼指尖的摩挲,他才被拉回现实世界。两人的手很快交握在一起。

"妈妈问我,你在街头画画挣来的那些钱是怎么处理的。"普尼在他耳畔小声说道,"你愿意的话,我妈妈可以帮你保管那些钱。"

"不用了,我已经在银行开了个账户。"扑克同样报以小声的回答。

两个人静静地坐了一会儿。幕布上的男女主人公幻化为两个模糊的人影,渐渐靠近,长久地依偎在一起。这是典型的印度式拍摄手法,亲吻的亲密场面只能靠观众发挥想象。扑克只觉得尴尬,他坐如针毡,不自觉地颤抖起来。普尼紧紧攥住他的手。

"怎么了?"她关切地问。

"没什么。"扑克试图掩盖自己的异样。

"可你在发抖。"

"电影院冷嘛,我打了个寒战。"

普尼将头枕在他肩上。

"可我不觉得冷。"

"是吗?"

"嗯。我爱你。"她深深地叹了口气。

扑克内心油然而生一种复杂的情绪:绝望,灰心和软弱。

"可我……可我从没想过爱不爱这件事。"他迟疑地说。

"你可以从现在开始想嘛。"普尼说。

"但是,"扑克试图解释,"在我们村里,两个人要结婚以后才能谈这种事。"

电影里,一个络腮胡子的劫匪开枪打死一名行人,抢走了他装满珠宝的背包。

"这也不难办,"普尼说,"你负责给你爸爸写信,我负责找我爸妈谈。我妈妈可喜欢你了,只要她说服我爸爸,我们就能结婚。"

她接着说:

"以后,你就靠给人画画养家糊口,而我呢……我也会成为一名艺术家。我们在一起生活一定会很幸福的。"

扑克不知道该说什么好。所有的梦想和计划一下子涌到他面前。或许普尼是对的?或许她就是自己未来的伴侣?或许他应该写信给爸爸,得到结婚的允许?他不能确定自己的感情,也说不清这一切是否命中注定。他总在想,事情的发生都有原因,每件事都存在意义。

电影中的男女主人公历经种种磨难和考验,最终重新走到了一起。还好是大团圆的结局,扑克暗暗松了一口气,不然他可真要当场哭出来了。

他们手拉手走出电影院,跳上一辆电动三轮车,顺着五光十色的维韦卡南达路摇晃着向旧德里驶去。到达贾玛清真寺附近,普尼跳下车向扑克挥手道别。三轮车载着扑克,继续朝着他租住在南郊的房子前进。

一回到出租屋,扑克立刻动手给爸爸写信。尽管内心有所抵触,他必须承认普尼的建议相当有道理。普尼是对的!她应该就是占星术士预言中的女子:并非部落中人,不在他家乡的村落或地区,但是等等,她和自己来自同一个国家。管他呢,反正差不多是这个意思就行了。

在信中,扑克描述了向他示爱的这个女孩,并且表达了想要与之结婚的愿望。

最后,他诚恳地请求爸爸的准许。

写完信,扑克揉了揉眼睛,看了眼时钟。已经是凌晨十二点半,他躺在床上,翻来覆去怎么也睡不着。一群野狗吠叫着跑过街道,偶尔传来自行车嘎吱作响的声音,先是越来越近,然后越来越远。皎洁的月光透过窗户照射进来,为房间的水泥地覆上一层柔光。

一切都是命中注定。带着这样的思绪,扑克沉沉进入梦乡。

普尼家弥漫着一股食物的香气,辅以各式佐料的传统菜肴悉数登场:印度飞饼、鸡肉咖喱、奶酪炖菠菜、香辣土豆花菜。想到准备这些美食都是为了迎接他的拜访,扑克不由有些受宠若惊。显然,这家人以最大的诚意表示出欢迎的姿态。餐桌上摆得满满当当,普尼的妈妈只好在旁边支出一张铺有印花桌布的小桌,放置取用食物的空碗碟。

扑克感到饿极了。

"您好!"他用印地语恭敬地致意,同时双手合十,弯腰跪地,用手抚摸过普尼爸爸的脚。他认为这种方式最为郑重,一定能讨对方父母的喜欢。

"欢迎欢迎,站起来说话吧。"普尼的爸爸伸出胳膊,以西方的方式同他握了握手。

"我们是现代家庭,不兴传统那一套。"

除了普尼的父母外,房间里还坐着普尼的两个哥哥及两位嫂嫂。普尼自己则躲在一墙之隔的另一个房间里。扑克猜想她一定听到了他们的对话。

虽然知道规矩素来如此,扑克还是觉得这样的格局有些荒唐。接下来他就要接受普尼爸爸的问话和检查,类似大公司雇佣职员前的面试。

扑克安慰自己:反正我是和普尼结婚,又不是和她爸爸结婚。

普尼的爸爸直截了当地问:

"你属于哪个种姓?"

扑克感到脸上阵阵发烫。这真不能算是个好的开始。他知道普尼一家属于高等种姓,按照传统,他们绝不可能接受他的出身背景。但普尼的爸爸刚才不是说,他们是现代家庭吗?

扑克以提问代替了回答:

"您拥护种姓制度吗?"

扑克直觉发起反击是自己唯一的机会。因此没等对方给出答案,他就咄咄逼人地继续下去。

"种姓究竟有什么用?没错,我的确出生在丛林中一个部落里,我的祖辈世世代代身为贱民,但是,我和您女儿身上流着同样鲜红和温热的血液。我们拥有同样的兴趣爱好,我有理由相信,我和她在一起会生活得很幸福。"

普尼的爸爸牢牢盯住他的眼睛,似乎在沉思着什么。扑克在心里祈祷:或许一切还有商量的余地。

"所以,你出生在部落里一个贱民家庭?"

扑克没有吭声。

"我的女儿已经爱上你了?"

房间里鸦雀无声,气氛异常紧张。扑克甚至能听见普尼爸爸的呼吸声和自己脉搏的跳动声。他环视四周,所有人脸上的笑容都消失不见,取而代之的是狐疑的眼神和难以捉摸的表情。

最后,还是普尼的妈妈打破了沉默。她用手捂住额头,失态地嚷嚷起来:

"我的老天哪!我的老天哪!"

普尼的爸爸站起身,指向门口厉声呵斥道:

"请你立刻离开我们家。现在!马上!永远不许再靠近我的女儿!永远!"

扑克站起身,耷拉着脑袋走向门口,用几乎听不见的声音说了句再见。

回到洛迪殖民区的出租屋后,扑克痛哭着扑倒在床上。在情绪的剧烈波动宣泄完毕后,他直愣愣地盯住天花板,苦涩地品味着前所未有的渺小、空虚和失落感。在阿特马利克学校中被排挤和被歧视的回忆一点一点浮现出脑海。他低贱卑微的身份像一枚定时炸弹,暂时的平静只是表象,而突然爆发的威力却是他无法承受的。他的心跳加速,脸颊发烫,脊背流汗,像是莫名发起高烧,又像是溺毙前的垂死挣扎。

整整一宿,他躺在床上反复念叨着一句话:为什么,为什么,为什么我要出生在丛林里的贱民家庭?

各大报纸陆续从孟买发回关于贱民豹[①]的报道。有消息称,贱民豹成立的灵感来源于美国的黑豹党[②]。贱民豹发布了一份宣言,痛诉在印度占据主导地位的婆罗门要比英国殖民者恶劣得多。这一观点

---

① 贱民豹(Dalit Panthers):一个革命性的反种姓组织。由纳穆迪奥·德萨尔和J.V.帕瓦尔于1972年5月29日在孟买成立。
② 黑豹党(Black Panther Party):一个由非裔美国人组织的团体,由修伊·牛顿和鲍比·西尔于1966年在加利福尼亚奥克兰创建。

和扑克爷爷的看法不谋而合。贱民豹还斥责印度领导阶级,将国家机器和历史传承下的封建力量作为实施精神压迫的工具。宣言中这么写道:"我们不满足于微茫的权利。我们不是被婆罗门排挤在外的卑贱种群。"

在贱民自己的报纸《贱民之声》中,贱民豹将印度贱民所受到的歧视与美国黑人遭到的种族歧视进行类比:

> 所有的美国黑人都必须清楚地认识到一点,他们发起的解放运动还远远没有结束,远在亚洲的许多兄弟姐妹仍然处于水深火热之中。美国黑人的确有过不堪回首的历史,但我们现在遭受的苦难,是他们二百年前所经历悲剧的重演。

几天后,扑克在学校咖啡馆喝茶时,意外看见了普尼。普尼正和一个男生聊天,在对方试图靠近时,她却别扭地转过头去。扑克主动打了声招呼,但普尼没有理睬他,而是和那名男生肩并肩走出咖啡馆。

午饭的时候,他们又一次碰上了。这回,普尼倒是主动同他搭起话来:

"忘了我吧!"她劈头盖脸来了这么一句。

普尼解释说,自己既不拥护,也不在乎什么种姓制度,但她爸爸看重这些。

"我没法说服我爸爸。"

扑克无言以对。

"你看见早上和我说话的男生了吗?"普尼的语气流露出伤感和无奈,"他是读工科的。爸爸一度想撮合我们,但后来我说我爱上你了,爸爸也只好放弃。现在爸爸知道了你的家庭背景,情况又有所变化。"

扑克不可置信地盯着她。曾经那么热情主动地追求过自己的普尼，如今像是换了个人似的。

"你大概也能猜个八九不离十。我们就要结婚了，很快！"她斩钉截铁地说。

"你爱他吗？"扑克问。

"当然。"普尼面无表情，冷冰冰地答道。

究竟什么是爱情？扑克脑海里萦绕着这个疑问。就因为她不愿和父亲发生争执，就必须付出说谎的代价吗？

"普尼，听我说！我已经准备好迎接挑战！从法律层面上，任何人都不能阻止我们在一起。无论是你爸爸，还是哪个亲戚朋友。我们可以采取民事结合的方式，不需要神父或亲人作证。然后我们私奔到一个谁都不认识我们的地方，开始全新的生活。"

普尼侧过脸，飘忽的目光从走廊游移到食堂，然后突然粗暴地打断了扑克的设想：

"不要再和我讲话！别再找我！"

"你不喜欢我了吗？"

"我喜欢你，可我不能和你结婚。"

"为什么，普尼，为什么？"

"我不能违抗爸爸的意思。"

扑克躲在洛迪殖民区的出租屋内，放声呐喊：

"婆罗门，刹帝利，你们这些高等种姓的势利眼！一群傲慢，阴暗，心胸狭窄的坏蛋！我们到底哪儿得罪了你们？"

扑克的脑海里充满了仇恨，直到半夜才浅浅睡了一会儿，不到凌晨四点他就醒了，在辗转反侧中捱到黎明的来临。愤怒过后，他感到无尽的惆怅和自卑。

床头柜上放着一本绿色封皮的小册子，里面的纸张已经泛黄。整本书印刷质量相当粗糙，行文措辞也因为过时而不免荒唐。每当他难以入睡，沉浸在对普尼的思念难以自拔时，扑克就会翻看这本小书。

这本书描述了印度南部喀拉拉邦的传说。这天,湿婆决定给该地区的婆罗门一点教训。(啊,正合我意,扑克迫不及待地读下去)为了灭一灭婆罗门的威风和傲气,湿婆打算羞辱喀拉拉邦内最尊贵、最睿智的精神导师阿迪·商克查里亚。

导师阿迪修行多年,距离得道的境界只有一步之遥。唯一阻止他取得圆满的是他的自傲,他始终拒绝承认,无论种姓或社会阶层的高低,自己和世界上其他人一样,都是血肉之躯。

湿婆和妻子雪山神女①决定制造一个恶作剧,他们变身为出身普拉亚种姓的贱民夫妇,无家可归,穷困潦倒,他们的大弟子南迪②变成他们的孩子随同而行。他们打扮成乞丐的模样,穿着肮脏不堪的褴褛衣衫。湿婆动用法力,使自己浑身酒气冲天,嘴里散发出阵阵牛肉的膻味,而吃牛肉和饮酒正犯了正统婆罗门的大忌。湿婆像醉鬼那样蹒跚而行,为了增加说服力,他将半瓶棕榈酒夹在胳膊下,另一只手还拿着盛满棕榈酒的半只椰子壳。

在一片水稻田的田埂上,湿婆、雪山神女、南迪与身份尊贵的阿迪·商克查里亚不期而遇。根据传统,为了避免冲撞和冒犯,贱民应主动跳进泥泞的水塘里为婆罗门让路。但湿婆一行却直冲冲地走到阿迪面前,要求他让出道来。

素来德高望重的阿迪怒不可遏。

"瞧瞧你们这家贱民,浑身污垢,臭气熏天,面容丑陋,不守规矩,居然胆敢挡着我的道?我可是神圣不可侵犯的婆罗门。你们大概这辈子都没洗过澡,光顾着喝酒吃肉了。"阿迪威胁要砍掉他们的头颅,因为喝酒和吃牛肉这种离经叛道的行为,就连神灵都不会原谅。

---

① 雪山神女(Parvati):主神湿婆的妻子,雪山神的女儿,恒河女神的姐姐。
② 南迪(Nandi):印度教体系中湿婆的坐骑,湿婆最忠实的信徒,是象征欢喜的神祇。

湿婆以平静的口吻答道：

"我承认，今天的确喝了一两杯酒，我也的确有一段时间没洗澡了。但是在跳进泥塘之前，我希望你能详细解释一下，我们三个肮脏的贱民和你这位高贵洁净的婆罗门之间，到底存在什么区别。"

衣衫褴褛的湿婆对阿迪说，如果对方能回答上来自己的几个问题，他和他家人立刻跳进泥塘让出道路。

湿婆开始有条不紊地进行列举：

"如果我割开我的手掌，你割开你的手掌，我们流淌的都是红色的鲜血——你能告诉我，其中的区别在哪儿吗？第二个问题：我们吃的米，是不是来自同一片稻田？第三个问题：你向神灵供奉的香蕉，是不是贱民亲手种植出来的？第四个问题：婆罗门女子是不是和贱民女子一样，佩戴同样的花环？第五个问题：你们在寺庙举行祭祀或庆典仪式时，所使用的井水是不是从我们贱民挖掘的井里打上来的？"

见阿迪没有吭声，湿婆于是滔滔不绝地说下去：

"难道就因为你们用金属盘子吃饭，我们用芭蕉叶吃饭，就能代表我们是不同的人种吗？婆罗门骑大象，贱民骑水牛，难道婆罗门就能变成大象，贱民就必须变成水牛吗？"

这些问题令阿迪哑口无言，他不由心生疑惑：一个蓬头垢面、几乎没受过教育的低层次贱民，怎么能提出如此复杂和深奥的哲学问题？就在阿迪愣在田埂上陷入冥想之际，他的第七感突然显灵：站在面前脏兮兮的普拉亚一家渐渐消失，取而代之的是三位神灵：湿婆、雪山神女以及他们的弟子南迪。

想到刚才自己的所作所为，阿迪羞愧难当，立刻跳进田埂旁的泥塘里，诵念起一首赞美湿婆的诗。

湿婆原谅了他。

阿迪向湿婆请教，为何要在他面前化身为贱民，他一直忠心而虔诚地崇拜着湿婆，从来不敢有半点怠慢。

"你天资聪颖，智慧过人，长期修行只为升入得道境界，"湿婆回答，"然而如果面对众生万物，不能平等对待，不能施以尊重和同情，你永远也无法修成正果。我之所以化身为贱民，正是为了让你认识到这一点。"

湿婆继续道：

"你必须克服思想中的偏见和无知，不仅忠诚于婆罗门，更要以拯救所有种姓的民众为己任。只有真正做到这些，你才能修成正果。"

根据书中的记载，这段故事发生于数千年之前。而如今，在喀拉拉邦北部的年度节日庆典中，作为主神的湿婆仍会以贱民的形象出现。

扑克喜出望外地了解到，喀拉拉邦的部分居民将卡尔·马克思的学说视为湿婆解放理论的继承和延续。扑克恍然大悟：神灵或许会沦为压迫和利用穷人的傀儡，但也会成为阻止强权、改变世界的有力武器。

扑克所咨询的心理医生建议他，不要一个人躺在出租屋里消沉下去，出去见见朋友，聊聊天，比自己胡思乱想要好得多。

"试着去享受生活嘛。"心理医生这样鼓励他。

扑克向一个朋友倾吐苦恼，却得到了另一种建议——喝酒。这个朋友就是在失恋后开始喝酒的。

"这招很管用。"朋友告诉他。

扑克一滴酒都没沾过，在他看来，酒精是专为意志薄弱的胆小鬼而准备的。然而这一次，在好奇心的驱使下，他来到位于康诺特广场外一条小巷中的酒铺，买下一小瓶印度产威士忌，躲在一辆满载床垫的卡车后，一口气灌下半瓶。他剧烈地咳嗽起来，大口大口喘着气，最后全部吐了出来。扑克靠着扶手坐在台阶上，耐心等待奇迹的发生。

不知道过了多久，他脚下的大地开始变得棉花般松软。扑克一下子就爱上了这种感觉：痛苦和悲伤消失得无影无踪。朋友的话是对的，喝酒这招的确很管用。

扑克回到喷泉旁边，准备开始一天的工作。然而，他的手怎么也握不住铅笔或炭棒。扑克向顾客们道歉，搪塞说自己生了病，收拾好画具一步步往出租屋的方向走去。他从下午一直昏睡到晚上，直到次日清晨才算清醒过来。他醒来后的第一件事就是将另半瓶威士忌灌下肚去。

扑克越喝越凶，最近几个星期以来，他几乎天天从早喝到晚。酒精的麻痹令他产生一种飘飘欲仙的快感，残酷的世界似乎消失在缥缈的雾气中,原本尖锐的棱角渐渐变得圆滑,忧愁和烦恼不复存在。

这天,扑克夹着速写本,醉醺醺地沿国会大街游荡时,迎面撞见一位他曾经为他画过素描像的警察。警察闻到扑克嘴里的酒气,开门见山地问:

"你怎么开始喝酒了?"

扑克将心事一股脑倒出来。他认识普尼的经过,他们在电影院的约会,两个人双双坠入爱河,他受到普尼一家的邀请,在不知道他身份情况下对方的盛情,普尼爸爸的质问和愤怒,以及对女儿和贱民交往的坚决反对。扑克情绪亢奋地痛斥自己遭受的种种不公,浑身散发出威士忌的浓郁气味,摇晃着身体,不时趔趄一下。说到最后,他忍不住失声痛哭起来。

警察始终耐心地充当倾听者的角色,就算对方说话不免颠三倒四,含混不清,他也没有打断扑克。

宣泄完情绪后,扑克感到一阵轻松。

"别傻了,"警察拍拍他的肩膀,"来,给我瞧瞧你的手。"

扑克伸出手去,警察仔细研究着他的掌纹。

"看这儿!绝对没问题!根据掌纹上的婚姻线,你会在意想不到的情况下突然结婚,而且生活得很幸福。"

"可是,"扑克半信半疑,"我是贱民。我永远不可能和印度教家庭的女孩结婚,特别是来自体面家庭,受过良好教育、知书达理的那种女孩。"

"你未来的妻子或许根本不是印度人呢。"警察说。

这天晚上扑克躺倒在床上,半睡半醒间,小学时被排挤和歧视的苦痛记忆突然涌上心头,而在这苦味中,渐渐浮现出一丝希望的曙光。扑克陷入梦境,梦里他所找寻的女子化身为白衣天使,从遥远的国度翩翩而来。她飞过印度边境,飞过旁遮普邦的玉米地,飞过新德里的屋顶,飞进他的出租屋,越来越近,越来越近;最后,她降落在他的床边,静静凝视着他。

扑克享受着她的陪伴,他能感觉到她均匀的呼吸,能嗅闻到她身上淡淡的香气,她柔软的发梢拂过他肩膀的肌肤。扑克体会到前所未有的温暖和满足。那是一种深入灵魂的神秘力量,牢牢控制住他的内心。

第二天一早,扑克试图重温梦境,却无法回想起天使的具体模样。她仿佛一团迷雾,形容模糊,虚无缥缈。但她确确实实地存在,给他安慰,伴他入眠。

入夜后,天使伴随歌声再度降临,那是扑克从未听过的旋律。他满怀憧憬地想:这音乐如此动听,它一定来自一个遥远而神秘的国度,一个美丽而宁静的地方,一如占星术士的预言。

一九七五年春，印度掀起一股反对高昂物价和偏执的印度教民族主义者的民主浪潮。民众的不满与怨怼呈现出沸腾状态。

就连英迪拉·甘地也颇有怨言。她不仅疲于应付态度顽抗的法官和针锋相对的记者，并且愤怒于反对派政治家在国家陷入危机时的袖手旁观。最令她烦恼的是，她被指控在一九七一年的大选中存在舞弊行为。她的政敌公开宣布，英迪拉·甘地在最近一次选举中操控选票，并且非法挪用国家公款以资助个人竞选阵营。经法院裁定，英迪拉·甘地必须立刻从国会中退位，并且在未来六年内不得参加选举。事情愈演愈烈，英迪拉的政敌在全国发起示威和骚乱，公众甚至包围了英迪拉的官邸，要求她立刻下台。

英迪拉·甘地不甘心坐以待毙，任由反对者污蔑和践踏。她决定重新夺回主动权，六月二十五日，她请求总统以"内乱"为由，下令宣布国家进入紧急状态。由此，她顺理成章地废止了法院的裁决，下令警察和军队镇压示威和骚乱，逮捕敌对政权的领导层，达到独揽大权的目的。季风云团挟裹第一场降雨突袭新德里时，英迪拉·甘地集结起所有部长，通知他们自己即将在全印广播电台①面对公众发表讲话。

伴随着空中不断翻涌的季风云团，英迪拉通过嗡嗡的电波郑重宣布道：

"没有任何理由值得印度陷入恐慌。"

---

① 全印广播电台（All India Radio）：印度官方性质的广播电台，于1927年成立于新德里。

此后，她成为一个不折不扣的独裁者。一如国大党主席对媒体所表态的那样，英迪拉即印度，印度即英迪拉。

　　然而，在全印广播电台播出英迪拉的讲话之前，谣言就已经以迅雷不及掩耳之势蔓延开来：从政治家和政府工作人员到国会大街上卖茶的小贩；从卖茶小贩到帕特尔集市旁的车站内，包头巾的锡克教出租车司机；从出租车司机到托尔斯泰路上卖甘蔗汁的流动小贩；从流动小贩到揿着喇叭、在辐射状环形街道上来回行驶的公交车司机；从公交车司机到印度咖啡馆内不时与客人交头接耳的服务生。

　　不过短短十几分钟的时间，消息已经传遍大街小巷。

　　纸质媒体接受严格审查，反对派政治家遭到监禁，工会被迫屈服。

　　面对咄咄逼人的记者，这位睿智聪明，却也饱受争议的女性总理袒露了心声。她坚信，类似扑克及其兄弟姐妹这样无家可归、备受欺凌的贱民阶层是支持自己的，印度数百万计的穷人会站在自己这边。

　　正是由于肩负着他们的殷切希望，英迪拉必须赢得这场斗争，必须捍卫自己的政权。

　　扑克同样相信，英迪拉会让国家重新走上正轨。

　　对穷人予以同情和支持的领导人，必将站在正义一方。

　　在通往康诺特广场喷泉的道路两旁，扑克看见大大小小的宣传海报：无敌的勇气和明确的愿景——你的名字是英迪拉·甘地。团结的家庭是幸福的家庭。少说话，多干事。效率是我们的口号。

　　还有些标语看来像是印度咖啡屋墙上贴着的广告：印度产，印度造，自力更生，丰衣足食。

　　此外，城里并没有什么变化。

　　在一份报纸上，印度最著名的企业主塔塔先生对紧急状态的宣布发声表示支持："骚乱引起的罢工已经持续了太长时间。现有的国会政治制度已经严重阻碍了企业的发展。"

中产阶级、私营业主、商贸人士和政府官员纷纷表示，他们已经厌倦了无休无止的混乱局面，因此无条件拥护警察和军队的独立行动：解散有威胁性的群众集会，逮捕窃贼和煽动分子，拆除违章搭建的贫民窟棚屋。扑克经常在印度咖啡屋听见类似的评论：

"反对派政治家，知识分子和记者成天抱怨紧急状态。但我们只是普通人，我们爱好和平和安宁的生活秩序。"

或者：

"贫民窟无处不在，德里太需要一个强硬的铁娘子了。"

甚至还有这种：

"不管怎么说，现在犯罪率下降了，火车准点了，街道清洁了，民众也讲卫生多了。十几个孩子挤在贫民窟一间棚屋内这种情况也少多了。报纸上这些记者成天在纠结人权问题这种废话，他们也不睁开眼睛看看现实情况。"

然而这种局面令德里的教师、记者和学者感到震惊和愤怒：

"她居然敢这么胡作非为……肯定是她那个宠坏的小儿子桑贾伊在背后捣鬼。还有总统，简直是一个笑话，彻头彻尾地沦为英迪拉的傀儡。"

由于不满和非议的激增，英迪拉下令，以"妨碍国家安全"为由逮捕为首的政治家、律师和编辑。一些有头有脸的公众人物在压力中被迫辞职，而此举引来了更大的民愤。抗议的人们走上街头，高举标语公开指责"英迪拉的疯狂行径"。

每个月固定的这天，印度人民党都会在德里的大街上组织游行，要求政府尊重最基本的公民权利。浩浩荡荡的游行队伍经过印度咖啡屋，掀起一阵喧嚣的嘈杂。扑克跑出去好奇地围观，为首的发起者正带领队伍直奔国会大楼而去，同时高声疾呼：

"英迪拉疯了！整个印度疯了！"

游行的发起者属于少数派锡克教徒，他带领的数千名锡克教信徒身着统一的传统服装：蓝色或橙色的头巾，长及脚踝的长袍。他们还手持统一的佩剑，剑柄上印有花卉图案。

扑克亲眼看见了整座城市被熊熊燃烧的怒火所包裹，然而报纸上对抗议和示威行动只字未提，呈现出的只是一片太平盛世的安宁景象。

反对英迪拉的呼声越来越响，抗议的方式也越发具有迷惑性，有些甚至巧妙地躲过媒体审查制度。在《印度时报》副刊的公告栏里，扑克读到一则含沙射影的讣告，一位匿名读者携妻子珍丽（真理）、儿子兹优（自由）、女儿心念（信念）、喜旺（希望）和恭铮（公正），哀悼挚友敏竹（民主）的逝世。

所谓严格的审查制度原来这么容易蒙混过关，扑克这样想着，一个人偷偷笑了好久。

扑克从心底爱戴和拥护英迪拉。但紧急状态同样影响到他的正常生活。他被迫向哈克萨尔诉苦，喷泉边巡逻的一些警察对他更为友善和礼貌的同时，另一些警察对他的态度明显比以往要激进和尖锐。围观的一些市民甚至冲进等待作画的队伍中，撕毁他正在创作的素描，威胁他收拾好东西赶紧滚蛋。他在冰火两重天的夹缝中苦苦求生。有些人也许昨天对他还像春风般温暖，今天却狠狠甩了他一个耳光。扑克感觉自己就快要精神分裂了。

哈克萨尔面无表情地听完扑克的叙述，沉思半晌后表示，他要回办公室打几个电话。他向扑克承诺，事情一定会有转机，那些挑衅的警察不敢再闹事下去。

第二天，德里的市长乘坐轿车，在顾问和随从的陪同下亲自走访了康诺特广场。他要求喷泉边巡逻的警察立刻停止一切暴力行为，禁止逮捕扑克，并且将喷泉边扑克作画的公共区域划定为他的私人工作室。

没过两天，喷泉旁来了两名电力厂工人，在扑克的画架前架设起照明设备,方便他夜间工作。政府还为扑克配备了一名私人助手,专门负责为他跑腿打杂,购买食品饮料,采办画笔画纸。每晚收工后,私人助手还会将扑克的画作收进盒子保存好。

此后,警察再也没有对他实施过驱逐,而是认认真真地维护起秩序,保障扑克和顾客们的安全。

"先生,有什么事您尽管吩咐。"一名警官恭恭敬敬地向他敬了个礼。

哈克萨尔解释说,政府决定将喷泉一带的地区打造成为新德里的蒙马特。一如小丘广场①那样,艺术家们可以在这里自由创作。而扑克当仁不让地成为其中一道独特的风景线。

一九七五年圣诞节前夕,《政治家报》②围绕德里的蒙马特这一主题,展开了连续数日的报道,其中特别提到以扑克为代表的一系列街头艺术家。报纸指出,正如艺术之都巴黎那样,素描肖像生意明显比高端艺术品买卖要成功得多。其中一篇题为《你的面孔就是他的财富》的文章是这么写的:

> 只要花上十分钟时间和十卢比费用,你就能获得一张惟妙惟肖的素描像。创造这一奇迹的艺术家正是帕拉迪纳·库马尔·马哈纳狄亚……在活跃于康诺特广场喷泉一带的七位街头艺术家中,马哈纳狄亚无疑是最为成功和杰出的一位。靠着为造访此地的游客绘画肖像,他每晚可以收入四十至一百五十卢比。
>
> "很少有人愿意为一幅风景画或一幅现代画投入大笔资金,然而,几乎所有人都乐意花上十个卢比,换来一张自己的素描像,特别是只需要短短十分钟时间。"艺术家贾格迪什·钱德拉·沙玛如此评价道。贾格迪什曾经专注于创作高端而精美的艺

---

① 小丘广场(Place du Tertre):位于法国巴黎十八区蒙马特,是艺术家的聚居地。
② 《政治家报》(The Statesman):创办于1875年的英文报纸,总部位于加尔各答市。

术作品，但遭到无人问津的冷遇后，他效仿马哈纳狄亚，走上街头为行人创作肖像素描。很快，他的口袋就被硬币塞得鼓鼓囊囊。

绘画之余，扑克总是徜徉于书的海洋。他喜欢躺在出租屋的床上，阅读关于罗伯特·克莱武①的故事。罗伯特·克莱武是一个传奇式的英国人，死后被誉为"印度的克莱武"。扑克深深着迷于克莱武的人生经历，从中他甚至能看见自己的影子：拒绝按照爸爸的意愿生活；一度消沉失意，后自杀未遂……这些情节读来是那么似曾相识。

对于爸爸来说，罗伯特·克莱武可谓是一个令人头疼的麻烦。他于一七二五年出生在英格兰的家族庄园中，是十三个兄弟姐妹中最淘气的一个。他任性、暴躁、为所欲为。早在十三岁的时候，他就被贴上"放荡不羁"的标签，并被送往城里的亲戚家寄养，但是亲戚无法容忍他的出格行为，没过多久将他送回乡下。

十几岁的时候，罗伯特爬上教堂钟楼，在脸上罩上一张魔鬼面具，吓唬教堂下过往的行人。在他整个青春期中，类似小偷小摸的违法行为就没消停过。最后，他的爸爸忍无可忍，为他在离家很远的地方找了份差事——在位于印度马德拉斯②的东印度公司贸易处担任文员。爸爸庆幸终于摆脱这个麻烦，其他亲戚也跟着松了口气。大家都心知肚明，在那个时代前往印度无异于一场冒险：能活着回来的可能性几乎等同于因为热病暴毙的概率。但是在十八岁的罗伯特看来，这是一个充满乐趣的挑战。

抵达马德拉斯不久后，罗伯特很快厌倦了文员的工作。他成天躺在床上，懒得说话，胸口像有一块大石头堵住似的憋闷。他很快

---

① 罗伯特·克莱武（Robert Clive，1725—1774）：英国冒险家、军事家、外交家、政治家；为英国东印度公司在孟加拉建立起军事、政治霸权。
② 马德拉斯（Madras）：即现在的钦奈，印度第四大城市，泰米尔纳杜邦的首府。

陷入抑郁，掏出手枪对准太阳穴扣动扳机。咔嗒！子弹卡壳了。他接连又试了两次。咔嗒！咔嗒！子弹接二连三地卡壳。自杀未遂的经历令罗伯特开始反思自己的人生。扑克读得入迷，他尤其对"一切都有其存在的意义，或许这就是我的转机"这一句感同身受。

好比我这样，在出生时一切都已经在冥冥中注定。

返回英国后，克莱武被授予男爵爵位，随即被牵涉进东印度公司的经济问题的调查，最后国会证明关于他贪污的控诉属于无中生有，最终撤销指控。一七七四年，这位我行我素的英国传奇人物最终以自杀的方式结束了生命。

扑克合上书陷入思考。罗伯特·克莱武率领英国征服并统治了印度（包括奥里萨邦）。如果没有他，印度很可能成为法国殖民地，甚至印度教独裁者之手。根据爷爷和爸爸的说法，至少对于印度贱民而言，英国人的胜利是最好的结果。

"我要去东方。这是我唯一的梦想,没有什么比这个更重要。"洛塔坚定地对父母说。

没有人提出异议。洛塔本以为父母会反对,但他们的反应相当平静,仿佛她只是宣布自己要搭车前往哥德堡一样。父母非常清楚女儿的脾气,对于她做出的决定从不横加阻拦。父母相信她的能力,洛塔暗暗感到欣慰,尽管只有二十岁,洛塔已经在英国独立生活了一年。再说,旅行也是父母一直以来的梦想,只不过迫于生计而无法实现罢了。

"如果他们处在我的立场,也一定会毫不犹豫踏上旅程的。"洛塔对此深信不疑。

英雄主义在计划中可是不管用的。洛塔在长途旅行方面算不上经验丰富,她不打算创造纪录,也不想以此作为历险游记的素材。欧洲和印度之间的远洋邮轮已经取消,搭乘飞机的成本太高,不在她的考虑范围之内。欧洲倒是有通往伊朗东部马什哈德①的火车,但接下来穿越阿富汗山区只能靠汽车或徒步,直到与巴基斯坦接壤的地方才又通铁路,整段旅程因此变得很复杂。从伦敦出发的话,倒是有直达新德里和加德满都的长途汽车。一家名为"神奇大巴"的汽车公司以其五颜六色的汽车和低廉的价格,受到欧洲嬉皮士的热烈追捧。

---

① 马什哈德(Mashhad):伊朗第二大城市,建于公元823年。呼罗珊省的首府。伊斯兰教什叶派的圣城之一。

经过反复衡量和比较，洛塔最终做出决定。既然自己已经取得驾照，她觉得最稳妥和实际的方式是沿陆路自驾前往。

同行的伙伴包括姐姐的男朋友勒夫，洛塔最好的朋友及其印度丈夫，还有他们尚在襁褓中的婴儿。洛塔的计划是先开车到哥德堡，然后搭渡轮到基尔①，沿高速公路驶向阿尔卑斯山，继续穿越巴尔干半岛，然后抵达东方大陆的门户伊斯坦布尔。

走一步看一步吧，问题总能解决的。洛塔乐观地想。

他们购买了欧洲和亚洲的地图，但始终没有找到一本旅行指南描述他们计划中的路线。不要紧，现实总会与计划有所出入的，生命和旅程本来就充满了不可预知的种种可能。至少对于洛塔来说，这并不造成困扰。

在洛塔爸爸的资助下，他们购买了一辆绿色的、一九七一年产的大众2型②面包车。这辆车曾经数次往返于欧洲和伊朗，引擎已经报废。更换过引擎之后，汽车焕然一新。

他们出发前，妈妈语重心长地嘱咐了一条：

"做事之前要三思，在对自己行为负责的同时，也要避免损害他人的利益。"

一九七五年十月，洛塔坐在驾驶座上，手握方向盘开始了东方之旅。尽管没有鲜花和掌声，也没有欢呼和告别，在驶过布罗斯的街道时，洛塔心中仍然洋溢着满足和兴奋。这个冬天，她将在遥远而未知的印度留下难忘的回忆。

---

① 基尔（Kiel）：德国北部城市，石勒苏益格-荷尔斯泰因州首府。
② 大众2型（Volkswagen Type 2）：德国大众汽车于1950年推出的一款厢式货车，由于其在20世纪60年代反传统文化运动中颇受欢迎，因此被称为"嬉皮士车"。

这是十二月一个寒冷的冬夜。喷泉下方的射灯打出五颜六色的光束，映照出一滴滴璀璨明亮的水珠。今天的生意格外冷清，画架前没有等候的客人，周围也没有好奇围观的游客。扑克意兴阑珊，干脆整理了画具打算收摊。

　　就在扑克准备离开时，从喷泉后的暗处突然钻出一个欧洲女孩，询问他明天是否还会在这里画画。她身穿一件明黄色的T恤，一条紧身牛仔裤勾勒出修长笔直的双腿。不同于印度咖啡屋里的那些欧洲女孩，她不施粉黛，表情严肃，稍稍皱着眉头，似乎在思考着什么。在得到扑克肯定的答复后，她简单说了句"谢谢"，然后转过身，匆匆忙忙消失在黑暗中。

　　她是不是觉得害怕？扑克在好奇的同时也充满着期待：她明天还会来吗？

　　第二天下午，扑克特意提早赶到喷泉旁边。他迫切地渴望见到昨天那个一脸严肃的白人女孩，为此，扑克选择了一条崭新的、有镶边口袋的牛仔裤，以及一身绿色格纹短袖衬衫——那是邻居大婶蒂迪帮他熨烫平整的。他仔细修剪过嘴唇上方的髭须，用椰子油让拳曲的头发更为服帖和平滑。喷泉边已经聚集起等候的游客，在扑克和助手支起画架，铺开画具的同时，游客们自觉地排成一条长队。扑克抬起头四下张望，寻找那位素颜欧洲女孩的身影，然而一无所获。

　　他一直等到晚上九点，才失望地收拾了画具，拖着沉重的脚步向洛迪殖民区走去。

她问过自己今天是否还会在喷泉边画画,可她去哪儿了?尽管和她只有一面之缘,扑克忍不住幻想关于她的一切。回到出租屋内,扑克坐在床上,向各方神灵逐一祈祷:湿婆,真主安拉,释迦牟尼,摩诃毗罗①,耶稣基督,马哈瑞希·马赫什·瑜伽……但凡能够想起来的上师、预言家,扑克都向他们诚恳地表明心迹:希望和那个女孩再见上一面。

冬季特有的浓厚白雾包裹住整个城市,扑克在一片朦胧中步行前往湿婆神庙,祈祷再一次见到那个令人难忘的欧洲女孩,再一次听见她温柔的声音。扑克祈祷了整整一个小时,这是他从未有过的经历。以往的任何情况下,他都不会想到用祈祷的方式解决问题。

在家乡的村落里,扑克甚至从没进过寺庙。但是这里不同,来自各种阶层和种族的人们混杂在一起,因为种姓而产生的矛盾已经不那么尖锐。在大城市的多元文化背景下,扑克得到了渴望已久的自由。

祈祷结束后,扑克照常赶到康诺特广场准备开始今天的工作。在蒙蒙雾气的笼罩下,古典式建筑的壁柱仿佛矗立于仙境的神秘雕塑。黄昏降临前,夕阳的光线从雾气中洒落下来,泛出柔和的乳白色。康诺特广场上人头攒动,草坪上的手艺人格外活跃:一些顾客挺直脊背坐在凳子上,任由挖耳师傅用脏兮兮的竹签清洁耳郭和耳道;另一些顾客则面朝下躺在布垫上,按摩师傅赤脚踩过他们的脊背,然后利用娴熟的手法帮助他们放松全身肌肉。大多数游客三三两两地席地而坐,抽着烟,喝着酒,嚼着槟榔叶,吃着花生,操着各种语言和方言谈天说地。

---

① 摩诃毗罗(Mahavira,约前599—约前527):原名筏驮摩那,耆那教的创始人。"摩诃毗罗"意为"大雄",是其尊称。

洛塔的妈妈曾经说过,她想要三个女儿的铅笔素描像。当洛塔在康诺特广场上看见"十分钟,十卢比"的速写招牌后,她立刻想起了妈妈提到的愿望。

通常画架前都会排起长队,然而那天晚上,洛塔意外地发现街头艺术家一个人坐在喷泉旁,出神地望着五光十色的水柱。她从暗处走出来和他打招呼。他们应该说了些什么,然而具体内容她已经记不清楚。总之最后她急急忙忙地道别离开。洛塔也知道自己的态度未免有些唐突,或许是对方被打扰的表情让她过意不去,或许是考虑到天色已晚,她也不好意思多聊下去。

两天后,洛塔再次来到喷泉旁,站在画架前的队伍中耐心等待。轮到她的时候,洛塔要求对方为自己画一张素描肖像。对方长久而仔细地端详着她,仿佛她是今天最为尊贵的客人。趁着扑克更换画纸,削尖铅笔的间隙,洛塔好奇地打量着他:他的嘴唇上留着一簇整齐的小胡子,拳曲的头发精心梳理过,泛出椰子油的亮泽,活脱脱一个东方版本的吉米·亨德里克斯①。洛塔顿时被眼前这个刻意模仿西方嬉皮士风格的印度小伙子吸引住了。早在孩提时代,洛塔就深深着迷于艾尔莎·贝斯蔻②的绘本《水精灵》,她最喜欢的一个场景是:长着一头深色的鬈发的主人公男孩坐在丛林里的湖边,盛开

---

① 吉米·亨德里克斯(Jimi Hendrix,1942—1970):美国吉他手、歌手和音乐人,被公认为流行音乐史中最重要的电吉他演奏者。
② 艾尔莎·贝斯蔻(Elsa Beskow,1874—1953):瑞典童书作家、插画家,被认为是瑞典国宝级绘本大师。

的白色百合花仿佛一条无瑕的丝带蔓延过湖岸。而康诺特广场上的这位街头艺术家，正是她幻想中男主人公的模样。

　　这是一九七五年十二月十七日的傍晚，广场上的时钟恰好指向七点。德里仍然笼罩在冬日的雾气之中，华灯初上的街头霓虹闪烁，这是一天中最美的时刻。

喷泉旁一如既往地热闹。拥挤的人潮中闪过一个身影，那一头柔顺的金发是如此熟悉。她终于来了！扑克眼前一亮，远远望见她礼貌地站在队伍最后。轮到她后，扑克请她在板凳上坐好。在画下第一笔线条时，扑克握笔的手不由颤抖起来。纵使围观的游客再多，扑克也从没有像现在这么紧张过。

扑克的手抖得厉害，他不得不暂时停下来。

"不好意思，我现在没法画。"扑克抱歉地说，"你能明天来艺术学校找我吗？"

"当然，我们明天一起过去。"对方爽快地答应下来。

我们？扑克抬起头，一眼就看见站在她身后的白人男孩。

别告诉我那是她丈夫！扑克的心里打起了鼓。

"没问题，我们两个都会去的！"白人男孩附和道。

"我叫洛塔。这是勒夫，他是一名摄影师。"

在介绍勒夫的时候，洛塔并没有加上"我丈夫"或是"我男朋友"的称谓，这让扑克心里重新燃起希望。

第二天早上，扑克好好洗了个澡，换上一身干净衣服，在镜中反复打量自己的模样，脑海里全是洛塔的名字。洛塔，乍一听他还以为和那个女歌手拉塔[①]重名呢，要知道，他可喜欢听拉塔的歌了。

[①] 拉塔·曼吉茜卡（Lata Mangeshkar, 1929— ）：印度知名女歌手，以配唱电影主题曲著名。

不，不是拉塔，是洛塔。

邻居大婶蒂迪经过走廊，好奇地探头张望。

"你要参加面试吗？"她问。

"差不多吧。"扑克答道。

来到学校后，扑克在咖啡馆外的草坪上挑了个阳光明媚的区域，摆好了三张椅子和一张桌子，然后坐下静静等待。他们按照约定的时间于十点整准时到达，三个人各点了一杯咖啡。

在十二月微凉的空气中，扑克握着咖啡杯，感受着掌心中传来的阵阵暖意，好奇地打量着对面两位陌生的朋友。他还不知道他们来自哪个国度。

当扑克说出心中的疑问时，洛塔干脆地给出了答案：

"瑞典。我们来自瑞典。"

"很远吧？"扑克感慨道。

两个人点点头。

"欧洲嘛。"扑克补充了一句，他对瑞典的地理毫无概念，纯属瞎猜。

洛塔微微一笑。

"来，我带你们参观参观校园。"在喝完咖啡后，扑克建议道。

勒夫在走廊里停下脚步，与几名学生攀谈起来。扑克和洛塔于是继续往前走。扑克向洛塔介绍了学校的师资力量和招生情况，陪着她参观了教学楼和画室。尽管彼此才相处不到半小时，扑克却感觉格外熟悉和默契。

他们的目光不时交汇在一起，然后迅速躲闪开来。扑克好奇地询问洛塔在瑞典是学什么的。

"我学过音乐。"洛塔答道，"我是拉小提琴的。"

扑克接着问她出生在哪个星座。

"金牛座。"洛塔回答。

"你未来的妻子出生于金牛座……是一名为音乐而生的

女子……"

想到预言里的话,扑克鼓足勇气,礼貌而犹豫地问:

"勒夫是你先生吗?"

"你说什么?"

由于担心问得唐突,扑克吐词不清,语速又快。洛塔这是没听清呢,还是觉得问题太过无聊而不屑回答?扑克清了清嗓子,一字一句地重复了一遍。这回洛塔总算听明白了。

"勒夫?我先生?"她咯咯笑起来,"才不是呢!哈哈!我没和他结婚,他也不是我男朋友。"

他们继续在校园中闲逛。由于身边多了位外国女孩,扑克不免受到大家的侧目和关注。就连扬言要和他断交的普尼也走上前来打招呼。令扑克意外的是,当着洛塔的面,普尼对他的态度格外尊重。

扑克邀请洛塔和勒夫来家里做客。洛迪殖民区有不少值得观赏的景点,出租屋里还收藏着他不少引以为豪的版画和油画作品。洛塔虽然应承下来,但脸上并没有流露出太多的兴奋。

或许她只是羞于表达内心的想法,扑克自我安慰道。

当洛塔和勒夫站在门外的走廊上时,扑克突然自卑起来:整间出租屋阴沉沉、脏兮兮的,十分简陋。角落里扔着一只缺了口的马克杯,房间里几乎没有一件像样的家具。桌面还没有擦洗过,地板上满是灰尘。门后堆积了厚厚的污垢,墙上钉满了画作以及他在醉酒时用炭笔写下的胡言乱语。比如:"我生来没有种姓。在印度,我没有争取幸福的权利,甚至连谈恋爱都不行。"最尴尬的要属这句:"根据占星术士的预言,我将会和一个来自欧洲的女子结婚。"掩饰是毫无意义的。客人们已经站在门外等着参观他的房间。扑克只好让到一旁,请洛塔和勒夫进屋。

扑克挑出几张版画送给洛塔。她一言不发。

难道她已经读懂了写在墙上的文字?

洛塔朝他友善地笑了笑，对他的礼物表示感谢。

洛塔主动提出再次见面，于是第二天，他们约在康诺特广场，一起乘坐电动三轮车兜风。

他们参观了贾玛清真寺，并且旁听了诵经仪式。

"贾玛清真寺的建造者是莫卧儿帝国皇帝沙贾汗，他的名字在波斯语中的意思是'世界的统治者'。"为洛塔介绍完背景，扑克一字一顿地重复起刚才的清真言：

"*La illaha ill Allah, Muhammadur Rasul Allah.*"他特意加重了每一个音节的读音，然后又用英语翻译了一遍：

"万物非主，唯有真主。穆罕默德，是主使者。"

他们登上清真寺的塔顶，俯视旧德里繁华热闹的街景。扑克指向红堡的位置，告诉洛塔那是莫卧儿帝国时期的皇宫，因其红褐色的沙石外观而得名，先后遭到波斯人和英国人的占领和殖民。接着，扑克将目光转向新德里的方向，为洛塔依次介绍印度门①、林荫大道和总统府。

"太不可思议了！"扑克感慨道。

"什么不可思议？"洛塔很是好奇。

"就那儿！看到了吗？对，那座红色的铁路桥。明托桥。有段时间我就在桥梁下过夜，用饥寒交迫形容一点不为过。还有那儿，"扑克用手指向数公里外的总统府，"我还去总统府喝过茶呢！"

洛塔在纷乱的城市景观中努力寻找，终于发现了总统府金碧辉煌的大圆顶。

"就像做梦一样。"

洛塔将信将疑地望着扑克，这一切该不是他的幻想吧。

---

① 印度门（India Gate）：新德里一个突出的地标，位于新德里的心脏地带，建于1921年，高42米，由红色砂岩和花岗岩建成。

他们跳上一辆电动三轮车,朝着东南部的著名旅游景点胡马雍陵①驶去。一路上,扑克和洛塔聊个不停。这意外顺畅的交流让扑克又一次联想到占星术士的预言:他未来的妻子出生在金牛座,是一名为音乐而生的女子。

她还拥有一整片森林。

那么洛塔呢?她会拥有一整片森林吗?

洛塔的旅程还在继续。第二天一早,她就和朋友驾驶面包车离开了德里。他们想要寻访克久拉霍②的寺庙,在瓦拉纳西③恒河畔沐浴的僧侣中感受神圣的氛围。在思念洛塔的同时,扑克也不免犹豫:她毕竟是个游客,只在印度短暂停留一段时间,接着就要继续上路。她的生命中还有许多重要的事情要完成,因此洛塔注定要回到欧洲的家乡。她凭什么要留下来呢?但是一瞬即是永恒。每当回想起她温柔的声音,扑克内心的挣扎就越发强烈。

圣诞节这天是扑克的生日。他意外地收到一封信,手工叠成的信封上用娟秀的字迹写着他的姓名和地址。扑克的心怦怦直跳,迫不及待地拆开信封。那是一张色彩斑斓的生日贺卡,上面印着一幅金鱼在浪花间嬉戏的图片。要是被艺术学院的老师看到,肯定会不屑地冠以"庸俗,商业化,粗糙"等评价。然而扑克从未收到过生日祝福,他对着卡片笑了好久,金鱼身上的亮片在阳光下闪闪发光。

---

① 胡马雍陵(Humayun's Tomb):位于新德里东南郊亚穆纳河畔的陵墓建筑,建于1570年,为莫卧儿王朝第二代皇帝胡马雍及其皇妃的陵墓。胡马雍陵是伊斯兰教与印度教建筑风格的典型结合,也是印度第一座花园陵墓。被联合国教科文组织列入世界文化与自然遗产保护名录。

② 克久拉霍(Khajuraho):位于印度中央邦北部的本德尔坎德。建于10世纪至11世纪,曾是"月亮王朝"昌德拉王朝的首都。在印度的寺庙建筑史上拥有独一无二的地位。被联合国教科文组织列入世界文化与自然遗产保护名录。

③ 瓦拉纳西(Varanasi):位于印度北方邦东南部,印度教圣地,著名历史古城,坐落于恒河中游新月形曲流段左岸。

扑克一字一顿地念出卡片上的文字：

"我们经历了如此漫长的旅行，才找到你这样一位好朋友。生日快乐。洛塔"

对扑克而言，离开洛塔的每一天都是甜蜜的折磨。

新年夜的傍晚，在天边玫红色晚霞的映衬下，勒夫背着行囊再次出现在喷泉边。扑克飞奔过去庆祝他们的重逢。勒夫是一个人来的，当说起克久拉霍那些具有上千年悠久历史的寺庙和带有情色意味的雕塑时，他的脸上流露出抑制不住的兴奋。之后，他询问扑克哪里有既便宜又干净的旅馆。

"找什么旅馆啊，住我家就行！"

扑克慷慨地将出租屋的钥匙递给勒夫。

"那洛塔呢？"

"我们在火车上遇到一个庄园主，洛塔就在他们家租了一间房。"

"洛塔愿意的话，也可以住在我家。"扑克的语气中有些失落。

他根本没指望洛塔会搬出有钱人家宽敞的宅子，住进自己的小破屋。

然而当天傍晚，就在他快要走到洛迪殖民区时，远远瞥见树下有一团红黄交织的点。那个点越来越大，逐渐变成一个熟悉的身影：洛塔穿着牛仔裤和黄色T恤，背着一只红色背包。

我胜利了！扑克心中一阵狂喜，恨不得高声呼喊出心中的喜悦：她选择了我！她选择了我！

但他克制了激动的情绪，以尽量平静的口吻打了声招呼：

"欢迎回到德里，洛塔！"

扑克安排勒夫睡在自己藤条绷床上，为洛塔在地上铺了一条竹席床垫，自己则直接睡在水泥地板上。

"不要紧，我习惯睡在硬硬的地上。"扑克安慰勒夫和洛塔。

扑克唯一担心的是自己不能提供多余的床单和被子。不过洛塔看起来挺满意,她在竹席上铺开睡袋,高高兴兴地钻了进去。

扑克在走廊里的公用厨房内烹制了马萨拉煎蛋、烤面包片和印度拉茶。在勒夫和洛塔享用完传统早餐后,扑克和洛塔乘坐公交车来到康诺特广场,然后换乘三轮车前往旧德里。

这个三年前曾经让他感到陌生和害怕的城市,如今已经完全融入他的生活。其中他最想让洛塔和勒夫亲身体验的,是位于旧德里生机勃勃的集市。

他们仿佛展开了一场迷宫之旅:穿行于老城的蜿蜒巷道,钻过墙上狭窄的裂缝,绕过两家热火朝天的食品店,拐进一条不知名的小巷,在尽头发现一个亮着灯的内院。院内飘散出炭烤和煎肉的香味,服务生将烹制好的菜肴依次送往内院周围的四个房间。他们偷偷瞥了一眼房间内的景象:从地板到屋顶均为石板构造,客人们围坐在桌边,尽情享用着烧烤和面包。

德里动物园坐落于一座古老破败的堡垒旁,里面满是郁郁葱葱的树林和大大小小的人工湖,正适合约会聊天。扑克和洛塔你一言我一语,不时发出会心的笑声。扑克的胸中溢满了幸福感,然而当大家躺倒在草坪上休息时,他却矛盾起来。不安的预感隐隐袭来,他感到这幸福已经进入了倒计时。如果时间能凝固在这一刻该有多好,然而生活仍将继续,她必须返回欧洲,而他必须留在印度。洛塔仿佛一道闪电照亮了他的人生,然而这光亮转瞬即逝,终将消失得无影无踪。

扑克在新德里艺术学院还有一个学期的课程,再说,他的钱也不够支付去欧洲的路费。

扑克遗憾地想:我们之间绝无可能。我们的爱情必将无疾而终。这段记忆注定美好却短暂。

但他没有对洛塔吐露自己的心事。

他们的下一站是帕哈甘吉集市。他们在密密匝匝的摊贩中间挤挤挨挨地往前挪动脚步。扑克感到和洛塔之间前所未有的亲密。集市的一切对于洛塔而言都那么新鲜：年轻的小贩快速揉好面团，赤手伸进炭烤炉内，将面饼贴在炉壁上；年迈的老人包裹着灰色床单，睡在墙角边的绷床上，睁开布满血丝的眼睛打量着他们；一个男人席地而坐，手脚麻利地拆开变速箱，将垫圈、螺母、齿轮摊了一地；山羊和奶牛从人群中穿行而过，洛塔甚至能伸出手抚摸过它们的脊背；一个女人气急败坏地嚷嚷，斥责别人弄皱了她精心熨烫过的衣服；体格健壮的中年男子用一把改装过的电钻拼命搅打一罐冒着热气的鲜奶，忙得满头大汗；卖鸡蛋的大叔支起灯泡，将数百只鸡蛋垒成金字塔的形状，同时用英语招揽生意："一个掉，个个掉。"围观的人群爆发出一阵哄笑。

街边跑过两只互相追逐的狗，摊位后坐着忙于针线活的妇女和打磨银项链的工匠，一扇木门前站着一位低头打扫的女孩。空气中弥漫着各式香料的浓郁气味，他们甚至还能听见沉重的打鼾声。人们有说有笑，载歌载舞，呈现出别开生面的市井百态。

恍惚间，扑克感觉他们已经成为这集市的一部分，融入喧闹的人群，融入四溢的香气，融入广阔的天空。

傍晚六点，他们准时来到康诺特广场的喷泉边，洛塔主动帮助扑克整理画具，陈列作品。扑克注视着她专注的神态和娴熟的动作，在心中默默祈祷：万能的神啊，将这个女孩赐予我做妻子吧。收拾停当后，扑克在画架前坐下，应客人的要求开始创作人像素描。洛塔紧紧挨坐在他身边。在匆匆完成四幅作品后，扑克决定提前收工，和洛塔一起去看电影。

广场电影院外聚拢了数百名观众。买票的队伍已经从窗口一直排到大街上。《复仇的火焰》已经上映了半年，仍然场场爆满。手绘的电影海报上，饰演盗贼的阿米特巴·巴强手持机关枪，神情高度紧张，随时准备射击。扑克选择了二楼前排的座位，俯瞰整个大厅，来观影的几乎清一色都是单身男性，扑克和洛塔因此招来不少好奇的目光。

电影开场后，扑克将印地语的对白逐字逐句翻译成英语，但当拉塔·曼吉茜卡用曼妙的女声唱起主题曲《我将永远爱你》时，他却沉默下来，靠在椅背上静静聆听。就在幕布上出现最为热闹的歌舞场面时，洛塔悄悄靠近了些，将头枕在他的肩膀上，伸出手握住他的手。不安的预感又一次扰乱了扑克的心绪。洛塔的举动意味着什么？一切在冥冥中自有天意吗？难道，这就是爱情？扑克心乱如麻，不知所措，仿佛回到青涩的少年时光。

但是转念一想，要来的总会到来，担心和忐忑毫无意义。扑克在心中反复默念一句箴言，试图让自己平静下来：我们建立起一种新的亲密关系，我们的灵魂必将感知到对方的心意。他向丛林女神虔诚地祈祷，然后低下头，亲吻了洛塔光洁的额头。

正值德里的冬季,氤氲一天的雾气逐渐散去,夜空中星光灿烂,微凉的风轻拂过脸颊,有一种说不出的舒爽和惬意。扑克和洛塔走过空旷寂静的康诺特广场,穿过国王大道①和印度门,抵达洛迪殖民区。一开始,扑克只是握住洛塔的手,但是深夜的街道空无一人,他于是鼓足勇气伸出胳膊揽住洛塔的肩膀。扑克沉醉于洛塔身体散发着芬芳的温热,同时不免为自己的大胆逾矩而心虚,街边的路灯仿佛一只只目光锐利的眼睛监视着他们。有那么一瞬间,扑克有一种灵魂出窍的错觉,他的意念悠悠升腾起来,在半空中俯视着这一对甜蜜的人儿。

这是一场漫长的散步,然而谁都没有感觉到时间的流逝,直到凌晨两点,他们才回到扑克的出租屋内。勒夫已经在绷床上沉沉睡去,满足地打着鼾。他们蹑手蹑脚地走出房间,坐在露台外的水泥台阶上,用一张毛毯裹住相互依偎的身体。四周万籁俱寂,只有野狗偶尔发出的吠叫声。扑克紧紧拥住洛塔,抬头仰望璀璨的星空,再低头看着怀中的洛塔,洛塔深邃的双眼仿佛星星一样亮晶晶的,扑克体验到从未有过的浪漫,而长久的对视又让他有些尴尬和羞涩。

从我出生的那一刻起,神的力量就将我们的命运紧紧维系在一起。此刻的相遇早已注定。扑克始终这么认为,确切说,这是他一直以来的生存哲学。但他也清楚,西方人通常不信这一套。不管怎

---

① 国王大道(Rajpath):位于新德里的礼仪大道,东西走向,西起印度总统府,向东经过胜利广场和印度门,到国家体育场。

么说吧，这是属于我们的夜晚，一个命中注定的浪漫之夜。扑克亲吻了洛塔的额头和脸颊，然后将嘴唇移向她的眼睛，先是浅浅的一吻，然后是深深的、长久的亲吻。这份爱情一定会开花结果，扑克深信，他们注定厮守终生，而他会用一辈子的时间践行神灵的预言。

扑克轻轻唤着她的名字，洛塔没有回答，而是陶醉在温柔和浪漫之中。

"我爱你。"当鼓足勇气说出这句告白的时候，扑克同时感到了紧张和焦虑。

他不知道自己为何如此唐突。万一洛塔扭头就走怎么办？或者她会哈哈大笑起来，安慰他说："我是挺喜欢你的，但和爱情无关。"

"我也爱你。"洛塔坚定地说，然后在他额头印下深深一吻。

过了一会儿，扑克对洛塔说：

"能和你结婚的话，那我就是这个世界上最幸福的男人！"

洛塔下意识绷紧了身体。

"我没想过这个问题。我是说，目前为止我还没考虑过。我没打算那么早结婚，我还有很多事要做。"

"我不是说现在，"扑克更正道，"你愿意的话，我等你多久都可以。"

关于结婚的话题到此为止。扑克也不愿意多解释什么。

他们就这样在露台上静静坐着，偶尔能听见一两声勒夫的鼾响。回到房间后，扑克为洛塔在窗户下铺好竹席，自己仰面朝天直接躺在地板上，在一团漆黑中努力寻找天花板的位置，毫无睡意。他换成左侧卧的姿势，又改成右侧卧的姿势，就这样翻来覆去还是睡不着，耳畔传来洛塔轻柔的呼吸和翻身的动静。就在他犹豫自己是否该说点什么的时候，突然听见一阵窸窸窣窣的响动，那窣窣声由远及近，及至近在咫尺的那一刹那，他感到一只柔软的手覆住了他的肩膀。洛塔悄无声息地钻进毛毯，在冰冷的水泥地上和他依偎在一起。

"你也睡不着吗？"洛塔小声问。

"嗯。"扑克答道。

"我一个人睡觉害怕。我能靠着你吗？"

"当，当然。"扑克有些结巴。

洛塔用胳膊环住他的脖子，她的体香唤醒了扑克的欲望。就在扑克想要尝试进一步的亲密行为时，洛塔却表现出防御的姿态。

"如果你不能控制自己的话，我就回自己的竹席去了。"洛塔轻柔却严厉地说，"我过来靠着你不是想要那个的。"

"我只想抱着你，这样就很好。"她说。

扑克拥住洛塔，心里感到无比的满足。他以为自己是谁？仗着对方喜欢自己就可以为所欲为？扑克不由为刚才的冲动和莽撞深深自责。

扑克和洛塔依偎着躺在水泥地板上，扑克深情地凝视着怀中的洛塔。睡梦中的她显得格外娴静。扑克回想起昨晚她的反应。当扑克提到结婚的时候，洛塔有着本能的抗拒和退缩。但是扑克不知道如何证明自己的爱意，如果不结婚的话，他们就不能在一起生活。他担心的是，一旦失去了庄重的誓言和相互维系的纽带，爱情也将不复存在。但是她并没有直接否认，而是需要等待的时间。她究竟在等什么呢？洛塔来自欧洲，难道她也需要征求父母的许可吗？

扑克决定再做一次尝试。

"跟我回一趟奥里萨邦吧。"吃早餐的时候，扑克向洛塔建议。

洛塔好奇地看着他。

"见见我的爸爸，我的妹妹，还有我几个哥哥。"

"好啊。"洛塔爽快地答应了。

洛塔甚至没有提出进一步的要求，这让扑克有些意外。她真的愿意吗？还是她根本就误解了他的意思？

一切进展得太过迅速。由于担心夜长梦多，扑克决定立刻动身。洛塔将换洗衣服塞进背包，转过身去梳洗打扮。扑克还穿着昨天的裤子和一件皱巴巴的衬衫，不过也没办法，他找不到干净衣服可以换。

我闻起来会不会臭臭的？扑克有些不好意思。

他转过身，一眼就看见穿戴一新的洛塔。她身穿一件瓦拉纳西传统风格的鲜红色纱丽，配上一头金色的长发，简直美极了！

他们乘坐一辆人力三轮车抵达康诺特广场，为扑克的爸爸及兄弟姐妹们挑些具有德里特色的礼物，然后在一家中餐馆吃了饭。逛街的时候，他们不时彼此对望，露出甜蜜的笑容。生活幸福得就像一部爱情电影，扑克感觉自己已经攀上了巅峰，问题在于这种巅峰状态能够维持多久，想到自己可能随时坠落谷底，摔得粉身碎骨，他的心情就顿时失落下来。

　　黄昏降临前，他们坐上珍纳塔特快列车，以蜗牛般的速度缓缓驶离德里火车站，向东面进发。一阵凉爽的风从窗户的栅栏缝隙中吹拂进来，夕阳西下，为天边的山丘染上一层芒果般的黄色。洛塔的一头金发随风飞扬起来，几缕发丝遮挡住她姣好的面孔。日落的余晖为她勾勒出镀金的轮廓，扑克怎么看都看不够。

　　从前的记忆潮水般涌上他的心头：五岁的时候，自己骑着爷爷的大象闯进丛林；小学的时候，老师向他投掷石头作为惩罚，嘲笑他出生在一个低贱的家庭；在得知扑克贱民的身份后，高等种姓的同学唯恐避之不及……而如今，已经长大成人的扑克正和一个美丽的欧洲女孩肩并肩坐在火车车厢里。电影里，人们临终前都会在脑海里回放生命的重要片段。扑克有一种感觉：如果此刻我的生命即将结束，我一定毫无遗憾地含笑而终。

　　他们在餐车预定了晚餐，不多时，列车员将盒饭送了过来。纸质饭盒内装有蔬菜、米饭和恰巴提薄饼。他们盘腿坐在绿色塑料座椅上，一言不发地埋头吃起来。窗外一片漆黑，车厢内微弱的光线为他们笼罩上一层沉闷的蓝色。司机拉响刺耳的鸣笛声，他们仿佛坐在大海上的一叶扁舟内，晃晃悠悠地向前驶去。

　　扑克和洛塔爬上位于头顶狭窄的铺位，紧挨在一起躺了下来。洛塔翻出一本关于奥里萨邦宗教礼仪的书，但没读几页就沉沉睡去。扑克长久地凝视着她熟睡的脸，深深迷恋于美丽中透出的静谧。

　　扑克联想起这几天他们的对话。

　　"你让我相信神的存在。"洛塔深情地感慨道。

"可我是个穷孩子,没法给你一个安定的生活,也照顾不好你。"扑克自卑地答道。

"在我眼里,你一点也不贫穷。"洛塔坚定地做出回应。

"我想要成为艺术家,一个真正的艺术家。这意味着我这辈子可能都挣不着钱。"扑克依然坚持。

"那我就一直陪着你,穷有穷的过法嘛。"洛塔以更加坚定的口吻做出承诺。

黎明降临前几个小时,他们在号称钢铁之城的博卡罗①火车站下了车。扑克的大哥就在这里工作。他们用一块半旧的羊毛毯裹住身体,依偎着坐在昏暗的月台上,静静地等待日出。月台上鼓起一只只布包,下面藏着露宿过夜的旅客。或许是在等待火车的到来,或许和他们一样,等待前来接站的亲戚朋友。火车站外不时传来狗的吠叫声,其间偶尔夹杂着汽车的喇叭声。

天边露出晨曦时,洛塔走进车站的盥洗室,换上一件干净的纱丽,用手帕将头发扎了起来。远远望去,根本看不出她是一名异域女子。扑克用欣赏的目光打量着洛塔,美滋滋地想:她这副传统风格的打扮一定会赢得哥哥的赞赏。

扑克的大哥普拉穆德终于出现了。兄弟俩已经有很多年没见过面,距离上次一别,哥哥至少长胖了十几公斤,他一身笔挺的西装,搭配白衬衫和领带,看上去十分体面。普拉穆德带着拘谨的微笑走到他们面前,扑克和洛塔双双跪在他身前,低头行礼,用指尖触碰他的双脚以示尊重。

普拉穆德目前担任印度铁路局区域主管,他很为自己的地位而自豪。一个贱民出身的乡下男孩能做到如此高的职位,虽然算不上绝无仅有,但也绝对不简单。大多数主管都是婆罗门或来自上层阶

---

① 博卡罗(Bokaro):位于印度贾坎德邦,是重要的工业中心。

级,但自从英迪拉·甘地担任总理后,国有企业开始贯彻法律规定,破除种姓歧视招收员工。可以说,普拉穆德的升职间接得益于英迪拉的英明决策。

普拉穆德领着他们参观了自己的现代办公室和附带的私人厨房,逐一向他们介绍同事和下属。办公室墙上挂着两张人物肖像,一张是英迪拉·甘地,另一张是上师塞巴巴①,他视为恩人和保护天使的先知。

没有人相信,普拉穆德是部落土著的后代。他的肤色素来偏浅,这些年来,更是神奇般地越发白皙起来。还在青少年时代,普拉穆德就梦想着能像欧洲男孩那样英俊,富裕和自信。现在看来,他不切实际的梦想倒是实现了一大半。扑克知道随着年龄的增长,一头黑发会逐渐发灰发白,然而肤色也能越变越白这回事倒是闻所未闻。可现实如此。普拉穆德出落得越来越像他崇拜的西方男人了。

在这座苏联援建的钢铁之城里,许多人将体格健壮的白人男子视作苏联外派的劳工,因此当走在大街上时,普拉穆德总能获得格外的青睐。

扑克不确定大哥会不会喜欢洛塔。根据传统——他当然不愿破坏规矩——他们的婚姻首先应该得到爸爸和大哥的认可。或许,普拉穆德已经根本不屑于这种陈规陋习,但扑克不想冒险,他怕招致不必要的麻烦,更怕被村里人说三道四。

在博卡罗度过的第一晚,扑克就提出了这个无从回避的问题:

"大哥,您是我最敬重的亲人,您认为我能和夏洛特②结婚吗?"

普拉穆德没有正面回答这个问题。

"夏洛特这个名字就相当于我们这里的夏如拉塔嘛。"他用奥里亚语和扑克窃窃私语,然后转向洛塔,用英语说:

---

① 舍地·塞巴巴(Shirdi Sai Baba, 1838—1918):印度教上师、瑜伽士、伊斯兰教圣人。
② 洛塔是夏洛特的昵称。

"一听说你有这么美丽的名字,他肯定心动不已。夏如拉塔在奥里亚语里面的意思是藤蔓植物。"

说完这些话后,普拉穆德沉默了好久,然后,他告诉扑克自己需要一段时间思考,必须进行一个小时的冥想,向神灵和塞巴巴寻求答案。

普拉穆德以打坐的姿势端坐在客厅的水泥地上,背后墙壁上挂着的海报照片中,白雪皑皑的珠穆朗玛峰巍然耸立,气势磅礴。普拉穆德闭上双眼,表情肃穆而郑重。扑克在一旁看着,忐忑不安地揣测着大哥的内心活动。

一个小时后,普拉穆德的脸上终于露出了笑容。

扑克知道他们胜利了。

他们乘坐马德拉斯特快列车抵达塔塔,接着换乘乌特卡特快列车到达克塔克①,然后搭乘大巴沿着河流驶入丛林。晴朗蔚蓝的天空下是满眼的郁郁葱葱,清新的空气唤醒了身体内每一个细胞。扑克又一次置身于家乡的村落,这个生他养他的地方。距离上次回到这里,扑克颇有种时过境迁的恍惚感。

爸爸对此没有任何反对意见。

"只要你觉得幸福就可以结婚,"爸爸说,"再说她和你的星座也合适。"

尽管身为贱民,斯瑞德哈还是像婆罗门那样用梵语哼唱起赞美诗。村里的婆罗门如果看见这一幕,一定暴跳如雷,厉声喝止。但斯瑞德哈显然并不在乎。

每当婆罗门同事对他指手画脚时,斯瑞德哈都会义正词严地反驳说:

"哪条法律规定,只有婆罗门才有资格参加祭祀仪式?"

---

① 克塔克(Cuttack):印度东部城市,奥里萨邦的前首府。

扑克和洛塔静静地目睹这一切。父亲身后的墙上挂着扑克妈妈的照片。照片中妈妈的音容笑貌一如从前，她正用好奇的眼神打量着儿子领回家的陌生女孩。

爸爸将扑克和洛塔的手握在一起，满意地点点头，然后语重心长地叮嘱道：

"帕拉迪纳·库马尔，"爸爸凝视着扑克的眼睛，一字一顿地说道，"无论因为什么理由，永远不许让她哭泣。"

"我答应您，只要和她在一起，我绝不让她哭泣。"扑克郑重做出承诺。

"就算泪水滑下她的脸颊，也绝不要让它滴落在地。"爸爸的这句叮咛也是他一贯呵护和安慰妻子的真实写照。

爸爸将一条崭新的纱丽赠给洛塔作为礼物。在扑克的概念里，他们已经遵循传统礼仪结为夫妻。尽管从法律层面上说，只有在当地法院登记过，婚姻关系才算正式生效，但这一点已经不再重要。扑克想，迟早的事嘛。

各家各户的村民纷纷聚拢过来，好奇地围观扑克娶了位穿印度传统服饰的白皮肤新娘。这在村里可是前所未有的新鲜事。不过围观归围观，谁都不好意思上前和洛塔打招呼。扑克在德里取得的成就使大家对他肃然起敬，他再也不是从前那个备受欺凌的贱民孩子了。

苏联女宇航员瓦莲京娜，印度总理英迪拉，印度总统法赫鲁丁……这些赫赫有名的社会名流都曾邀请扑克作画。这一消息令奥里萨邦的父老乡亲很是自豪。布巴内什瓦尔美术学会的秘书长特意在家宴请扑克和洛塔，无论餐桌礼仪还是菜肴设置都十分考究。午餐结束后，秘书长吩咐司机开车带他们在城里转转，并且指派了一名跑腿的男孩为他们预先买好回程的火车票。洛塔得到一枚精致而高贵的银质发饰作为礼物，她感觉自己宛如皇后。帕拉迪纳·库马尔国王和洛塔皇后，那一刻，全世界仿佛都臣服于他们脚下。

怀着这种被尊为贵宾的荣耀和喜悦，扑克和洛塔兴致勃勃地坐着大巴车前往普里①，和其他热恋的情侣一样在海滩边漫步徜徉。他们接着前往科纳尔克②，欣赏太阳神庙③里以《欲经》④为灵感所雕塑的充满情色意味的人像。

就在抵达黑塔的那一刻，扑克突然停下脚步，让洛塔望向别处，然后用手掌蒙住洛塔的眼睛。

"现在就是见证奇迹的时刻。"

扑克将手掌从洛塔眼前移开。

"看！就在那儿！"

洛塔看见了石头轮盘装饰下的宏伟庙宇。那正是她在伦敦居住时，日历图片中呈现出的轮盘。一直以来的梦想在这一刻化为现实，原本以为遥不可及的古迹赫然出现在眼前，洛塔不由喜极而泣。

落日的余晖笼罩着太阳神庙，勾勒出恢弘壮阔的战车轮廓，在如此绚丽的背景下，扑克和洛塔第一次忘情地拥吻在一起。

扑克的幸福感又一次受到不安情绪的冲击。他产生出一种强烈的怀疑，似乎一切都是幻觉，是太过美好的梦境。

有的时候他甚至产生出绝望的念头：我这么一个出生在阿特马利克的贱民男孩，是不配和我所爱的女孩走在一起的。

心灵的拷问和折磨令他变得越发多疑和自卑，简单的一句话到了嘴边却说不出来。原本习以为常的动作，他却踟蹰和犹豫起来，

---

① 普里（Puri）：位于印度东海岸奥里萨邦内。印度教圣城之一。
② 科纳尔克（Konark）：位于奥里萨邦普里县的城镇。
③ 太阳神庙（Sun Temple）：位于奥里萨邦孟加拉湾附近的科纳尔克，旧称"黑塔"，由13世纪的羯陵伽国王那罗辛诃·提婆所建，是婆罗门教的圣地之一。被联合国教科文组织列入世界遗产名录。整座神庙被设计成太阳神苏耶的战车形状，有十二对石头轮盘和七匹马匹作为装饰。
④《欲经》（Kama Sutra）：古印度一本关于性爱的经典书籍，相传由一位独身的学者婆蹉衍那所著，时间大概在1世纪和6世纪之间。

甚至连伸出手触摸洛塔的脸颊也变得小心翼翼。

在返回布巴内什瓦尔的大巴上，扑克萌生出一个冲动的念头：放弃新德里的一切，放弃自己的绘画生涯和辉煌前途，义无反顾地跟随洛塔前往欧洲。当他静下心来权衡这一想法时，他发现这并不是自己的心血来潮，而是一条完全可行的解决之道。当初离开家乡前往首都求学时，他不也放弃了原本熟悉的一切吗？——家人，亲戚，朋友；丰饶神秘的丛林；潺潺涌动的河流；晨雾笼罩下的芒果树和椰子树……只有牺牲掉已拥有的，才能换来崭新的生活。

一个星期后，当扑克回到新德里的出租屋时，邻居大婶蒂迪告诉他，一个打扮体面的女人曾多次带着女儿登门拜访，打听扑克的下落。按照蒂迪的描述，来客应该是普尼和她的妈妈。由于她们的来访实在过于频繁，蒂迪于是询问到底出了什么事。普尼的妈妈这才和盘托出。

普尼本来即将和那名学工程的男孩结婚，没料到男孩的父亲横插一杠，提出五万卢比嫁妆的要求。这对女方而言无疑是一个天文数字。就算是电影明星一年也挣不了这么多钱啊。普尼的爸爸一直希望女儿能嫁入高等种姓的家庭，直到碰了钉子才意识到，这桩婚事纯属自己的一厢情愿。因此普尼的妈妈想要找到扑克，试探他是否能回心转意，重新考虑与自己的女儿结婚。

多么愚蠢而势利的一家！既然已经受够了普尼爸爸的羞辱，扑克怎么可能回去自讨没趣呢？

我不是一个心眼狭窄的人，但凡事都有个度。扑克默默在心里说道。

扑克告诉蒂迪和其他朋友，自己已经和一位来自瑞典的女孩结婚了。这句话当然不尽属实，爸爸的确为他们举行了神圣的传统仪式，但法律意义上的结婚完全是另一回事。可话又说回来，结没结婚，还不是他们自己说了算吗？

多少个夜晚,扑克和洛塔就这样相互依偎着,躺在出租屋里冰冷的水泥地上,望着天花板上的一道道裂缝。洛塔向扑克讲述起自己的身世。

很久很久以前,当国王阿道夫·弗雷德里克①和王后路易莎·乌尔莉卡②在位的时候,瑞典社会和印度一样,也分为四个等级。

"我的祖辈出身低微,后来才凭借智慧与勇气晋升上层社会。"洛塔顿了顿说,"当时,国王的权力很小,瑞典实际由四等级议会所控制,每一等级代表了一个社会阶层,从高到低依次是:贵族、僧侣、市民和农民。"

"争夺权力的主要是两个党派,它们的名字很有趣。代表贵族的礼帽派和代表市民的便帽派!"

"太好玩了!要是在印度给党派起这种名字,非笑掉人大牙不可。"扑克忍不住插嘴。

"听我说嘛!"洛塔抗议。

国王和王后对于贵族阶层的强权颇为不满。由贵族和武士构成的礼帽派甚至要求从国王手里抢夺王子古斯塔夫的抚养权,目的在于"将王子培养成一名高贵而公正的领袖"。

王后恼羞成怒。她认为上帝赐予的王权神圣不可侵犯。于是,

---

① 阿道夫·弗雷德里克(Adolf Fredrik, 1710—1771):瑞典国王,1751年至1771年间在位。

② 路易莎·乌尔莉卡(Lovisa Ulrika, 1720—1782):普鲁士公主,瑞典王后,1751年至1771年间在位。

王后召集心腹密谋恢复君主制的计划。他们决定发动一场政变，重新夺回本应属于国王的至高无上的权力。

"那是一七五六年，一个夏日的晚上……"洛塔娓娓道来。

一七五六年，那正是罗伯特·克莱武为争取印度的统治权而英勇奋斗的那年，多奇妙的巧合啊！扑克暗暗感慨。

"我和你说过罗伯特·克莱武吗？"扑克迫不及待地打断她，"我一定要和你讲讲他的传奇经历。"

"以后再说嘛！"

"就明天吧，一言为定！"

一七五六年的一个夏夜，斯德哥尔摩城内爆发了推翻贵族的骚动。但王后的计划进展得并不顺利，她还没有筹集政变所需足够的钱。时不我待，王后手下的一名亲信决定孤注一掷，无论如何先策反再说。他召集了几名随从，在皇宫前的台阶上挥舞旗帜呐喊示威，要求王后立刻发动政变。

政变的消息很快传到皇家卫队那里，其中包括一个名叫丹尼尔·谢德温的，年仅二十二岁的低等兵。

"如果他当时服从王后的指令，加入政变的队伍，那么我的家族就完全是另一种命运了。我们也不可能拥有一整片森林。"洛塔感慨。

"你拥有一整片森林？"

"不是我，是我的家族。"

洛塔继续往下说。就在皇家卫队忙着分发枪械和子弹，纠集队伍准备对礼帽派发起突袭时，丹尼尔将这一紧急情况忠实地汇报给自己的上司，掌握军权的贵族阶级。

"军队也属于贵族。"洛塔解释说。

"在印度，武士属于刹帝利种姓。"扑克补充道。

贵族阶级立刻予以反击，将政变扼杀在萌芽之中。国王和王后被迫接受大主教关于四等级议会的布道，参与政变的亲信和随从遭到逮捕。而忠诚勇敢的丹尼尔，也就是我的祖辈，则受到了丰厚的犒赏。他利用这笔赏金购置了一大片森林和一大块土地。不久之后，他出席了贵族的头衔的册封仪式。

"所谓册封，就是出身低微的人晋升到较高阶层。"洛塔试图向扑克解释，而对方的神情显然越来越迷惑。

丹尼尔成为森林和土地的主人，并且得到一枚象征荣誉的盾状纹章，底色是代表瑞典国旗的黄蓝两色，正中是两把相互交叉的镶金银剑，下方还有一圈绿色的桂冠，刻着"Ob cives servatus"字样的铭文。

"那是什么意思？"扑克问。

"那是一句拉丁语，至于具体含义，我也记不清了。"

这枚盾状纹章至今还悬挂在他名下领地内的一座教堂中。

"正因如此，我的家族才会拥有一整片森林。"洛塔做了一句总结性的陈述。

"所以你来自高贵的上层社会？"

"可以这么说吧，冯·谢德温算是个贵族的姓。可我一点也不喜欢这个姓，我也不觉得自己比别人高贵。"

"洛塔，"扑克的语气明显低落下来，"你出生在一个贵族家庭，而我是社会底层的低种姓贱民。"

他想到普尼爸爸的斥责，以及印度社会中，发生在高等种姓和低等种姓之间，那些没有结果的爱情悲剧。

我们会落入怎样的下场呢？扑克忧伤地亲吻着洛塔的额头。

"那些都是老古董的偏见，"洛塔满不在乎，"反正对我来说，贵族啦，贱民啦，没有什么区别。"

"但是你拥有一整片森林。遇见你就是我的命运。很久之前，占星术士就预言了这一切。"

"的确。"

"洛塔，你知道吗？一切都是命中注定的。"

终于到了离别的日子。洛塔乘坐火车抵达阿姆利则①，和同行的朋友汇合，准备驾驶面包车沿原路返回瑞典：翻越兴都库什山脉②，穿过伊朗的沙漠和黑海地区。洛塔回忆起短短数月之前的旅途：经行阿尔卑斯山时，多亏守护天使的庇佑，他们的车才免于坠入万丈深渊，化为一堆废铜烂铁；土耳其的山路蜿蜒曲折，他们目睹了这辈子从未见过的壮美景色；德黑兰的交通堵塞甚至将大家一度推向崩溃的边缘；而在阿富汗，他们曾经行驶过绵延数百公里的无人区，道路两旁的扬尘中矗立着可口可乐的广告招牌，却不见一个贩卖饮料的店铺。

告别瑞典三个星期后，他们越过了印度和巴基斯坦的边境线。在绕道参观过泰姬陵后，一行人于深夜抵达德里，由于四周一片漆黑，街道空无一人，他们又完全不了解当地情况，面包车直冲冲地撞上一堵围墙，保险杠彻底报废。此前他们从未和家里联系过，碰上这种事，他们也只好求助于瑞典驻印度大使馆。大使馆的工作人员通过电话联系到洛塔远在布罗斯的家人，告知他们车辆的损毁情况，所幸没有人员伤亡这件事倒是忘了提。

对于返程的路线，洛塔已经深谙在心，就算没有地图，她也能

---

① 阿姆利则（Amritsar）：位于印度西北部旁遮普邦，靠近巴基斯坦边境。阿姆利则一词源于梵文，意为"花蜜池塘"。
② 兴都库什山脉（Hindu Kush）：位于中亚，东西向横贯阿富汗的山脉。总长约为966公里，东端属于帕米尔高原的延伸，海拔较高，约在4500米至6000米之间，西端海拔较低，约在3500米至4000米之间。

从印度顺利开回瑞典。一路都挺顺利,只是在特拉布宗①外的山区发生了一点小意外:由于日温不够,地上凝结的冰层没有完全融化,导致汽车轮胎打滑失控。他们在靠近悬崖边缘不到半米的地方才刹住了车,大家为劫后余生心惊肉跳,默默感谢守护天使的又一次显灵。

一切早有注定。洛塔想起扑克说过的话。她坚信平安返回瑞典才是自己的命运。

洛塔回到家乡布罗斯时已经是一九七六年的春季。她迫不及待地向爸爸妈妈宣布,自己恋爱了。扑克就是她将携手共度一生的人。洛塔打算一到秋季就动身前往印度与扑克团聚,但妈妈阻止了她。

"扑克还没有完成艺术学院的学业,而你也没有养活自己的本事。"妈妈明确地指出了这一点。

"你必须留在瑞典接受教育。你们可以通过写信保持联系,从现在开始,你必须开始适应远距离恋爱。"妈妈这样告诉她。

这话听来残酷。但随着时间的推移,东方之旅的记忆渐渐苍白,衣服上残留的印度气味慢慢淡去,洛塔开始意识到,妈妈是对的。她已经暗暗下定决心,一旦有机会回到印度,她就将永远留在那里。然而无论身处世界哪个角落,她都必须面对一个现实的问题:找到工作,养活自己。

分别之前,扑克曾经保证过,自己一定尽快到瑞典与她见面。然而日子一天天过去,很快到了他们约定重聚的八月,扑克仍然不见踪影。好容易挨到九月,洛塔总算收到一封寄自新德里的信。扑克在信中写到,自己要去瑞典的心意仍然坚定,然而因为种种现实原因,这一计划不得不暂时搁置。究竟什么时候动身,以何种方式前往,他还一无所知。

---

① 特拉布宗(Trabzon):位于黑海南岸的土耳其城市。

洛塔有过好几次不顾一切返回印度的冲动。然而权衡之下，她最终还是选择放弃。洛塔目前在一家托儿所打工，报酬很低，根本不够路费的花销。况且她也不愿意伸手再问父母要钱。

时隔多年洛塔才明白，那时妈妈最担心的是，她在还没具备立身之本的情况下就草率结婚。妈妈坚持认为，现代女性不应该甘于在家，扮演家庭主妇和母亲的角色。妈妈在年轻的时候没有机会接受教育，因此不愿意让女儿重蹈覆辙。

新的梦想在洛塔心中生根发芽。她自幼喜欢钢琴和歌唱，因此在面试社区音乐学校代课教师一职的同时，洛塔也向斯德哥尔摩音乐教育学院递交了入学申请。

她顺利通过了面试，不久后也获得了斯德哥尔摩寄来的录取通知书。

在学业面前，印度之行必须做出让步。

洛塔离开后，扑克重新回到原先的求学轨迹。他上午和下午都在学校画室练习，傍晚时分赶到喷泉旁为游客画画。与此同时，印度社会正在经历翻天覆地的变化。新德里进入了新一轮的紧急状态：新闻媒体遭受更为严苛的审查，贫民窟的整治行动热火朝天，对民主和政治集会的封杀铺天盖地。

新德里几条主要的林荫大道两侧，推土机正轰鸣着铲除贫民窟的棚屋，警察粗暴地驱逐着这些无家可归的人。原本宁静平和的城市充满了剑拔弩张的紧张感，暴动和骚乱一触即发。

尽管如此，在扑克看来，英迪拉·甘地的做法并不过分。要彻底改变保守落后的印度，不推行铁腕政策是行不通的。和颜悦色地恳求婆罗门抛弃偏见，或是低声下气地要求从他们的饭碗里分一杯羹，结果只会适得其反。如果完全尊重人们的自由意志，而不采取压迫或强制的手段，这个社会只能在墨守成规中渐行渐远。这么多年以来，扑克逐渐意识到，政治在很大程度上本就处于个人意志的对立面。

一年多以前，英迪拉的私人秘书哈克萨尔先生曾经许诺过为扑克解决住房问题。一九七六年春季，正当洛塔驾驶面包车返回欧洲之时，哈克萨尔设法联系上扑克，开门见山地说：

"都安排好了，你随时可以搬进去。"

"房子在哪儿？"

"就位于南大街。"

我的老天！南大街，国会俱乐部和总理官邸所在的街道。那可是政治精英们云集的区域。

"我就住那儿吗?"

"当然,"哈克萨尔爽快地说,"你的公寓就在七十八号院内。"

扑克立刻开始收拾搬家的东西。由于画架和画布都已经寄存在喷泉附近,他的全部家当也就是一只行李箱。于是扑克拎着箱子,步行前往自己的新住所。

公寓内设有一间宽敞的客厅,里面摆满了做工考究的家具;一间独立的卧室;园景阳台;厨房;餐厅;以及两间浴室。他只需要拨打订餐电话,附近的餐厅就会将菜肴直接送到门口。他也无需自己动手洗衣服,洗衣工每天都会上门收取需要换洗的床单和衣物。

仅仅一年前,扑克还露宿在铁路桥下,靠捡拾残羹剩菜填饱肚子。而现在,他住在上流社会的住宅区内,过上衣食无忧的生活。当他回想起这些年来的际遇,会自然联想到佛法中关于业[①]与果报的理论。由于经受了太多的折磨和痛苦,他耗尽了前世的恶业,才得以享受当下累积的善业。

扑克乐观地想,但愿我未来的人生都由善业主导。

在扑克的眼中,英迪拉·甘地是当之无愧的一国之母,她是印度所有贱民和受压迫阶级的母亲,而母亲完全有权表现出她威严凌厉的一面。

扑克常常会由衷地感慨:英迪拉·甘地是我们的恩人。如果没有她推行的政策和法律,贱民现在的处境会怎样呢?一文不值,一无是处!要不是她的善心和仁慈,自己的命运又将如何呢?流落街头,连只蚂蚁都不如!

扑克向见到的每一个人倾吐自己对洛塔的思念。听众无一不感动于扑克的深情,甚至为他们不得已的别离而黯然落泪。一时间,雪片般的信件向洛塔涌来,其中不仅包括扑克爱意绵绵的情书,还

[①] 业(Karma):佛教术语。指由思想驱动的行为。这些行为在未来所形成的结果成为果报。

有不少是光顾印度咖啡屋的游客所寄去的问候和祝福。

几乎每一位到访印度的游客都听说过他们的浪漫爱情故事。

来自爱丁堡的凯特在信中写道：

"我刚刚结束印度之行回到家里。在新德里的时候，我遇到了你的朋友扑克。他是一个真诚可爱的男孩。他非常想你，和我们聊了很多关于你的事，生怕你忘了他。算我多嘴好了，不过你得赶紧给他写信，以免他担心。"

来自布胡斯-比约克岛[①]的玛丽亚在信中写道：

"这个月六号，一个星期天的晚上，我从巴基斯坦回到瑞典……一月底的时候我去了德里，当时我是和一名来自拉合尔[②]的朋友结伴去的。我们曾听别人说起扑克的名字，于是设法和他取得了联系。我们见了好几面，聊得很开心。听说我也是瑞典来的，扑克还托我给你带了本书……扑克过得还不错，就是非常非常想你。"

来自蓬图瓦兹[③]的比阿特里斯将扑克的名字误认为"布克"，她在信中写道：

"我是三天前离开德里的。在那里，我和我先生认识了布克，他帮了我们很多忙。布克说到许多关于你的事，还给我们看了你们甜蜜的合影。布克恳求我，一回到巴黎就给你写信。我的英语很差，不过我还是答应了他的请求。不管怎么说，我希望你能理解我的意思。布克已经有两个月没收到你的信了，他很着急。他希望你一切都好，我们也是。"

住在南大街七十八号院的宽敞公寓内，扑克似乎已经得到了梦想中的一切，然而令他不解的是，自己怎么都感觉不到幸福。扑克躺在床上，望着窗外的婆娑树影，回忆起他和洛塔在总统府后的莫卧儿花园里散步的情形。在玫瑰、郁金香和缅栀的簇拥下，他将订婚戒指郑重地套在洛塔的无名指上。

[①] 布胡斯-比约克岛（Bohus-Björkö）：位于瑞典西约塔兰省厄克勒市。
[②] 拉合尔（Lahore）：巴基斯坦的第二大城市，旁遮普省的省会。
[③] 蓬图瓦兹（Pontoise）：法国北部城市。

扑克一直希望尽自己的绵薄之力帮助广大贱民同胞。他画作中所表现出的社会残酷现实深深震撼了一批对政治麻木不仁的中产阶级。这天，哈克萨尔约他在国大党位于新德里的机构外碰头，为他引见了一名身材高大的男人，对方紧紧握住他的手，力道大得几乎让扑克叫出声来。

还没顾得上自我介绍，对方就热情地邀请扑克为"受压迫阶级"共同创办一份报纸。

扑克爽快地答应下来。对方这才揭示了自己的身份：

"我叫比姆·辛①。你就是那位赫赫有名的'喷泉艺术家'吧？"

"对，是我。"扑克有些不好意思地答道。

他还不习惯被冠以"赫赫有名"这样的形容词。

"我还不知道您的来历。"扑克诚实地说。

"我骑着摩托车游历过一百二十多个国家，欧洲、美国和苏联我都去过。我还骑摩托车横穿过撒哈拉大沙漠。"

"辛先生，这太令人钦佩了！可您为什么要这么做呢？"

"为了世界和平。以后，我还打算出一本关于环球之旅的书。"

"那现在呢？"

"现在我的目标就是创办报纸。"

比姆·辛是一个目标明确，坚持不懈的人，他不安于舒适的现

---

① 比姆·辛（Bhim Singh, 1937— ）：印度政治家、活动家、律师和作家，曾于1982年成立查谟-克什米尔黑豹党。

状,不屑于一味追求财富和名气。扑克和他很是投缘,颇有种相见恨晚的感觉。

"你能为报纸设计一个标志吗?"比姆·辛问扑克。

"当然。"

"那为文章配些插图什么的呢?"

"完全没问题。"

比姆·辛说,自己已经为报纸起好了名字,就叫《百万之声》。在自己担任主编的同时,他任命扑克为副主编兼美编。报社就算成立了,辛负责撰文,扑克负责绘画。

他们的办公地点就设在国大党机构走廊的角落里。里面摆放着一台老式打字机,一张破破烂烂的办公桌和两张摇摇晃晃的椅子,仅此而已。

两个人组成的报社很快投入了紧锣密鼓的工作。辛和扑克每天都坐在走廊里,忙着撰文绘画,为忍饥挨饿和备受压迫的劳苦大众呼吁呐喊。

每当倦意来袭或是感到枯燥时,辛都会激励自己:

"我们是百万民意的代表,我们绝不能放弃。"

扑克画出许多张渴求食物的嘴巴,组成"百万之声"这几个字作为报纸的标志,这样一来,报纸的受众一目了然——那些挣扎在温饱线上的穷人。《百万之声》的大多数文章紧紧围绕一个主题:消除贫困,废除种姓制度。此外,比姆·辛的字里行间还流露出一个坚定的理念:克什米尔应该从印度独立出来。扑克对此并不了解,因此也避免发表意见。

首期报纸印刷出厂后,扑克负责在康诺特广场周围的街道叫卖。抱着自己参与创办并编辑的报纸,扑克感到无比的自豪。

他围绕康诺特广场的环形区域走了一圈又一圈,深入附近的每一条巷道,甚至在印度咖啡屋内一个顾客一个顾客地推销。之后,他又去火车站和帕哈甘吉集市兜了一大圈,这才回到喷泉附近。

"买一份《百万之声》吧，声援被压迫被歧视的同胞们！"扑克扯开嗓子叫卖。

发现无人问津后，他又补充了一句：

"一份足以改变印度的报纸，都来看一看，瞧一瞧！"

两天后，他垂头丧气地认命了。

一大摞报纸只卖出区区几份，扑克干脆将剩下的堆在人行道边供大家免费取阅。

"免费报纸！随便拿，随便看！"

第二天，他找到走廊角落里的比姆·辛，告诉他自己决定放弃。

"印度变革的时机还不够成熟。"扑克说。

辛尊重他的决定，他说自己打算单枪匹马继续奋斗下去，直到克什米尔解放的那一天。

"关于克什米尔的事，我也不太懂，只能祝你一切顺利。"扑克坦诚地说。然后回到喷泉旁，继续将精力投入在人物肖像绘画中。

虽然最终以失败告终，但至少值得一试嘛。

如果有瑞典游客光顾，扑克会和他们聊上特别长的时间。而在印度咖啡屋，一旦听到瑞典语单词，扑克就立刻走上前去，借邀请他们喝咖啡的机会与他们攀谈起来。扑克甚至修改了喷泉旁的广告招牌："十分钟，十卢比——瑞典人免费"。

他渴望听瑞典人说话，他们的语气和腔调都让他联想到洛塔。扑克努力维持住那段鲜活的记忆和感觉，不愿让洛塔的气息就此渐渐淡去。

正是在这种情形下，扑克遇见了拉什。

拉什出示了自己的瑞典护照，扑克爽快地为他免费画了张素描肖像。拉什是一名记者，和其他欧洲客一样选择陆路前往印度。但与其他人不同的是，他没有自己的汽车，而是依靠乘大巴和搭便车的方式完成了旅行。

他们在咖啡馆畅谈了好几个小时，拉什展开一张亚洲地图，用圆珠笔指出一条标红的线路，向扑克逐一介绍沿途经过的城市：喀布尔①、坎大哈②、赫拉特③、马什哈德、德黑兰、大不里士④、安卡

---

① 喀布尔（Kabul）：阿富汗的首都。喀布尔省省会和阿富汗的最大城市，是一座拥有3000多年历史的名城。
② 坎大哈（Kandahar）：阿富汗第二大城市，位于阿富汗南部，建于公元前4世纪。
③ 赫拉特（Herat）：中亚古城。阿富汗西部哈里河流域赫拉特省的城市，拥有2000多年的历史。
④ 大不里士（Tabriz）：伊朗西北部城市，东阿塞拜疆省首府，建于公元前3世纪。

拉①、伊斯坦布尔②。

"你只要花上两个星期就可以游历这些城市,进入欧洲之后,顶多再一个星期吧,搭搭便车什么的也就到了。"

这么说来,我也可以靠这种方式前往瑞典。扑克在心里暗暗琢磨。

既然拉什可以,自己也一定可以。想到只需要三个星期就能见到洛塔,扑克顿时感到生活充满了希望。瑞典在他心里一直是一个遥不可及的国度,像他这样的印度贱民,或许这辈子都难以抵达。机票价格高昂得令人咋舌,他也不好意思写信问洛塔借钱。扑克自己没有汽车,所以搭便车的主意无疑让他眼前一亮:短短三周时间,我就可以从印度到达瑞典!

拉什饶有兴趣地听扑克讲述自己的经历:从占星术士的预言一直到与洛塔的浪漫邂逅,他敦促扑克补充更多细节。

"我就记得这么多。"扑克说。

"再想想嘛!"拉什鼓励他。

"我真的想不起来了。"扑克老老实实地承认。

拉什感慨,扑克的人生经历简直太富有传奇色彩了。

"就像一个神话故事。"他这样总结。

这天,拉什告诉扑克,一名瑞典导演正在新德里参加一个电影展。

"他应该会对你的故事感兴趣,说不定还能拍成电影呢。"拉什很是兴奋。

"他姓斯耶曼,维尔戈特·斯耶曼③。"

"他很有名吗?"

"对,不仅在瑞典,在美国他名气也很大。"

---

① 安卡拉(Ankara):土耳其的首都兼第二大城市,安卡拉省省会,始建于上古世纪。
② 伊斯坦布尔(Istanbul):土耳其最大城市,该国经济、文化和历史中心,建于公元前660年,原名拜占庭。
③ 维尔戈特·斯耶曼(Vilgot Sjöman, 1924—2006):瑞典导演、剧作家、演员、评论家,瑞典新电影创始人之一;代表作有《我好奇之黄》《我好奇之蓝》等。

"就像拉兹·卡普尔①那样吗?"

"怎么说呢,他的风格更接近萨蒂亚吉特·雷伊②。他主要导演剧情片,不是那种唱唱跳跳的歌舞片。"

"他都拍过什么电影?"

"一些政治题材的电影,表现裸体艺术的也有涉猎。他算是先锋派电影人,在电影届存在相当的争议。"

拉什将斯耶曼导演下榻的酒店信息提供给扑克,鼓励他毛遂自荐。但扑克心里很犹豫:表现裸体艺术的电影!如果他在瑞典都会引起争议,那么在印度肯定名声扫地。在印度的电影院里,幕布上永远不会出现裸体镜头或情色场面——别说情色场面了,就连接吻都不行。

扑克担心的倒不是自己的名誉,而是远在奥里萨邦的家人们。要是知道他和一名情色片电影导演合作,他们肯定无法接受。因此,扑克对于拉什的建议实在提不起兴趣。

尽管如此,扑克也不好意思一口回绝,于是他跟着拉什前往国会大厦参加电影节的开幕式。拉什在人头攒动中一眼就瞥见了斯耶曼导演,冲过去拍了拍对方的肩膀,然后介绍扑克与他认识。

瑞典人的态度都很友好。这是扑克最直观的感觉。斯耶曼导演询问扑克对印度进入紧急状态以及英迪拉·甘地总理的看法,并且耐心聆听了他的回答。但无论拉什怎么鼓动,扑克就是不肯讲述自己的故事。他不愿让情色片导演执导自己的经历,心里或多或少还是有些抵触。

扑克礼貌地向斯耶曼导演道别,跟着一脸沮丧的拉什继续向大厅内走去。

---

① 拉兹·卡普尔(Raj Kapoor,1924—1988):印度著名的宝莱坞电影导演,曾自导自演过代表作《流浪者》。

② 萨蒂亚吉特·雷伊(Satyajit Ray,1921—1992):著名印度裔孟加拉导演,曾荣膺奥斯卡终身成就奖,他所执导的电影以剧情片、纪录片和短片为主;代表作包括《小路之歌》《大河之歌》《大树之歌》等。

扑克非常确信，洛塔会像约定的那样，过一段时间就重返印度。洛塔说过，再等半年，到八月份我们就能团聚了。她来印度也好，我去瑞典也罢，总之我们应该在一起。

一九七六年六月，扑克从新德里艺术学院毕业，开始筹备洛塔到来之后的生活。扑克心想，她应该会满意位于南大街的公寓，开开心心地和我住在一起。在这么好的条件下，洛塔肯定不会掉眼泪的。

但首先，他得找到一份赖以谋生的工作。他总不能靠在喷泉边为游客画画过一辈子吧。

凭借艺术学院的背景，扑克顺利得到邮政局的面试通知。邮政局正在招聘一名邮票插画师，他们很喜欢扑克寄来的画稿，很快为他提供了一个设在浦那①的职位，实习期六个月。浦那是扑克一直向往的大都市，也是"印度所有年轻人心目中的事业之都"。

扑克拥有不错的公寓，又找到一份稳定工作。他欣喜地想，洛塔一定很为自己而骄傲。再说，印度邮政局正在与英国邮政局合作，面试官隐晦地暗示说，如果他在工作中表现出足够的忠诚、热情和能力，在不久以后的将来，或许——只是或许，也就是不排除这种可能性——他会被调往伦敦工作。一想到有机会能前往大不列颠帝国的首都，扑克兴奋得快要跳起来。他已经开始幻想自己和洛塔在

---

① 浦那（Pune）：印度西部城市。马哈拉施特拉邦第二大城市兼经济、文化、交通中心。

伦敦共同生活的情形。

夏季一晃而过，洛塔迟迟没有出现。扑克一直惦记着去欧洲的事，却苦于没时间和缺钱。他期待着开始作为邮票插画师的职业生涯，又为微薄的积蓄而烦恼不已。

然而在口头允诺实习机会后，邮政局却迟迟没有联系扑克。扑克内心的不安越来越强烈，与洛塔重逢的信念也越来越坚定。爱情应该开花结果，而不是靠信件勉强维系。扑克清醒地意识到，再这样下去，他将会永远失去洛塔。

扑克申请了护照和国际青年旅舍卡。每一天在前往喷泉的路上，他都会留意英国航空公司竖在康诺特广场上的广告招牌。画面上那架银色飞机似乎承载着他的梦想，飞向地球另一面开始全新的生活。

时间一天天过去，随着最后一丝希望的破灭，扑克彻底陷入失魂落魄的境地。他难以集中精神，画得越来越差，也懒得和朋友们联系。

这天，他穿着脏兮兮的T恤和破破烂烂的牛仔裤走进一家旅行社，招来柜台后服务小姐一脸厌弃的表情。当扑克询问机票价格时，服务小姐鄙夷地反问他询问目的，因为他看起来实在不像是有钱人。

"你直接报个价钱不就行了！"扑克不依不饶。

"差不多四万卢比。你应该出不起这笔钱吧。"服务小姐冷冷地丢下一句。

扑克的确出不起这笔钱。整个夏季，他从早到晚忙于肖像画的创作，加上之前的积蓄，他的银行户头里也只有四千卢比。扑克不由有些绝望：要凑够一张飞往欧洲的单程机票，他得攒到什么时候？

他开始对占星术士的预言产生怀疑，或许说他和一位外国女子结婚这事，根本就是个玩笑。

/　漫 长 的 旅 程　/

/ 新德里—帕尼帕特①—库鲁克舍特拉②—卢迪亚纳③—阿姆利则

第一天,扑克天不亮就动身,一路向西拼命蹬着自行车,直到傍晚时分才抵达库鲁克舍特拉。他满身尘土,嘴里灌满了沙子,在新德里买的凤头牌④二手自行车也变得灰突突的。自行车只花了他六十卢比,还不到全新的一半价格。

扑克在心里嘀咕:对于我们这种没钱买飞机票的穷人来说,用六十卢比换来一个交通工具还是比较合情合理的。

尽管心存疑虑,扑克还是决意踏上旅程,以实际行动践行占星术士的预言。他的行囊不多,包括一只睡袋、一件天蓝色的防风夹克,一名比利时邮差赠送的两三条换洗长裤,一件洛塔亲手缝制并寄给他的蓝色衬衫。在衬衫的胸襟处,洛塔特意绣上扑克名字的缩写字母 P 和 K,并且用花体做成画架造型的效果。

扑克张开手指,梳了梳打结的头发,蹲在路旁金合欢树的树荫下眺望空旷的大地。他知道太阳总是从西边落下,因此一直朝着日落的方向骑行。然而他并不清楚自己距离终点有多远。他对

---

① 帕尼帕特(Panipat):印度哈里亚纳邦的城市,帕尼帕特县首府;印度历史上著名的古战场。
② 库鲁克舍特拉(Kurukshetra):印度哈里亚纳邦的小镇,据传是印度两大史诗之一《摩诃婆罗多》里俱卢之战的发生地,因此被尊为印度教的圣地。
③ 卢迪亚纳(Ludhiana):印度旁遮普邦最大的城市,卢迪亚纳县的行政中心。
④ 凤头牌(Raleigh):由英国兰令公司于 1890 年推出的一款自行车,由于自行车车标上部的图案与凤凰的头相似而得名。

整个路程的长度毫无概念,仅凭着有限的地理知识进行揣测。关于印度以外的世界,扑克虽然听说过这样或那样的说法,但倘若真的铺开一张地图,让他指出国家和地区的方位,他大概会傻眼。

世界地理或许不是扑克的强项,但有关宇宙起源,天地万物和神灵的传说,扑克却都熟记于心。他想起《摩诃婆罗多》①里讲述的那些故事,如今自己正身处故事的发源地——库鲁克舍特拉。他将自行车靠在路边的一棵苍劲的古树旁,数千年前,俱卢家族的两兄弟,持国和般度的后代,为争夺王位进行了惨烈而野蛮的斗争,这棵古树或许就是古战场的见证者。读小学的时候,扑克常听老师朗读《摩诃婆罗多》的片段,并且为其中的情节深深着迷。从那时起,《摩诃婆罗多》已经成为他生命的一部分,在他脑海里刻下印度文化的深深烙印。

这片古战场曾经硝烟弥漫,刀光剑影,掀起一阵血雨腥风。《摩诃婆罗多》讲述的是一场正义之战,故事的主角,也是交战双方之一的阿周那王子为绵延的战事感到困惑犹豫,向神灵黑天②寻求帮助。黑天用诗般的语言循循善诱地教导阿周那,规劝他回归战场继续战斗,因为"作为一名战士,战斗和厮杀就是他的己任"。

扑克心想,这类看似权威的教诲正是造成世界上许多悲惨事件的源泉。如果阿周那听从释迦牟尼或是耆那教先知笩驮摩那的劝诫,世界很可能呈现出一幅截然不同的祥和景象。

---

① 《摩诃婆罗多》(Mahabharata):印度两大著名梵文史诗之一,成书于公元前3世纪至5世纪之间。与另一经典《罗摩衍那》齐名。
② 黑天(Krishna):最早出现于《摩诃婆罗多》中,是婆罗门教—印度教最重要的神祇之一。

印地语里，印度国道[1]被称为"乌塔帕塔"，意为北方之路，而在印度的另一种官方语言乌尔都语中，国道的说法是"沙哈伊赞"，意为广阔的大道。国道曾是这个帝国的交通命脉：数千年来，国王、农民和乞丐，来自中亚古国的希腊人、波斯人和土耳其人行经于此，穿梭于以西的阿富汗与以东的恒河和布拉马普特拉河[2]三角洲之间。

纵然有着悠久的历史和意味深长的名字，国道的路况却并不尽如人意。只要骑行过一小段距离，就能意识到它的狭窄和颠簸程度与印度其他道路并无二致。两辆货车狭路相逢时，司机只能将外侧车轮驶上沥青路肩，同时拼命按着喇叭小心翼翼地擦身而过。有时，体型庞大的车辆发生侧翻，伴随轰隆的巨响掀起一团挟裹砂石的尘土，横陈在道路中间阻挡住所有试图穿越的行人和车辆。

库鲁克舍特拉是国道附近林立的数座小镇之一，同时也成为货车司机休息的驿站。不少司机将严重超载的车辆停在路边——车后堆积起的货物摇摇欲坠，似乎伸出一根手指就能碰倒——在店家搭建的凉棚下席地而坐，手持银光闪闪的不锈钢托盘大口吃着东西。

扑克努力在沿途的所见所闻寻找蛛丝马迹，以证实自己长久以来耳熟能详的那些神话和传说。但从新德里出发至今，他所见到的大片水稻田和麦田，同家乡的田野景象并无二致。

印度宣布独立已有三十年之余，印度总理一直致力于推进国家的民主化和现代化进程，破除人们的封建迷信思想。扑克不由为自己的幼稚感到可笑：他应该为现代化改造的卓有成效感到高兴，而不是努力发掘迷信残余的痕迹。

扑克在裤子的暗袋里藏了八十美元和数百印度卢比。这是他的全部积蓄。这笔钱应该够他维持到喀布尔的花销，运气好的话，撑

---

[1] 印度国道（Grand Trunk Road）：连接南亚和中亚的主干道之一，约有2000多年的历史，全长为2500公里。
[2] 布拉马普特拉河（Bramaputra River）：南亚的一条重要国际河流。上游位于中国境内，称为雅鲁藏布江，流入印度后称为布拉马普特拉河，流入孟加拉国后称为贾木纳河。

到欧洲也说不定。一路上有许多人向他伸出援手。扑克的通讯簿里写满了游客、流浪汉和嬉皮士的名字和地址。朋友就是他最为宝贵的财富。关于欧亚旅行的所有版本都提到著名的嬉皮之路①，互帮互助，资源共享似乎是旅行者们长期以来形成的默契和共识。这种大家庭式的温暖给扑克以信心和安慰，然而他并不敢掉以轻心：这场旅途注定是一次艰苦卓绝的奋斗，抵达终点才是胜利。风餐露宿，忍饥挨饿恐怕都是家常便饭。

扑克也会这样幻想：明天早晨一睁眼，自己就出现在洛塔的面前，然而在实现目标之前，他必须经历漫长的考验和等待，他知道自己必须保持耐心，积攒力量。

当坐在路边，眺望一整片田野时，扑克不由想起爸爸。爸爸一直希望他能成为一名工程师，按照尼赫鲁的意志将印度建设成一个现代化国家。记忆中的画面逐渐浮现出来：尼赫鲁和女儿英迪拉乘坐直升飞机抵达阿特马利克的村落外，出席马哈纳迪河上游新水电站的破土动工仪式。起初，直升机只是天空中小小的一点，伴随震耳欲聋的轰鸣声，它以庞然大物的姿态摇摇摆摆地降落在水坝旁的空地上，漾开的气浪拂过金灿灿的玉米田。在扑克的印象中，那是他第一次对直升飞机产生直观的感受。

那是一九六四年，扑克刚刚升入初一，学校生活带给他的挫折远多于成就。

成千上万名村民聚拢在河岸边，争相目睹印度总理的风采。扑克记得，尼赫鲁总理用手捂住胸口，一脸痛苦的表情。几周后，他在报纸上读到尼赫鲁总理逝世的消息。村里的老人对这一噩耗并不感到意外，他们说截流筑坝是违背自然的大逆不道之举，尼赫鲁因此触怒了掌管水域的女神，理所当然会受到惩罚。

---

① 嬉皮之路（Hippie Trail）：风行于20世纪60至70年代的一条跨越欧亚大陆的自助旅行路线，以欧洲作为起点，巴基斯坦、印度或尼泊尔作为终点。嬉皮之路也成为一种新兴旅行理念，标榜时间长，花费少，依靠搭便车和乘坐公共交通工具完成全程。

但扑克并不买账。他已经十四岁，不再轻易听信迷信守旧的说法。学校的老师早就说过，疾病才是人类死亡的最主要原因。

虽然这个世界并非由神灵和魔鬼所主宰，但宇宙的力量不容忽视。扑克始终相信，自己的命运始终受到星盘操控的影响。

尼赫鲁不相信任何星座学说，他是一名极其理性和实际的政治家。根据尼赫鲁的规划，印度必须全力推行科技进步和基础设施建设。消除迷信和愚昧是民众摆脱贫困的前提条件。与其执着于对毗湿奴和湿婆的宗教信仰，不如尊重马克思哲学理论和爱因斯坦的科学成果。现代必将取代传统。尼赫鲁曾经言之凿凿地表示，如果可以选择的话，他会摒弃旧社会的一切，重塑一个崭新的印度。

在如何消除印度社会的歧视问题上，扑克的爸爸和尼赫鲁持有相同观点。扑克的爸爸对封建迷信同样不屑一顾，因此他极其赞赏尼赫鲁的理性和科学视角。

尽管被寄予深厚的希望，扑克却并没有成为爸爸心目中理想的样子。扑克痛恨婆罗门制定的陈规陋习，渴望新秩序的建立，呼吁社会不同阶层的平等相处，只是他不擅长数学理论和自然科学知识。比起推导公式，他更喜欢涂涂画画。

在学校的最后几年，扑克越发强烈地感觉到，自己无法像爸爸期望的那样，成为一名成绩优异的学生。而如今他的所作所为，更是与爸爸的理想背道而驰。

第一天晚上，扑克就在水稻田边的田垄上简单打了个地铺，钻进睡袋里过夜。正值一月，空气中透出北印度冬季特有的阴冷。田野中不时传出狗的吠叫声，坑坑洼洼的路面上偶尔响起货车驶过的颠簸声，货车司机呼出的气息在路灯的映照下凝成白色的一团。扑克紧了紧睡袋的拉链，闭上眼睛强迫自己进入睡眠。

然而他怎么也睡不着。水渠旁的草丛里，草蜢发出一阵阵欢快的鸣叫。扑克满脑子想的都是洛塔。她应该知道他已经动身上路。扑克在第一时间就写信告知她骑行的计划，洛塔答复说，再没有人比她清楚穿越欧亚大陆的旅行意味着什么。

　　自驾出行尚且不是件容易的事，何况你选择了骑行，那势必更加艰辛和困难。洛塔在信中这样写道。

　　无论自己遭遇挫折和困难，还是感同身受于其他贱民被有权有势的上等人欺辱压迫时，扑克都会靠哭泣宣泄情绪。他的情感热烈外向，情绪起伏较大，这大概是天性使然。这一秒，他还因为感到幸福而放声大笑，下一秒，他的眼眶里便盈满了泪水，胸中充满了沮丧和悲伤。相比之下，他的朋友们要内敛克制得多，扑克对此十分羡慕，他永远没办法做到自如地控制情绪。

　　面对欺负他的人，扑克偶尔也会感到愤怒。他曾设想过种种令对方难堪和痛苦的方式，然而随着年岁渐长，复仇的念头已经慢慢淡去，取而代之的是怜悯和同情。

　　抵达阿姆利则后，扑克在日记里写道："距离我在库鲁克舍特拉稍作休整，已经足足过去一个星期。顺着坑坑洼洼的国道，我的凤头牌自行车终于带我进入这座金碧辉煌的锡克教圣城。遗憾的是，我的冒险之旅似乎要就此夭折。或许瞻仰完金色圆顶和花蜜池塘，在寺院内享用一顿免费斋饭后，我就必须打道回府，灰溜溜地返回新德里。这一切就像做了一场梦。"

　　美好的理想被现实无情打碎，扑克又一次陷入绝望。他无助地号啕大哭起来，不知道该如何继续自己的旅程。难道一切就这样戛然而止？就在前一天，在骑车抵达巴基斯坦边境后，扑克遭到边境警察的无情阻拦。他们冷冰冰地表示：在任何情况下，巴基斯坦都不欢迎任何印度人入境。警察扔回他的印度护照，要求他立刻原路返回。扑克灵机一动，向警察们一一展示自己的素描肖像，并且主动提出为他们免费作画。在警察们将信将疑地注视下，扑克拿出炭笔和画纸，一边飞快地勾勒出线条，一边绘声绘色地讲述起自己和洛塔的爱情故事。警察们越听越好奇，表情明显放松了下来。

正当他们着迷于这场跨国恋情之时,扑克不失时机地递上画好的素描。看见自己严肃的脸孔活灵活现地浮现于画纸上,几名警察不约而同笑了起来。正如扑克预计的那样,紧张的气氛一扫而空,取而代之的是亲切和友善。绘画就是有这样的魔力,能够迅速打破僵局,拉近人与人之间的关系。

"好吧,我们允许你骑车穿越我们的国家。"一名巴基斯坦边境警察发了话。

"这么做合适吗?"另一名警察用乌尔都语提出质疑,扑克勉强能听懂个大概。

"这有什么不合适的,他又不是坏人。"

提出质疑的警察于是转向扑克,用礼貌的口吻向他发出指令:

"先生,请继续前进吧!"

关闸缓缓开启,扑克骑车进入巴基斯坦境内。

半小时后,扑克在一个木条搭就的简陋食肆前停下,在黄麻编织的遮阳篷下挑了个座位。低矮的木质柜台后,一名老板模样的光头男子正在橱柜里摆弄奶酪和糖浆,无数只苍蝇和黄蜂在周围嗡嗡盘旋。

扑克点了一大份鸡肉香饭,狼吞虎咽地吃了个干干净净。

扑克心满意足地打了个饱嗝,洗净手上的油腻,将水壶灌满清水。就在他推出自行车准备再度出发时,一辆警用吉普车突然拦在他面前。

一名警察从尚未停稳的吉普车上跳下来,大声冲他嚷嚷:"护照!护照!"

扑克掏出自己的印度护照,绿色硬壳封面上印有烫金的阿育王狮子柱头标志,以及两行分别用梵文字母和拉丁字母书写的"印度共和国"字样。那名警察将护照翻来覆去地看了半天,抬起头用狐疑的目光打量着扑克,然后冲他摇了摇头。

警察召集了几名同伴,合力将扑克的自行车抬上吉普车车顶,招呼扑克坐在后座上。扑克的心里涌现出一股不祥的预感,果不其然,吉普车将他一路带回巴基斯坦边境。

扑克朝着印度方向心灰意冷地骑行五十公里,又一次回到了阿姆利则。

通往未来的道路注定布满陷阱,错综复杂,扑克这样安慰自己,正如凡人必须经历过尘世中的七种磨难,才能实现圆满。

扑克坐在青年旅馆的简陋床铺上,望着天边的落日一点一点沉下去。同时心中希望的火苗却一点一点燃烧起来。是的,幸运又一次降临在他的身上。

就在今早,扑克在古鲁集市拥挤的人群中瞥见了一个熟悉的身影——贾延先生!半年前,扑克在德里工作的时候通过一个偶然的机会认识了他,后来才知道,贾延先生和自己的兄长也是好朋友。可巧的是,他们居然在阿姆利则又一次碰上了。

窗外的天色已经变得昏暗,远处传来萧瑟的风声和凄厉的鸟鸣,扑克心中暖洋洋的,他还在回味与贾延先生意外相遇的情形。

按照贾延先生的说法,扑克应该一到阿姆利则就来找他,这样可以避免产生许多不必要的麻烦。扑克所不知道的是,在目前的情况下,巴基斯坦不允许任何印度人入境,确切说,无论出于何种目的,持有印度护照的印度公民都不能进入巴基斯坦。而讽刺的是,留着长头发,抽着大麻烟的欧美嬉皮士们却可以畅通无阻地进入这个穆斯林国度。

扑克知道,印度人进入伊朗需要申请签证。至于巴基斯坦——印度和巴基斯坦曾是一个共同体,拥有同样的文化、饮食、语言和习俗,难道还有必要用边境线划分彼此吗?但他显然错了,扑克为自己的无知和幼稚感到羞愧。报纸上每天都在报道印巴之间的冲突,他怎么可能视若无睹呢?

今天早晨在古鲁集市,扑克一五一十地坦白了自己的遭遇。贾延先生深深震撼于扑克伟大的骑行计划，当即决定为扑克购买一张飞往喀布尔的机票。这样，扑克就不必面对巴基斯坦边境警察的盘问，避免了入境的棘手问题。

"我来出钱。"贾延先生坚定地说，一再表示他只是想尽点绵薄之力。

"我在报纸上读到过你的故事，你可不是一般人。"

扑克向贾延先生深深地鞠了一躬，紧紧握住对方的手，然后双膝跪地，抚摸他的双脚。恍惚间，扑克仿佛又回到襁褓时期，在眼镜蛇的庇护下安然面对周遭的险恶。

在青年旅馆住宿期间，扑克认识了一名德国嬉皮士。对方刚刚结束了亚洲之旅，偕妻子一起踏上归途。他们将巴士改造成一辆迷你房车，里面设有卧室和厨房。得知扑克的境况后，德国嬉皮士爽快地说：

"嘿，毕加索！把你的自行车绑到车顶上来吧。我们帮你运到喀布尔。"

说完，嬉皮士递给扑克一只挂在脖子上的布袋。

"你可以把护照装在里面。"他解释道。

扑克现在的模样活脱脱就是一个嬉皮士的打扮。他联想起自己认识的那些欧洲游客，现在他也成了一名穿越欧亚大陆的旅行者，真真切切地踏上向往已久的嬉皮之路。

在引擎的轰鸣声中，扑克将身体紧紧贴向座椅靠背，感到胃部传来一阵阵不适。他在日记中写道："我透过飞机的舷窗俯瞰大地，突然产生这样一种错觉：白雪皑皑的山峰，一望无际的草原，绿意盎然的田野，它们的存在远比我的生命要宏伟和真实。在广袤无垠的大地中，我的困扰和烦恼似乎不值得一提，仿佛就是世界版图中一个渺小得近乎看不见的点。"

从飞机的舷窗往外望去，扑克能看见城市和道路，却看不见行人和汽车。

"高度模糊了我的视线，"扑克这样写道，"这是我第一次坐飞机。或许正如预言中所说，我将远远离开这里，一去不返。"

/ 阿姆利则—喀布尔（几乎）—阿姆利则（再次）—喀布尔（终于）

即将到达喀布尔之际，他们意外遭遇了突发状况。已经开始降落的飞机重新开始爬升，在机场上空一圈圈盘旋。扑克紧张地望向窗外棕色的大地和笔直的跑道，感到一阵明显的攀升和来自不稳定气流的颠簸。颠簸在不久后消失，飞机以平稳的姿态继续飞行，机舱广播始终没有对此做出任何解释。大约一个小时后，飞机降落在跑道上，在惯性作用下飞快地向前滑行。

扑克透过舷窗向外张望，惊讶地发现自己又回到阿姆利则的机场。机舱广播仍然没有消息，扑克也不敢向空乘人员发问，只好胡乱揣测返航原因：或许喀布尔的天气状况恶劣，或许机场跑道上出现了一个大坑，飞机根本没法降落。

不管怎么说，他又一次遭遇了骑行前往巴基斯坦的同样后果：被迫返回印度。

航空公司将乘客们安置在一间豪华酒店内，并且提供丰盛的自助餐作为补偿。

扑克将所经历的一切都写进日记，打算截取片段寄给家乡奥里萨邦的报社。他充满信心地想，大家一定对我的旅行见闻很感兴趣。

和上一次的遭返不同，这回的返航并没有让扑克感到沮丧。印度航空的服务人员向乘客们承诺，飞机第二天就会重新出发前往喀布尔。他们果然没有食言。次日早晨，飞机继续中断的航程，载着乘客们顺利抵达喀布尔，比预期时间晚了整整一天一夜。

扑克乘坐机场巴士前往市中心，宽阔空旷的道路两旁栽种着一棵棵光秃秃的阔叶树。远处蔚蓝的天空映衬出连绵起伏的淡灰色山峦。扑克暗自思忖，和自己的家乡印度相比，这里的交通简直太稀疏了。天空感觉格外高远，空气也显得凉爽通透。

扑克坐在机场巴士里，任凭喀布尔的街景快速掠过眼前，脑海里浮现出洛塔的身影。一年前，他们在德里的火车站依依惜别。洛塔要搭火车前往阿姆利则与同行的朋友碰面，然后一起开车返回欧洲，而扑克必须留在印度。他还记得车站广播传出的慵懒女声：驶往阿姆利则的二九零四号金庙列车已经停靠一号站台。很快，月台上响起发车前的预备铃，列车员吹着口哨，催促旅客们赶紧上车。站台尽头的交通灯由红转绿，蒸汽机车头发出坑哧吭哧的声音。

"听这动静，和轰炸似的。"洛塔努力说着俏皮话，在扑克脸颊上印下临别一吻，旋即登上火车。

"是啊。"扑克哈哈笑起来，显然尚未感觉到分别的痛苦。

火车缓缓发动起来，洛塔将整个身体挂在车厢外。扑克用左手握住她的右手，将脸颊紧紧贴住她的，随着火车的加速越来越快地移动脚步。她的手多么柔软，她的脸颊多么光滑，扑克完全沉浸在遐思中，根本没注意到标志站台结束的栅栏。伴随胸口传来一阵撞击的剧痛，扑克仰面朝天跌倒在地。他狼狈地站起身，眼泪像断了线的珠子般落在开裂的水泥地上。

他们的分别最终定格在这尴尬的一幕上。扑克再次向铁轨的方向张望时，火车已经带走了洛塔，消失得无影无踪。扑克感到内心一阵空虚，未来似乎从他的生命中撕裂开来，变成遥不可及的缥缈存在。

扑克哭着离开了火车站，穿过空荡荡的月光集市——白天的喧嚣和夜晚的冷清形成鲜明对比，令他倍加伤感。他走过提拉克桥，经过德里的老城区，不知不觉来到动物园附近。数天之前，他曾和洛塔手拉手在这里漫步,趁着洛塔观赏动物的时候,扑克还画了几张水彩和素描。

夜色中突然冲出一群野狗,冲着他吠叫个不停。它们纷纷龇出尖锐的牙齿,摆出示威的姿态逼近扑克。扑克没有丝毫恐惧,而是镇定地停下脚步,稳稳地叉开双腿,深吸一口气,用尽全身力气冲野狗们咆哮:

"有本事来吃我啊!你们这群癞皮畜生!吃我啊!我不在乎!"

野狗们似乎震慑于扑克的气势,猛地放缓脚步,吠叫声也因为犹豫而变得虚弱。就在它们靠近扑克脚边时,突然一改龇牙咧嘴的凶残模样,纷纷摇起尾巴做出讨好的姿态。扑克动了恻隐之心,拿出报纸包裹的干粮,将其中一些分给它们。就在它们狼吞虎咽的时候,扑克一屁股坐在地上,感到前所未有的疲惫和虚脱。哭泣和跋涉耗尽了他所有的力气,野狗们似乎读懂了他的心思,纷纷围拢过来,亲昵地用脑袋蹭着他的衣服。

这天晚上,扑克和五只流浪狗相互依偎在一起,在德里动物园外的人行道上沉沉睡去。他梦见汹涌的浪涛将他吞没,龙卷风彻底摧毁了他的房屋。

天才蒙蒙亮,扑克就被一阵尖锐的喇叭声惊醒。早班公交车已经开始运营,以嚣张的姿态从他身边呼啸而过。扑克坐起身,用空洞的目光打量着尚未褪去的夜色。白天残留的余温早已被冷风吹散殆尽,扑克不由打了个寒战。他下意识地看了看周围:和他相拥取暖的流浪狗早已不知所终。

扑克拖着疲惫的脚步,向位于洛迪殖民区的出租屋走去。他在门口愣了好久,悲哀地打量着屋内简陋的一切:除了一张破破烂烂的床和一只发霉的柜子外,斑斑点点的水泥墙面上还挂着一张印有吉祥天女的年历。吉祥天女,她可是象征幸福和财富的女神。

就在洛塔踏上返程的同时,扑克心急如焚地等待着她报回平安的消息。然而他的信仿佛石沉大海,洛塔始终杳无音讯。

绝望之下，扑克只好按照她家的地址拍了电报：

"你这么久都没有消息，我很担心。求求你，一回家就写信给我。扑克。"

但洛塔还没到家。过了好久，扑克才收到她从伊朗西部的马库[①]寄来的信。没错，信的的确确是洛塔写的，开头就是"我最亲爱的朋友和人生伴侣"。扑克迫不及待地读完了信，贪婪地咀嚼她写的每一个字。洛塔感慨于旅行途中的奇妙景色：位于伊朗和土耳其边境的雄伟雪山，朦胧而苍白的太阳，马库的静谧，透明而冰凉的雾气，以及"万籁俱寂中时断时续的昆虫鸣叫，仿佛大自然哼唱的摇篮曲"。

信的末尾处，洛塔表达了自己想要和扑克在一起的强烈愿望。

既然如此，她为何还要离他而去呢？扑克百思不得其解。

洛塔充满诗意的来信为扑克的内心蒙上一层哀伤的阴影，从她对那个陌生城市的细腻描写中，扑克读出一种不祥的预感。

机场巴士抵达位于市中心的终点站，扑克下了车，挤入拥挤的人潮中。周围满是穿着长衫的男人和裹着头巾的女人，扑克顾不上仔细打量，迅速穿过热闹的集市，来到被旅行者戏称为"鸡街[②]"的繁华地带，找到一家貌似便宜的旅馆安顿下来。

鸡街上汇聚的几乎都是背包客和嬉皮士，大家都是一副风尘仆仆的模样，谈论着关于欧亚之旅的趣闻轶事。扑克投宿的旅馆旁是另一家小客栈，店外竖着的招牌上用英文写着"价廉物美，服务周到"的宣传词。不远处的一排咖啡馆和餐厅外张贴着英文菜单。放眼望去，整条街上除了传统服饰打扮的阿富汗人外，还有不少身着

---

① 马库（Maku）：位于伊朗西北部，由西阿塞拜疆省负责管辖，毗邻与土耳其接壤的边境。

② 鸡街（Chicken Street）：喀布尔市中心的繁华商业街，以经营各种手工艺品和土特产的小店铺为主，与花街（Flower Street）齐名。

紧身牛仔裤和T恤的白人。

在日记中，扑克这样描述自己的感受："大概有成千上万名来自西方的嬉皮士途经此处，他们要么刚刚游历过印度，踏上返回欧洲的归途，要么刚刚告别欧洲大陆，正在憧憬未知的神秘国度。"住在喀布尔的最初几天里，扑克从鸡街上的服务生和旅行者口中获取到各种各样的信息：通往坎大哈的路况如何，在赫拉特如何选择青年旅馆，安卡拉最棒的咖啡馆是哪家，在伊斯坦布尔的集市上如何砍价，如何应付德黑兰异常拥堵的交通……在街角的咖啡馆喝茶时，扑克结识了一名法国旅行者，对方向他澄清了传闻中的种种不实之处。

"嬉皮之路并不是贯穿欧亚大陆的唯一线路，但却是维系旅行者之间互助和友谊的纽带。"法国人笃定地说。

在旅馆里，扑克和四名欧洲客同住一个房间。他们彼此关系融洽，就像一家人那样亲密无间。由于曾经在新德里为游客画画，扑克在喀布尔经常能碰见熟人。

在大街上，咖啡馆里或是集市上，会有人冷不丁和他打招呼："嘿，扑克！真的是你！"

面对这些熟悉的脸孔，扑克总是热情地和他们拥抱，一起坐下来喝茶聊天。他不厌其烦地讲述自己的经历，耐心地倾听他们的故事，有时会好奇地询问对方是否习惯当地的饮食。这些来自西方的旅行者往往惊讶于扑克的毅力和决心，真诚地祝福他漫长的骑行一切顺利。

欧洲女孩身穿短裤或短裙，露出白皙修长的双腿，成为城市里一道独特的风景线。一些阿富汗男人目瞪口呆地打量她们，甚至顾不上看路，常常相互撞个满怀。扑克在印度认识的一个瑞典女孩打扮得格外特立独行，这天，她穿着一条薄纱质地的灯笼裤和一双绑带凉鞋，婀娜而轻盈地从人群中穿梭而过。阿富汗男人们发出阵阵善意的笑声，用扑克听不懂的语言窃窃私语。

至于裤子暗袋里的八十美元，扑克总觉得那是迫不得已时的救命钱，因此还不打算早早动用。囊中羞涩时，他靠卖血换来一笔丰厚的收入。剩下的时间里，他坐在咖啡馆里为顾客们画画。扑克的生意相当不错，大家总是好奇地围拢过来，对他问这问那。有些人听说过扑克的经历，因此激动地与他握手，要求他为自己绘画素描像，并且慷慨地支付报酬。

《喀布尔时报》①的一名编辑对扑克特别感兴趣，提出想要观赏他所有的作品。扑克向对方展示了几幅表现当地风土人情的画作：佩戴着沉甸甸银饰的阿富汗土著妇女，以及蓄着络腮胡，骑着骆驼的贝都因②男性。报社编辑钦佩不已，当即表示要对扑克进行专访。

"没问题。"扑克爽快地应承下来。他对记者的采访早已习以为常，再说，身为一名默默无闻、穷困潦倒的艺术家，靠采访扩大知名度绝对是有利无弊的。

几天后，《喀布尔时报》刊登出一整版对扑克的专访。照片中，扑克正向记者展示手中的一幅画作。画作的背景是肌肤白皙的圣母马利亚怀抱婴儿时期耶稣的油画像，与之形成强烈对比的是现实中，一名骨瘦如柴的黑人母亲正用干瘪的胸部哺乳自己营养不良的婴孩。文章以《人们的脸令我着迷——印度肖像艺术家的心声》为标题，字里行间洋溢出对扑克的赞赏和崇拜：

> 上个星期，《喀布尔时报》迎来了一位特殊的嘉宾——帕拉迪纳·库马尔·马哈纳狄亚。这位来自印度的年轻肖像艺术家正在进行穿越欧亚大陆的宏伟之旅，按照计划，他将在喀布尔停留两周的时间。马哈纳狄亚以礼貌而谦虚的口吻告诉记者："相比

---

① 《喀布尔时报》(Kabul Times)：1962年创办于喀布尔，是阿富汗第一份英文报纸。
② 贝都因人（Bedouin）：以氏族部落为基本单位在沙漠旷野过游牧生活的阿拉伯人，主要分布在西亚和北非广阔的沙漠和荒原地带。

于这个城市的其他景观，人们的脸更加令我着迷。它们的喜怒哀乐是如此发人深省。"

马哈纳狄亚利用画笔表现劳苦大众的悲惨生活，以此呼吁消除人与人之间的不平等状态。他说："无论贫困或是富有，每个人的本质并无差别。"

马哈纳狄亚依靠炭笔素描为生。"我的专业是人物肖像的水粉和油画，炭笔速写只是我的副业。不过这份副业带来的收入相当可观。"马哈纳狄亚告诉记者。

"对于一名艺术家而言，创作出一幅好的作品和赚钱维生同样重要。"说这话的时候，马哈纳狄亚表现出格外的自信……

扑克哑然失笑。这真的是自己说的话吗？既然白纸黑字地刊登出来了，他也只好硬着头皮读下去：

对于这位来自印度的年轻艺术家而言，这是他生平第一次访问喀布尔。宫殿的精美和宏伟令他赞叹不已。在与喀布尔当地多位同行见面后，他高度赞赏了这些艺术家的天赋和才能。

马哈纳狄亚起初选择自然科学作为专业，然而成绩平平，他转而向艺术领域发展，逐渐实现了他从三岁以来就拥有的绘画梦想……

马哈纳狄亚以其敏锐的直觉注意到，"很少有人愿意为一幅风景画或一幅现代画投入大笔资金，然而，几乎所有人都乐意用一点零钱换来一张自己的素描像。每个人或多或少都存在一种自恋倾向，渴望看见画纸上用线条勾勒出的自我形象。而我的工作恰好迎合了大众的心理需求……"

这篇报道迅速引起了广泛的关注。当扑克走在大街上时，会不时招来好奇和钦佩的目光，甚至好几次被当街拦了下来。采访他的报社编辑又一次找上门来，告诉他报社高层领导决定为他举办一次小规模画展。

扑克将挑选出的画作陈列在报社的会议室内，站在一旁，满意地看着络绎不绝的记者和访客对着自己的作品评头论足。扑克从他们的脸上看到了兴奋和好奇，更多的是钦佩和赞赏。报社主编出手阔绰地一口气买下他好几幅作品，慷慨支付了相当丰厚的报酬。

有了这笔钱，扑克再也不用担心前往欧洲的路费问题了。

在阿姆利则认识的德国嬉皮士开着房车一路抵达喀布尔，将托运的自行车完好无损地交还给扑克。望着停在旅馆外的自行车，扑克突然萌生出新的想法。既然这辆二手车已经破旧得不成样子，他何不就在当地的自行车行买一辆新的呢？

扑克将凤头牌自行车折价卖给车行，用卖血和卖画的钱支付了差价，换回一辆崭新的自行车。

扑克特意选择了象征胜利的红色。

利用在喀布尔停留的两周时间，扑克不仅见了些老朋友，还认识了不少新朋友。尽管他深棕色的皮肤在一群欧洲旅行者中不免扎眼，扑克还是顺利地融进了他们的群体。有时，他也会思考为何自己的接受度如此之高。除了穿衣风格相同，英语流利等因素外，他的艺术家身份显然加分不少：画布和画笔就是他进入西方世界的门票。在叛逆却不失骄傲的西方中产阶级眼中，他是带有浓厚波西米亚色彩的神秘存在。

扑克将炭笔插在衬衫口袋里，在街边支起画架，坐在小凳子上招揽生意。慕名而来的客人常常顺便捎来各种食品：茶，鸡肉，米饭和酸奶。有时，扑克会在咖啡馆窗边的座位上一连坐上好几个小时，街上经过的阿富汗当地人和咖啡馆里的白人顾客都成为他画纸上的素材。

扑克常常觉得，旅行者的身上散发出自由平等的气息，那是一种充满可能的暗示：每个人都有权发表自己的观点，任何问题都可以摆上台面进行讨论。而在印度，大家总是纠缠于种姓和阶层问题，那种压抑和拘束令他透不过气来。相比之下，他更愿意融入西方旅行者的大家庭之中，从此彻底远离保守和偏见。

通过深入而细致的攀谈，扑克慢慢了解到，许多西方人之所以不远万里前往亚洲，目的在于追寻富裕生活中所缺失的东西。

"所有工厂热火朝天地忙于生产，所有人不缺吃不缺穿，轻轻松松就能找到工作。我们就这样沉溺于一堆自己根本不需要的垃圾之中。"在咖啡馆里，坐在扑克对面的一名美国旅行者沉痛地总结道。

这位旅行者名叫克里斯，来自加利福尼亚。根据他的说法，空虚和浮躁的情绪渐渐主宰了整个国家，形成一股无可挽回的堕落风潮，而美国所发动的非正义战争更是极大地激起了民愤。他和一些志同道合的朋友曾经在家乡的街心公园内静坐示威，向当前国内混乱的秩序表示抗议。

"爱的力量会改变这个街心公园。"克里斯认真地说。

"爱会蔓延到整座城市，乃至整个国家，最终迫使美国停止动用武力。爱应该存在于世界的每一个角落，和平才是幸福的真谛。"

"这就是我们来到亚洲的意义。"克里斯边说，边向扑克展示几张黑白照片。照片里，克里斯坐在一群西方人中间，大家身穿色彩斑斓的衬衫，棉布长裤，笑容纯真而灿烂。

"看看我们两个，看看我们周围，爱无处不在。只要大家携手努力，就能消除这个世界的仇恨和愤怒。我们是沙漠中顽强生长的绿洲，我们是迎着枪口绽放的鲜花。"

美国，喀布尔，印度……整个世界都会好起来的。克里斯信心十足。

尽管圣雄甘地曾发起声势浩大的非暴力不合作运动，但印度仍然充满仇恨和歧视。扑克心想，或许自己的家乡需要克里斯这种真正能够传播爱的使者。婆罗门虽然也拥有信仰，但他们只是一群道貌岸然的伪君子，根本不懂得什么是爱。但凡他们有一点点的仁爱精神，就不会以如此恶劣和卑鄙的方式对待我们这群贱民。嬉皮士虽然外表放荡不羁，但内心却充满了爱。

远处的寺庙响起晚祷告的钟声，扑克坐在旅馆的床边给洛塔写信。

"从旅馆房间的窗户望出去就是白雪皑皑的山峰，"他深情地写道，"然而寒意根本无法侵袭我的内心，因为你的爱让我温暖，你真挚的感情让我对生活充满期待。"

距离再次出发的日期越来越近，扑克却犹豫着是否拖延一段时间。一来他还想彻底休息休息，和经验丰富的背包客多聊聊，收集更多关于路线和食宿方面的建议；二来进入伊朗需要签证，而等待签证批复的时间可长可短，不好把握。扑克一直没去喀布尔的伊朗大使馆填写签证申请表，他在新德里的时候曾经遭到拒签，因此留下心理阴影。如果拿不到伊朗签证可怎么办？莫非只能从苏联绕道而行？

和扑克住同一家旅馆的还有一名来自澳大利亚的女孩萨拉。他们经常坐在大堂里的木质长凳上聊天，从印度文化到旅行见闻无所不谈。寺庙里晚祷告的钟声悠扬回荡在喀布尔的大街小巷，夜幕逐渐笼罩在这个历史悠久的古城上空，直到所有餐馆都已经打烊，两个人才发现自己早已饥肠辘辘。不过话说回来，难得聊得如此尽兴，饿点肚子又算什么呢？

"西方世界注定走向衰落，未来的希望还在亚洲。"萨拉肯定地说。

"我不这么看。至少我的未来在欧洲。"扑克反驳道。

尽管偶尔产生些小分歧，扑克和萨拉还是有许多共同话题可以聊。

萨拉提议去舞厅跳舞。这对扑克来说可是前所未有的头一遭。萨拉身穿一条明黄色修身长裙，上面印有红色的蜡染图案。扑克穿着比利时邮差赠送的蓝色喇叭裤，以及那件绣有缩写字母的衬衫。他们一走进舞厅，就立刻吸引了众人的目光：一个深色皮肤，满头鬈发的亚洲男孩和一个金发碧眼的白人女孩，这种组合可不多见。在那些阿富汗的年轻小伙看来，拥有一名白人女孩作舞伴实在是件值得炫耀的事。扑克能感觉到他们眼神中流露出的火辣辣的羡慕。一曲抒情的《是的先生，我可以摇摆》①后，扑克和萨拉又跟随《巴比伦之河》②和《黑暗夫人》③的音乐接连跳了两曲，马文·盖伊④的歌声响起后，一名西装革履的男子走到他们面前，注视着扑克的眼睛。

"我可以请你的女朋友跳舞吗？"他问。

我的女朋友？扑克一时没反应过来。

"她不是我的女朋友。我们只是普通朋友。"扑克解释道。

对方看上去彬彬有礼，一副绅士派头。萨拉向扑克点点头表示默许。扑克于是独自坐回舞池旁的吧台，静静欣赏着萨拉和那名男子双双起舞。

他们一曲接一曲地跳下去，直到夜深时分，舞厅即将打烊，萨拉才回到吧台边。她告诉扑克，自己的舞伴——那个伊朗男人邀请她今晚回家过夜。他在伊朗大使馆工作，在喀布尔拥有一套高档

---

① 《是的先生，我可以摇摆》(*Yes Sir I Can Boogie*)：西班牙女子二重唱组合巴卡拉于1977年推出专辑中的同名歌曲。

② 《巴比伦之河》(*Rivers of Babylon*)：牙买加雷鬼乐组合布伦特·杜乌盒特拉维·麦克诺格顿于1970年推出的一首拉斯塔法里风格的歌曲。

③ 《黑暗夫人》(*Dark Lady*)：美国女歌手兼演员雪儿于1974年推出的一首流行摇滚单曲。

④ 马文·盖伊（Marvin Gaye, 1939—1984）：美国著名歌手，作曲家，被誉为"灵魂乐王子"。

住宅。

扑克对此还能说什么呢?萨拉毕竟是成年人,完全能对自己的行为负责。再说他们又没结婚,甚至连男女朋友都不是。扑克担心萨拉遭遇不测,再三叮嘱她多加小心。

告别萨拉后,扑克一个人沿着冷冷清清的街道走回旅馆,他知道,明天一早,萨拉就会回来,继续和他谈天说地。

第二天一大早,扑克坐在旅馆大堂里阅读《喀布尔时报》,萨拉一阵风似的冲了进来。

"快点跟我走!"萨拉气喘吁吁地催促他,"伊朗人就在大使馆的签证处工作,他可以帮你拿到签证。不过我们动作得快。"

扑克和萨拉坐在外交牌照的黑色轿车里,一路驶过宽阔的沙赫拉拉大街,心中不由一阵紧张。一直以来,他们都习惯于自由散漫的生活状态,如今却要毕恭毕敬地前去拜访某位重要人物。

在前往大使馆的途中,萨拉告诉扑克,在她坚持不懈的软磨硬泡下,那名伊朗外交官才点头答应网开一面。扑克心中涌起一阵感动:萨拉真是太好心了。

伊朗大使馆工作人员的住地位于喀布尔市郊,司机将轿车停在公寓前,吩咐他们在车内稍等片刻,然后拿着扑克的护照闪了进去。没过多久,司机满脸堆笑地走了出来,将护照递给扑克。扑克打开签证页,一眼就看见了那枚期待已久的印戳。

但是外交官只给了他为期十五天的过境签证。

他暗暗下定决心:我一定要在十五天内骑过伊朗。

/ 喀布尔—谢伊克哈巴德—加兹尼①—达曼—坎大哈

扑克正在一点点远离家乡,但与此同时,他感觉自己正在踏上回家的归途。或许真的应验了占星术士的预言,命运正指引他回到属于自己的新家。

扑克还在妈妈肚子里的时候,卡拉巴提曾梦见过一片云朵托着一个婴儿从天边飘来。扑克虽然没有腾云驾雾的本领,但他骑着崭新的红色自行车,骄傲地一路向南,朝着坎大哈的方向进发。在晚霞的映衬下,地平线那头连绵的雪山呈现出瑰丽的玫红色。四周都是沙漠,他仿佛骑行在广阔荒芜的月球表面。天空泛出淡蓝色,空气清新而凛冽,苏联援建的混凝土道路笔直宽阔,向着未知的尽头无限延伸。在骑过道路接口时,自行车轮胎发出咯噔咯噔的颠簸声。整个骑行过程单调乏味,很快令扑克昏昏沉沉起来。

他低下头看着自己的影子。随着太阳的攀升,他的影子越来越短。但无论长度如何变化,在未来的日子里,影子都是他最忠诚的追随者。

扑克暗暗对自己说,我不孤单。影子始终陪在我左右,它永远不会背叛我,抛弃我。

傍晚时分,随着影子越拉越长,扑克开始感到莫名的兴奋和躁

---

① 加兹尼(Ghazni):阿富汗东部城市,加兹尼省省会,接近巴基斯坦边境;古代时曾为佛教中心,被阿拉伯帝国攻占后伊斯兰化。

动。一连好几天，沿途的风景未曾有过丝毫的变化，只有影子的变化提醒着自己并非处于静止状态。从清晨时分的狭长直到正午时分的短促，及至黄昏时分模糊的一片，影子见证了他的不懈前行。

停车休息时，他才注意到周围的一切是那么安静：没有鸟叫虫鸣，没有货车的轰鸣，由于整片大地寸草不生，他甚至听不到树叶的婆娑。阿富汗的沙漠毫无生气，就连这里的风也是静止的。水泥路面上蒸腾起一股股干燥的热浪，炙烤过他裸露在外的皮肤。整个人仿佛置身另一个星球。这是扑克从未有过的经历。在孤单之余，他的内心无比平静，或许这就是远离家乡的感觉。

临近村落边缘时，扑克看见路中间站着几名阿富汗当地人。他们正神情激动地高声谈论着什么。受到好奇心的驱使，扑克停下车凑过去围观。靠近水沟的路肩上歪着两辆迎面相撞的汽车，挡风玻璃已经粉碎，车头深深地凹陷进去。扑克犹豫着迈进车祸现场，立刻嗅到一股汽油泄漏的刺鼻气味，不远处的沙砾中，一个浑身是血的女孩无助地躺在一块羊毛毡上，虽然意识尚未模糊，但她的身体显然已经十分虚弱。女孩的嘴里满是血沫，额头上的伤口触目惊心。扑克俯下身，仔细打量着她的伤势，轻声询问她姓甚名谁，来自哪里。但是对方无法回答，她的牙齿被撞得一颗不剩，嘴唇已经分辨不出原来的形状，变成血肉模糊的一团。根据对方的衣着打扮和白皙肤色，扑克判断她的身份也是旅行者，很可能这是一名来自欧洲的女孩，车祸发生的前一刻还在兴致勃勃地回味自己的印度之旅。扑克内心涌起一股强烈的冲动：他必须救她。自己曾经得到过那么多陌生人的帮助，现在是他回报的时候。来自各国的旅行者自动结为一个团结亲密的大家庭，作为其中的成员，他怎么可能抛下家人不顾呢？

扑克拦下一辆过路的货车，将受伤的女孩送往喀布尔的医院。他将自己的自行车和行囊，以及白人女孩的背包和印有梵文字母的棉布袋统统扔在车后的平板上。司机全程哼着各种各样的阿富汗歌曲,扑克一个字也没听懂。

由于需要折返回喀布尔,扑克两天两夜的骑行可算是前功尽弃,但他丝毫不觉得气馁。夕阳的余晖笼罩在一望无际的沙漠上,渲染出一抹柔和的色彩。货车的发动机轰隆隆响个不停,似乎在高呼"前进!前进!",讽刺的是,对于扑克而言,他正在不断后退,后退。他闭上眼睛专心聆听司机哼唱的普什图语歌词,配合着旋律在心中默默改编成自己的版本:"只要不懈追寻,你终将实现梦想""一切在冥冥中自有天意"。

扑克想起自己的妈妈,妈妈过世时自己才二十岁出头。如今,她仿佛出现在货车狭小的驾驶室内,紧紧靠在他的身边。扑克能感觉到她温热的体温,甚至能听见她均匀的呼吸。这幻觉如此真实,似乎触手可及,幸福、悲伤、眷恋的情绪一股脑涌上心头,扑克顿时湿了眼眶。如果妈妈还活着,他大概永远不会萌生西行的念头。如今,家乡的一切已经不再值得他留恋,反而成为一种推动力,促使他想要见识外面的世界。

扑克将脸转向身旁,妈妈的幻象已经消失得无影无踪,只有虚弱的林妮娅在伤痛中不断呻吟。不知为何,她身上的淤青总让扑克联想起妈妈脸颊和手腕上的蓝色刺青图案。

抵达喀布尔的医院后,林妮娅接受了全面的身体检查。除了肉眼可见的严重外伤,她的脑震荡程度同样不容乐观。牙齿的脱落和唇部的撕裂影响到她的咀嚼和说话功能,她只能靠在纸条上写字表达意思。"我叫林妮娅。"她吃力地写下这几个字,接着写道:"求求你,陪着我好吗?"

"放心吧,我一定陪在你身边。"扑克安慰她,继而提出心中的疑问:

"你要去哪儿?"

"回家。"林妮娅写道。

"你的家在哪儿？"

"维也纳。"

"看来你要缓缓回家的行程了，"扑克打趣地说道，"你总不能这么青一块紫一块地回去吧。"

但林妮娅坚持要尽快动身。两天后，她刚刚能够勉强站起来，便迫不及待地办理了出院手续。扑克陪着她找到奥地利大使馆，申请了飞往维也纳的机票。她是驾驶自己的汽车出的车祸，现在汽车已经完全报废，再说她的身体状况也不适合驾驶。

扑克一直将林妮娅送到机场，依依不舍地与她告别。林妮娅咧开没有牙齿的嘴巴，努力冲扑克笑了笑，然后在纸上写下"我们很快再见！"几个字，最后给了他一个大大的拥抱。

扑克乘坐机场巴士返回市中心，重新住进几天前刚刚离开的廉价旅馆。一路上，他的心情格外平静，他也并不觉得自己的所作所为有多么高尚。帮助林妮娅似乎是再自然不过的事。如果不对别人施以援手，那么对于漫长路途中自己所得到的种种恩惠，他会觉得良心上说不过去。佛教中讲究因果报应，扑克十分赞同这一理论：感性的行为同样可以包含理性的因素。

扑克清楚地知道，仅仅凭借一己之力，他绝没有可能完成这场旅行。就拿眼前最实际的例子来说，到达坎大哈后，他甚至不知道该左拐，右拐还是直行。

三天后，扑克又一次踏上南行的旅途。骑行在喀布尔和坎大哈之间宽阔的水泥混凝土路面上，扑克在心中默默祈祷，这回千万别再节外生枝。他又回到了一个人的状态。他新买的英雄牌自行车灵活轻便，但咯噔咯噔的颠簸声令他头疼。他开始担心自己是否能顺利抵达坎大哈。扑克的脑袋越发沉重，双腿却还在机械地蹬着踏板。快要接近虚脱时，他突然想起洛塔的信。扑克反复咀嚼着洛塔情意绵绵的文字，感到浑身又充满了力量。

/ 坎大哈

住进坎大哈当地的一家廉价旅馆后，扑克碰到一位比利时人，他告诉对方，自己前几天才离开喀布尔，正准备骑着自行车前往布罗斯。

"你就这么一路从喀布尔骑过来的？"比利时人惊讶地问。

扑克用另一个问题代替了回答：

"你觉得很远吗？"

"至少也得五百公里吧，对于骑自行车来说是够远的。你说你还要再骑上几千公里，去一个叫什么布罗斯的地方？那地方在……瑞士？"

"对。"

"你确定吗？"

"当然确定，布罗斯就在瑞士。"扑克自信地说。

比利时人一脸狐疑地看着他。

"你真的这么确定？"

"百分之一百确定。"

但比利时人还是有些将信将疑。扑克于是掏出洛塔的信递给他看。仔仔细细读过信后，比利时人铺开一张地图，伸出手指在上面寻找起来。

"就在这儿！"他兴奋地指着一个地方，"这儿就是布罗斯。"

"还真是。所以它不在瑞士？"扑克有些意外。

"它在瑞典。"比利时人笑起来。

"瑞士,瑞典,听起来是不太一样。它们的差别大吗?"

"当然,这可是两个不同的国家。"比利时人严肃地说。

现在轮到扑克迷惑了。

"你确定吗?"

比利时人一边在地图上指指点点,一边耐心地向他介绍国情知识。事实真相渐渐浮出水面。我真是蠢到家了!扑克暗暗自责。洛塔不是说过自己是瑞典人嘛!不过他以为瑞典人都住在瑞士呢。为此,洛塔不止一次地纠正过他。

"我们的国家不生产手表,"洛塔经常又好气又好笑地说,"我住的城市以纺织业为主。"

尽管如此,扑克还是会将瑞典和瑞士混为一谈。当着比利时人的面,扑克毫不掩饰地表现出羡慕和遗憾:自己从没见过如此详细的地图,每一条道路都用数字标示清楚,每个地区都有经度和纬度的确切信息。此前,他只在印度的集市上见过手绘的世界地图,对于一个立志从新德里一路骑行到布罗斯的旅行者来说,手绘地图根本没有任何帮助,他就这样走一路问一路糊里糊涂来到这里。扑克不由有些忐忑,他小心翼翼地问比利时人,坎大哈是否在通往布罗斯的必经之路上。

"还是说我已经偏离了路线?"

"放心吧,你没走错。"比利时人安慰他。

平心而论,他也不该将这尴尬的局面完全归咎于地图的简陋粗糙。扑克对于欧洲毫无概念,甚至自以为是地陷入误解和迷思:诸如瑞典人都住在瑞士,瑞士的居民被称为瑞典人,等等。现在他彻底明白了,瑞典人都住在瑞典,瑞典的居民才是瑞典人。至于瑞士,那完全是另一码事。可扑克弄不明白的是,这两个国家的名字为何起得如此相似,这不是诱导别人产生误会嘛。

他联想到眼前的漫长旅程,或许其中隐藏着有如瑞典瑞士这样不易察觉的玄机。至少从目前看来，这场考验比他想象中要艰辛曲折得多。得知目的地是瑞典后，他意识到自己必须多骑行相当一段距离。可这段距离具体有多长呢？他又一次向比利时人提出疑问。

"大概两千公里吧。"比利时人给出了答案。

扑克前往当地邮局，在存放留局待取①信件和包裹的纸箱中找到一封洛塔寄来的淡蓝色航空信。扑克兴奋得几乎要欢呼出来，迫不及待地拆开信封，像在沙漠绿洲中汲水的骆驼那样贪婪地阅读起来：

"我最亲爱的扑克：现在是晚上九点，之前的六个小时里，我一直在连续不断地骑马奔跑。"洛塔话锋一转，继续写道，"扑克，老实说，自从听说你要独自上路的消息后，我就一直惴惴不安。根据我自己的经验，这绝对是一场富有挑战的冒险之旅。当时我们是四个大人带着一个婴儿一起旅行的。一旦发生意外，我们还可以互相帮助。但你孤身一人，万一碰上麻烦能指望谁呢？"

扑克反复琢磨洛塔的叮嘱。她一直觉得扑克应该与别人结伴而行。洛塔说的没错，独自一人从印度千里迢迢前往欧洲绝不是儿戏，可扑克的确找不到能一同骑行的伙伴。不过乐观来看，一辆自行车和一条睡袋已经能够满足他基本的生活需求，再说他还有画架和画具赖以谋生，而扑克招牌式的笑容和友善热情的态度帮助他结交了不少朋友。

尽管如此，扑克必须承认，完成这一旅程并不是件轻松的事。要想和洛塔团聚，他必须经受考验。这考验不仅来自跋山涉水的体力挑战，还包括忍受思念折磨的心理负担。经过一天的骑行，他在傍晚时分往往精疲力竭，心灰意冷。而一觉醒来，望着天边初升的太阳，他又充满了希望和信心，迈开酸痛的双腿再次上路。

---

① 留局待取（Poste restante）：邮政服务的一种方式。即将包裹或信件暂时存放于当地邮局，等待收件人自行领取。超过保留期限后，邮局会按地址寄还给发件人。

至于搭乘飞机前往欧洲，一来机票费用太过高昂，超出了他的承受范围，二来这种方式不免有些简单。飞机是有钱人的交通工具，并不适合他这样真正的旅行者。至今为止，扑克还没有碰到不能战胜的困难。两千年前，亚历山大大帝曾经手持利剑，用脚步丈量过这条道路。如今，扑克也踏上属于自己的征程，他的手里没有利剑，只有画笔，而画笔就是他最有力的武器。

"我知道，沿路你会遇上许多善良热情的好心人。你似乎拥有一种与生俱来的能力，通过绘画拉近与别人的距离。每每想到这里，我又觉得宽慰不少。"洛塔在信中写道。

洛塔的信让扑克再一次坚定了信念：很快，我们就能团聚。

/ 坎大哈

阿富汗给人的印象是一个既现代又古老的国家。这些天以来，扑克骑行经过的道路无一不笔直宽阔，这在印度简直是不可想象的。就拿印度的国道来说，虽然名字气势恢宏，但实际路况却惨不忍睹。但在阿富汗社会有一个奇怪的现象，大街上几乎只能看见男人的身影，偶尔出现的几名女性也都用厚厚的布料严严实实地裹住身体。

毫无悬念地，扑克又结交到不少新朋友。无论走到哪里，扑克都能迅速和陌生人打成一片，结交朋友的过程并不刻意，倒像是顺理成章的自然之举。扑克常常开些善意的玩笑，他知道笑声是打破隔阂的利器，也是跨越语言障碍和文化沟壑的桥梁。他喜欢为沿途遇见的人画素描像，只消寥寥几笔，对方的轮廓就会立刻浮现在画纸上。人们从不反感这种方式，就连警察和士兵也会对自己的肖像画露出会心的微笑。

一个偶然的机会，坎大哈医院的一名外科医生看见扑克在街头为行人画画，对扑克的画技赞不绝口。他很快和扑克成为朋友，并且热情邀请他来家里为自己的四位妻子中的一位作画。

"没问题。"扑克一口答应下来，第二天一早，他带上炭笔和画纸，骑着自行车来到约定地点。

扑克首先参观了外科医生宫殿式的豪宅，不由感慨装潢摆设的奢华精致。外科医生骄傲地告诉扑克，豪宅中的所有家具都由巴黎进口，欧洲知名的奢侈品几乎应有尽有。

豪宅正中是一间圆形的客厅，客厅一侧摆放着一张弧形沙发，沙发上依次端坐着外科医生的三位妻子。不同于阿富汗大街上的女性，她们三位并没有蒙着面纱。扑克猜测，或许女性只有在外出时才需要蒙面。他以印度的传统方式逐一向她们问候致意，双手合十，鞠躬，然后用梵文说：

"你好！"

外科医生和在场的三位妻子向他报以好奇的目光，礼貌地用英语回应道：

"你好！"

没过多久，外科医生的第四位妻子缓缓走进客厅。她裹得密不透风，乍一看好像一顶移动的帐篷。扑克一时间没认出来，只能依稀判断深色的布卡罩袍①下透出人形的轮廓。外科医生指了指帐篷，示意扑克这就是他今天画像的模特儿。

扑克跟随这第四位妻子穿过一旁的侧门，在画架前坐下。望着眼前罩袍下的女子，扑克一筹莫展，不知道该从何动笔。这时，对方主动开口做起自我介绍。扑克大吃一惊，女孩相当年轻，说一口流利的美式英语。如果只听声音，他大概会以为对方是一名美国游客。

脱下罩袍的女孩简直和原来判若两人。扑克不由目瞪口呆：她看上去顶多十五六岁，上身一件紧身T恤，下面搭配一条牛仔裤，脚蹬一双细高跟鞋。她的脸部显然经过精心的化妆，浑身散发出浓郁而甜腻的香水味。她真是漂亮，扑克在心中暗暗感叹，用美若天仙形容毫不过分。但想到她还如此年轻，扑克不由有些伤感。她的丈夫——那名外科医生已经有六十四岁，严重谢顶，满脸皱纹不说，还腆着只大肚子。可怜的女孩！扑克暗暗惋惜，她的未来多么

---

① 布卡罩袍（Burqa）：阿拉伯国家以及一些伊斯兰国家里女性的传统服饰，主要为长袍、头巾加面纱，把女性从头到脚严严实实包裹起来，只露出眼睛的部分。

黑暗!

扑克的惊讶和伤感逐渐演变为愤怒。一夫多妻制和包办婚姻都是封建落后的残余，它们终将走向灭亡。爱情应该是自由的，平等的，婚姻的选择不该由其他人支配和决定。扑克深信，在不久的将来，阿富汗和印度的年轻人都能享受自由恋爱和自主婚姻。

扑克为自己感到庆幸。相比于面前的女孩，他有机会接受教育，打破传统的桎梏。但同时，他也承受了命运带来的种种不公：被迫和洛塔分离，饱尝相思之苦，选择漫长而艰辛的骑行之旅……他真的幸福吗？外科医生的年轻妻子至少拥有合法的名分，而他呢？有时他感到前途渺茫，整个人陷入无尽的困惑。这一旅程究竟有何意义？他最终能抵达布罗斯和洛塔团聚吗？这辈子，他还能再见到自己的父亲和兄弟姐妹吗？

尽管枯燥而单调的骑行每天都在继续，扑克始终拥有自由的灵魂，过着无拘无束的生活。从某种意义上说，他也是这个世界上最孤独的印度人。不安的情绪仿佛挥之不去的心魔，始终在他胸口隐隐作痛。每当他想到旅行可能存在的隐患和风险，自由和幸福便打了折扣。或许洛塔是对的，独自一人从印度骑行前往欧洲的确太过冒险。

对面的女孩已经有些不耐烦，不停询问扑克究竟什么时候才能画好。扑克很想定下心来专心画画，可怎么都做不到。他的思绪乱成一团麻，手指僵硬不听使唤。于是他干脆放下炭笔，直截了当地向这位年轻的妻子提出疑问：

"你幸福吗？"

"幸福啊。"女孩脱口而出。

"可是，你真的爱你丈夫吗？"

"那当然。"

"发自内心的那种？"

"都说了，我爱他。"

"那你觉得他爱你吗?"

"当然。"

"可他还有三个妻子。"

"他最爱的就是我。"

"何以见得?"

"我想要什么,他就给我买什么。比如我看中巴黎新出的一款香水,他一个电话打过去,不到一周香水就能寄到我手上。"

"你不觉得,和一个年龄相当的男孩结婚更幸福吗?"

"我不信任年轻的男孩。他们吹嘘得天花乱坠,说自己如何如何爱你,到最后呢,承诺的事情一样都实现不了。"

扑克总觉得这话听来有被洗脑的嫌疑,但他什么都没说。

"再说了,"女孩补充道,"他只愿意和我睡觉,从不陪其他三个。"

解开了心中的疑团,扑克终于可以专心致志地投入工作。在画画的同时,他反复琢磨着女孩刚才的一番话。或许她了解到的是他看不见的另一面。扑克想起妈妈讲过盲人摸象的寓言故事。六个盲人碰到一头大象,第一个人摸到了大象的腿。

"啊,大象就像一只木桩。"他说。

第二个人走上前来,摸到了大象的尾巴。

"笨蛋,大象就像一根绳子。"

第三个人伸出手,恰好摸到了大象的鼻子。

"你们说的都不对。大象和蛇差不多。"

第四个人摸到了一根象牙。

"胡说八道,大象长得像一支长矛。"

第五个人恰好摸到了大象的耳朵。

"才不是呢。大象可以扇来扇去。"

轮到第六个,也就是最后一个人了。他慢悠悠地靠近大象,摸到了它的肚皮。

"你们全错了。大象就像一堵墙。"

六个盲人争执不下，只好要求驯象人主持公道。

"我们谁说的对？"他们迫切地问道。

"每个人说的又对又不对。"驯象人回答。

我和外科医生的年轻妻子不就像故事里摸象的盲人吗，扑克哑然失笑，我们都只能片面地认识到眼前的部分，对其他方面一无所知。

第二天一早，扑克骑上自行车继续向西前行。他的口袋里揣着外科医生一名同行好友的地址，那可是德拉兰①城里有钱有势的头面人物。德拉兰就位于前往赫拉特的途中。

德拉兰的这名医生要年轻得多，他特意出城热情地迎接了扑克。邀请他到家里喝茶聊天。不多时，他神秘地从床下掏出一叠珍藏的杂志。

"想看看吗？"年轻医生冲扑克眨眨眼，递来一摞美国的《花花公子》。

扑克简单翻了翻，便礼貌地还了回去。阿富汗的女性一个个包裹得那么严实，难怪男人们要靠看这种杂志解闷。仔细说起来，杂志上那些裸露胸部的女模特也只是大象的一部分，翻看这些杂志的男人们也都自动成为摸象的盲人。扑克想，如果拥有一位真正的女性，或许这位年轻医生会幸福得多。

坐在舒适的沙发里，扑克感到浓重的倦意，他的头皮阵阵发麻，腿部肌肉的酸痛越发加剧。他抿了口香甜的茶，望着窗外陌生的街景，不由想念起家乡的丛林和河流。童年时期的记忆仍然鲜活地烙印在他脑海里。

次日清晨，扑克跨上自行车，鼓足勇气向山区进发。刺骨的冷风小刀般刮过脸颊，他的头脑里空荡荡一片，完全没有了思绪。

---

① 德拉兰（Delaram）：阿富汗西部城市。

/　德拉兰—赫拉特—伊斯拉姆库拉①

过了德拉兰后，东西走向的 A8 公路开始逐渐转为通往赫拉特省的南北走向。这是前往欧洲的必经之路，也是所有嬉皮士和背包客首选的路线，说是首选，其实也没有其他选择。

扑克从早骑到晚，只留出一个小时的午休时间。脚下的道路依然笔直宽阔，由水泥混凝土浇灌而成，只是经过接口处会发出咯噔咯噔的颠簸声。苏联人修路的时候怎么就没考虑过骑车人的感受呢？换成沥青材质该有多好！

扑克从不担心过夜的问题，总有办法解决嘛。尽管通讯簿里的上百个地址——其中绝大多数都是欧洲友人——都不在 A8 公路沿线，但就扑克观察，阿富汗山区人民格外好客，他们总是热情地招呼扑克进屋喝茶吃饭，主动提出留宿的邀请。他们有一种毫无保留的奉献品质，甚至不需要扑克以绘画作为报答。

扑克机械地蹬着脚踏板，目光长久地停留在一成不变的地平线上。他曾经和一辆满载山羊和干草的货车发生碰擦，也曾数次迎面撞见欧洲嬉皮士驾驶的五颜六色的巴士。他知道不出一个星期，这些嬉皮士就会游荡于喀布尔的集市和咖啡馆间，再过两三周，他们就会出现在新德里的印度咖啡屋内，和世界各地的旅行者交流沿途见闻和心得体会。

---

① 伊斯拉姆库拉（Islam Qala）：阿富汗西部赫拉特省的城镇，靠近伊朗边境。

扑克不由莞尔：这些大大小小的咖啡馆就好像旅游信息中心，成为我们这些旅行者暂时的家园。

抵达赫拉特后，扑克住进一家条件极其简陋的廉价旅馆。当晚，他睡在缺少床垫的绷床上，噩梦不断。梦里，他被四面八方涌来的乞丐团团围住：十个、二十个、三十个……扑克望着一只只脏兮兮的手心，抬起头时才惊觉他们竟然没有头颅。这些乞丐发出嘶嘶的哀号（他并不清楚声音来自何处），晃动着残缺的躯干向他逼近，几乎要将他踩在脚底。

第二天一早，扑克在第一缕阳光的照射下悠悠醒来。他已经好多天没有洗澡，一副蓬头垢面的邋遢相，浑身散发出汗臭的酸味。房间的地板粗糙不平，漆在水泥地面上的色彩已经斑驳脱落。在他床边的墙上用英文写着一行字："鲁道夫在这张床上遇害。"谁是鲁道夫？他怎么遇害的？凶手是谁？或许那只是记录者的一场噩梦。在新德里的铁路桥下过夜时，他也曾经用画笔宣泄过胸中的苦闷和忧愁，创作过黑暗阴郁的作品。

天色渐渐明亮起来，扑克步行前往赫拉特市中心，打算支起摊位招揽画素描像的生意。在充实自己钱包的同时，他必须填饱肚子，攒足力气继续向西骑行。在坚定了这些念头后，他才开始尽情思念起洛塔。

扑克刚刚走出不到一百米，一辆汽车突然在他身边停下。一个陌生男人跳下车，自我介绍他的身份是该地区区长的顾问。

"上车吧。"顾问先生说。

"好。"扑克点点头。

汽车在赫拉特的大街小巷中穿行，顾问先生邀请扑克一同坐在车后座上，自豪地说：

"我们的区长是政治学博士毕业，学问深厚，阅历丰富。"

他顿了顿又说：

"我们注意到你靠画画赚钱。区长想请你帮他画张素描像。"

在接受过门口警卫的例行检查后,汽车停在一幢庄严肃穆、戒备森严的别墅外。扑克向等候在此的区长致以礼貌的问候,同时仔细地打量对方。当注意到区长的双眼有些斜视时,扑克立刻在心里做好了打算。他们在内院中坐定后,扑克用炭笔迅速在画纸上勾勒出线条,利用角度巧妙地掩盖了区长的斜视问题。完工后,区长对作品赞不绝口。

"这真是我见过最棒的一张肖像画。"他激动地表示,主动询问扑克有什么需要他帮忙。

扑克老老实实地说,自己的阿富汗签证已经过期两周,他担心出境前往伊朗时会遇上麻烦。

"边境警察绝对不会为难你的。"区长拍着胸脯保证。

"真的?"

"放心吧,我这就给他们打电话。"

几天后,扑克抵达位于伊斯拉姆库拉的边检站,在出示了自己的过期签证后,边境警察友善地朝他挥挥手,示意顺利放行。

/　伊斯拉姆库拉—泰耶巴德①—法尔哈德杰德②—马什哈德—博季努尔德③—阿扎德斯哈尔④—萨里⑤

在伊朗完全是另一种境遇。一连两晚，扑克都只能蜷缩在路肩上过夜，靠着捡来的两三只野果充饥。扑克的布口袋里还有不少钱，但村落之间的距离实在太远，大多数时候几乎荒无人烟。刚过边境的时候，扑克幸运地搭上一辆顺风车，可不到一个小时就被放了下来。他只好骑上自行车拼命向前赶路。他的双腿像灌了铅似的沉重，尾椎和背部严重劳损，屁股一沾上车坐垫就钻心地疼。他已经很久没刮过胡子，下巴上仿佛堆起一团脏兮兮的稻草。他饥肠辘辘，却找不到地方可以买东西吃。扑克用手摸了摸身体两侧肋骨，为自己的消瘦程度大吃一惊。他瞥见窗户内自己的倒影——自己已经完完全全成了一名嬉皮士。

抵达里海旁的度假胜地萨里后，扑克在沙滩上找了间刷了白漆的木质凉亭，钻进去打算美美睡上一觉。他猜想这里应该是贩卖冰淇淋的店铺，好在现在是晚上，沙滩上一个人也没有，店铺也就闲置下来。扑克在地板上摊开睡袋，小心翼翼地钻进去，尽量不让腰

---

① 泰耶巴德（Taybad）：伊朗东部呼罗珊省城市，泰耶巴德郡首府，靠近阿富汗边境。
② 法尔哈德杰德（Farhadgerd）：伊朗东部呼罗珊省城市，下属费尔曼郡。
③ 博季努尔德（Bojnurd）：伊朗东北部城市，北呼罗珊省省会。
④ 阿扎德斯哈尔（Azadshahr）：伊朗东北部戈勒斯坦省城市，阿扎德斯哈尔郡首府。
⑤ 萨里（Sari）：伊朗北部城市，马赞德兰省省会。

背部接触地面。他的胃部因为饥饿一阵阵抽搐，整个人陷入半睡半醒的昏沉状态。月色下的沙滩泛出柔和的光，大海一片宁静。真是一个令人沉醉的世外桃源。

根据扑克的经验，当他的人生开始走下坡路，几乎跌入谷底时，往往会有意想不到的事情发生，从而扭转整个局面。这次也不例外。当太阳慢慢跃出里海的海平面，将清晨的阳光洒满整间凉亭时，扑克才从沉睡中苏醒过来。但他不想睁开眼睛，宁愿这样枕着大海的气息重新坠入酣甜的睡梦。

就在这时，扑克的耳畔突然响起一阵银铃般的咯咯笑声。扑克睁开眼睛，发现身边围拢了十几个年轻女孩，她们掀起面纱，用咄咄逼人的凌厉眼神打量着他。如此甜美的面孔上不应该有如此戒备的表情，扑克这样想着，几乎是下意识地掏出速写本，向她们展示自己的画作。扑克一直相信，艺术是无国界的，因此能够成为最好的交流载体。他很快发现，其中一个女孩会说英语。

"瞧，我是一名艺术家。"扑克说。

事实证明，她们既不是真主安拉的处女，也不是从后宫出逃的嫔妃。会说英语的那个女孩告诉扑克，她们是一群来自德黑兰的学生，来海滩边游泳野餐。扑克绘声绘色地讲述起自己始于印度的骑行之旅，她们听得入迷，不时哈哈大笑，热情地让扑克品尝各种好吃的：面包，酸奶，海枣，橄榄。扑克的胃里很快产生一股甜腻的饱胀感。

扑克自豪地宣布，自己骑自行车从印度出发，经过阿富汗白雪覆盖的山区和沙阿王朝的应许之地，只为前往欧洲找寻深爱的女孩。人群中立刻发出一片啧啧的赞叹。

"太伟大了！"说英语的女孩由衷地感慨。

她们争先恐后地将食物塞满扑克的背包。

如果说扑克从人生经历中学到了什么，那就是：偶尔跌入低谷并不是坏事，或许那就是重新走向光明的起点。

离开萨里后，骑行开始变得轻松起来。村庄的分布越来越密集，扑克也越发频繁地遇见好心人，招待他在家里免费吃住。不少伊朗人直言不讳，说他在阿富汗买的自行车质量堪忧，经过再三权衡，扑克在所经过的一个大卖场购置了一辆新的。

吃饱喝足，休息停当，扑克跨上结实的新车，精神抖擞地沿着79号高速公路驶向德黑兰。洛塔寄来的信很可能已经在那里静静等候。

白天，春日的暖阳热辣辣地炙烤着大腿，而到了晚上，料峭的寒意凉津津地渗入肌肤。因此每当黄昏降临之际，扑克会选择暂停骑行，找一家咖啡馆，边喝茶边为店里的顾客画像，然后顺理成章地接受邀请，在对方家里借宿一宿。自从阿富汗赫拉特至今，他还没在旅馆住过一个晚上。

每晚临睡前，他总会思念起洛塔。他始终憧憬着再次重逢时，洛塔会热情地张开双臂拥抱住自己。他从没担心过洛塔会改变心意或是移情别恋。他深信彼此相爱的力量和决心能够战胜一切犹豫和软弱。

自从妈妈去世后，扑克顿时对家乡失去了那种依依不舍的眷恋之情。诚然，爸爸和兄弟姐妹都还住在奥里萨邦，新德里还有艺术学院和国大党的朋友。但能让他真正产生依恋的只有妈妈和洛塔。现在妈妈去了另一个世界，那是他无法企及的地方，而洛塔是真真切切存在的，或许就在越过地平线的那一面。

扑克心意已决：要么和洛塔团聚，要么就此了却一生，再没有第三种可能。他对自己的选择毫无畏惧。该发生的总会发生，抛却杂念，执着于当下才是正道。扑克一边这样告诫自己，一边奋力踩着脚踏板，路过一座座城市和村落：卡伊米什哈尔，什尔加，波尔伊斯非德。

他清楚自己的感性和冲动，他总是依从内心的想法和感受行事，很少进行理性的思考。从印度前往欧洲的骑行距离实在太过漫长，其间必然危机四伏，充满波折。他的计划或许并不可行。只有抛开逻辑思考，他才能坚定不移地一路向西。

迄今为止，他所遇到的人都没有对这一计划表示过质疑。嬉皮之路上不乏他这样的旅行者：冲动任性的青年，富有冒险精神的探险家，探寻历史踪迹的学者……此外还有怀着掘金梦的劳工，以及渴望在欧洲发家致富的印度贱民。通过彼此的交流和鼓励，扑克越发相信，一切皆有可能。

每次，当听说扑克的目的地是遥远的北欧时，旅行者们的反应都很平静。而在家乡印度则是截然不同的情形。出发前，扑克的朋友忧心忡忡地劝阻他放弃计划。他们七嘴八舌地给出各种意见："自行车是穷人的交通工具""骑行是极其危险的行为""骑车的速度太慢了，你得骑到什么时候啊""这根本行不通，别逞能了""你会死在半路上的"……但事实证明，他们都错了。

骑行了这么久，扑克还没有碰到一个坏人。他隐约有种感觉，选择嬉皮之路的旅行者都有着共同的性格：好奇，积极，慷慨，善良。在路上也是生活方式的一种，它不仅仅包括流浪漂泊，还意味着不断拥有新的见闻，不断结交新的朋友。

进入伊朗境内，扑克旅行的性质正在悄然发生改变。他已经很少在街头露宿，离开里海海岸线后，他几乎没有孤身一人的时候，也再没有尝过饥饿的滋味。他不光获得各种馈赠的补给——清水、鱼干、苹果、橘子和海枣——还得到免费住宿的款待。而他印度人的身份，正是进入名为慷慨的应许之地的门票。最近的三年里，印度总统一直由穆斯林出身的法赫鲁丁·阿里·艾哈迈德担任。前不久印度总统刚刚逝世，伊朗的报纸特意开辟了悼念专栏，在回顾他生平事迹的同时，更以赞扬和惊叹的口吻感慨，一名穆斯林出身的印度人竟然能够在政界达到如此显赫的地位。因此，每当听说扑克来自印度时，伊朗人都难以掩饰由衷的钦佩之情：奉行印度教的印度居然能选出一名穆斯林派的领导人,这是怎样的气度!

因此,印度人在伊朗受到格外的尊重和青睐。带着这份荣耀和自豪,扑克信心十足地向着欧洲继续前进。

哥哥普拉塔普曾写过一本书,故事主角是一名印度雅利安人血统的英雄,自从三千五百年前起就生活在里海以北的草原上,那是北印度人的起源地。一天,英雄决定离开自己所熟悉的环境,探索外面的世界。他经过波斯和巴克特里亚①,最终抵达印度河流域的哈拉帕②和摩亨佐-达罗③,大约位于今天的印度和巴基斯坦边境。书中阐述了伟大的印度河流域文明如何建立,印度教如何发展,种姓制度如何形成,并且解释了为何一些印度人的肤色较浅,而另一些人的肤色较深。

这本书从未出版,但普拉塔普在阿特马利克邦的一家印刷厂复印了手稿,并且将其中五本赠送给扑克。扑克读得入迷,完全沉醉在英雄的探索旅程之中。

在从里海一路向南的骑行过程中,扑克自豪于自己正在追寻英雄的足迹。他在心中暗暗琢磨:书中的英雄有着浅色的皮肤,决意向东征服棕色皮肤的人种。而我有着棕色的皮肤,决意向西融入一个浅色皮肤的社会。

---

① 巴克特里亚(Bactria):中亚古地名,是古希腊人对今兴都库什山以北的阿富汗东北部地区的称呼。古希腊人曾在此地建立希腊-巴克特里亚王国。
② 哈拉帕(Harappa):巴基斯坦旁遮普省的一座防御性城市遗址,是考古学家最早发现,属于印度河流域文明的遗址。哈拉帕遗址的历史时期大约在公元前3300年至公元前1300年。
③ 摩亨佐-达罗(Mohenjo-daro):又称"死丘"或"死亡之丘",印度河流域文明的重要城市,大约建成于公元前2600年,位于今天巴基斯坦信德省的拉尔卡纳县南部。

/ 萨里—阿莫勒①—德黑兰

扑克骑行在沥青铺设的平整大道上,惊讶于伊朗的一切都是那么富裕和繁荣。刚一穿过边境线,他就感觉到明显而直接的对比。阿富汗的边境警察都穿着破旧不堪的制服,边检站像座危楼似的摇摇欲坠。相比之下,伊朗这边要干净崭新得多,他们的边境警察打扮帅气,所配备的汽车高档气派,边检站内还设有舒适豪华的沙发和现代化饮水机。仅仅隔着一条国境线,居然会存在如此的天壤之别。

扑克沿着里海海岸线向西骑行了一段,转而向南前往德黑兰。他本可以选择距离更短的南线,但考虑到嬉皮士大多出没于北线,所以宁可多骑行一些路程。他始终没有偏离过嬉皮之路,因此总能遇见各种各样的旅行者。他靠着为嬉皮士画像赚些零钱,也从背包客那里得到不少宝贵的建议。

每当他自我介绍来自印度时,对方都会流露出羡慕而向往的神情:

"啊,印度,多好的一个国家!"

"你真这么觉得?"

进入伊朗境内后,扑克已经听人们讲过无数遍他耳熟能详的那些历史。印度总统在逝世前不久曾对伊朗进行国事访问,引起了伊

---

① 阿莫勒(Amol):伊朗马赞德兰省的一座城市。

朗民众的感慨：在一个满是印度教徒的国度，居然能够拥戴一位穆斯林出身的总统，这是怎样宽广的胸襟！扑克倒不这么看：这和胸襟无关，不过是印度政府为了安抚宗教少数派的怀柔政策。再说，印度总统本就不掌握实权，真正有话语权的是印度总理。将无权无势的礼仪性职位授予一名穆斯林出身的政客，一方面能够大幅提升国家形象，另一方面则巧妙避免了国家核心政权旁落。

但伊朗民众为此欢欣鼓舞。他们感慨，在扑克生活的国家，穆斯林和其他宗教的信徒享有平等的权利。怎么说呢，法律层面上的确如此。一位长者向扑克讲述了千年以前，波斯历史学家比鲁尼①从波斯前往印度的经历。根据印度教徒的描绘，印度是全世界社会制度最为完善的国度，印度国王是全世界最有权势的君主，印度教是全世界最为崇高和纯粹的宗教，而印度人是全世界最具智慧和博学的人民。遗憾的是，当今的印度已经不再是天堂般的乐土，可不管怎样它仍然熠熠闪耀着旧日荣光。

要说印度首都有什么特别之处，绝对不能用金碧辉煌来形容，而是充斥着贫民窟和污垢的事实。扑克这样想着，并没有说出口。对长者充满景仰的评价，他没有提出任何异议，只是默认。他不愿让对方失望。或许关于印度的幻象正是促进两国友谊的润滑剂。

扑克太渴望休息了。他疲惫不堪，浑身污垢，感觉自己像一名流浪的圣徒，不修边幅，四海为家。他在马什哈德郊外的露营地租了一个帐篷，重新整理过行囊，在洗衣房里用力搓洗那些满是尘土、长了霉斑、散发着臭味的衣服。他仔细刮过胡子，梳理过头发，将全身涂满肥皂，站在淋浴喷头下反复用热水冲洗，感觉宛如新生般的洁净清爽。

露营地依湖泊而建，湖边墓地里安葬着一位著名的伊朗诗人。

---

① 比鲁尼（al-Biruni, 973—1048）：波斯著名科学家、史学家和哲学家；在数学、天文学、物理学、医学和历史学方面均有贡献，被誉为"百科式的学者"。

而湖泊正中的小岛上坐落着一座规模不大的清真寺,黄昏降临后,清真寺总会亮起星星点点的彩灯。马什哈德的市民常常在傍晚时分聚集于此享受静谧,在墓地前徘徊漫步,或是乘船前往湖心的清真寺。有些人还带着露宿的毛毯和餐食,在这里逗留整夜。

扑克敏锐地意识到这是一个千载难逢的创作契机。他支起画架,用波斯语打出肖像画速写的广告,然后静静等待生意上门。

开业的第一天,扑克的画架前就排起了长队。扑克就这样整晚整晚地一直工作,迅速赚得一大笔钱。伊朗民众相对富裕,扑克注意到,很多城里人都是开着价格不菲的高档汽车过来的。

广告牌上并未标明价格,当客人询问时,扑克总是这样回答:

"您看着给呗!"

通常,对方给出的报酬是平时的五倍甚至十倍。此外,他们还慷慨地招待扑克各种水果、点心和热茶。

现在,扑克唯一担心的是欧洲段的行程。道听途说的各种消息让他开始怀疑,进入西方世界后,骑行的进展绝不会像现在这般顺遂。

/ 德黑兰—加兹温①

德黑兰是一座熙攘混乱的城市，到处都是汽车和行人。货车、公交车、自行车以及装载货物的平板推车争先恐后地向前挤着，想要占据水泄不通的道路中仅存的一点空隙。行人用面纱捂住口鼻，阻挡漫天的灰尘和飞沙走石。

扑克活动了下筋骨，一边奋力地踩着脚踏板，一边不断摁着喇叭，提醒周围车辆自己的存在。扑克特意装了一只大号的喇叭，发出的声音特别具有穿透力。前方一名摩托车手转过脸来，狐疑地打量这噪音到底来自哪里。扑克无奈地想，自行车体积又小，速度又慢，重量又轻，如果再不靠噪音引起注意，恐怕早就被大型车辆压成烂泥了。

在这纷扰杂乱的环境下，扑克努力平静心绪，思考着自己的过去，现在和将来。他每蹬一步，距离新的世界就更近一步。

我是一个矛盾体和混合体，扑克会这么想，似乎各种文化和价值观在我身上都有体现。

他出身于印度社会底层，曾因种姓制度受到种种压迫和不公正的待遇，与此同时，他得益于贱民身份，成为一名走向世界的幸运儿。他既是村落里一个家境贫寒的男孩，也是大城市中一名成就杰

---

① 加兹温（Qazvin）：伊朗西北部城市，加兹温省省会和最大城市；始建于4世纪，16世纪曾为萨非王朝的首都。

出的艺术家。他一无所有，却又拥有一切。他熟读艺术史，能够娓娓道来浪漫主义的绘画风格，头头是道地分析特纳[①]笔下英国乡村风景画中的色阶分布，却对瑞典的地理位置毫无概念，对当代科技的发展现状也茫然不知。相比于孩提时代的梦想，他现在所过的生活要丰富精彩得多，但他却越发感觉到自己的无知，越发好奇于别人口中的经历和故事，学习新知识的兴趣也越发浓厚。他曾经几次尝试自杀，陷入饥寒交迫的境地，徘徊在即将崩溃的边缘，但总体来说，他还算过得无忧无虑。他尊重传统，也相信命运，但当他摒弃一切保守和腐朽的思想后，自由的天性便被彻底释放了出来。

扑克想：我就是条变色龙，无论走到哪里，我都能迅速融入环境。和穷人在一起时，我能感同身受地体会他们的艰辛，在面对有钱有势的精英阶层时，我瞬间就变成一名彬彬有礼的绅士。

但他清楚自己的底线。巧取豪夺，损人利己，恶意中伤这些是他必须坚决抵制和反对的。

在德黑兰骑行期间，他将一块白色硬纸板固定在木棍的一端，然后绑在车座垫和行李架之间。硬纸板上用写着一行醒目的英文："我是一名印度艺术家，我的终点站是瑞典。"他还挂上了不少自喀布尔以来沿途创作的画作，现在的他就是一个活生生的流动广告。

扑克发现一个奇怪的现象，所到之处的路灯灯柱或是房屋外墙上，都贴着一个男人的肖像海报。

"他是谁？"扑克问。

[①] 约瑟夫·玛罗德·威廉·特纳（Joseph Mallord William Turner, 1775—1851）：英国浪漫主义风景画家，水彩画家和版画家。

"他是万王之王①的大儿子,巴列维王朝尊贵的皇太子②。"别人告诉他。

万王之王?皇太子?扑克没闹明白。

"你没听说过?"卖水果的一名小贩看出了扑克的疑问。

"万王之王就是我们伊朗的沙阿。这位是他的儿子,也就是未来的继任者。"买水果的一位顾客指着海报,主动向扑克解释。

扑克很喜欢海报上的肖像画。那位年轻的男人看来平易近人。他迅速掏出速写本描摹下来,然后插在自行车后招摇过市。

离开伊朗的首都后,扑克向西拐上通往大不里士的二号高速公路。有人曾帮他粗略估算过,从起点新德里至今,他已经骑行超过三千公里。扑克自己从没计算过距离。对于旅行本身来说,公里数究竟有何意义呢?当然,在距离相同的前提下,利用不同的交通工具出行意味着所耗费时间的不同。但扑克的思维是:我已经骑了快两个月的时间,估计剩下的路程还要骑上两个月。

阳光暖洋洋地照在身上,却丝毫没有炙烤的灼热感;微风轻轻拂过脸颊,有着恰到好处的力度。这是一个适合骑行的好日子,问题在于——这几乎成为每天需要思考的问题——晚上在哪儿过夜。确切说,这也不能算问题,只是他旅行中众多不确定因素之一,扑克早已习惯于它们的存在,甚至还挺喜欢这种未知感。他曾经睡过帐篷,凉亭,甚至工具房和牲口棚。住宿条件虽然时好时坏,但总能过得去。

要么和洛塔团聚,要么就此了却一生,再没有第三种可能。扑克又一次坚定了信念。如果妈妈还活着,成为他情感的寄托和牵绊,

---

① 穆罕默德·礼萨·巴列维(Mohammad Reza Pahlavi, 1919—1980):巴列维王朝的第二位君主,也是伊朗的最后一位沙阿。1941年9月16日即位,1979年2月11日被伊朗伊斯兰革命推翻。被称为"万王之王"。
② 礼萨·巴列维(Reza Pahlavi, 1960—   ):出生于伊朗德黑兰,伊朗皇太子。

他的选择可能完全不同。然而现在,他可以毫不留恋地离开这片无意义之地,奔向梦想中的新生活。只有洛塔才能重新带给他积极乐观的感觉。

可是,如果自己到了那儿,却发现洛塔改变心意了可怎么办?万一洛塔不要他了呢?

/ 加兹温—赞詹①—大不里士

就在扑克骑行穿越伊朗的同时，关于他欧洲之旅的消息已经在家乡奥里萨邦传播开来。扑克会将日记节选部分定期寄给当地的报社。他写的每一个字都被忠实地刊登在报纸上。哥哥在寄给他剪报的同时，自豪地告诉他，自己认识的每一个人都在读他的旅行日志，扑克已经成为奥里萨邦的话题人物。

他从未离家如此之远，奇怪的是，他对故乡的归属感却也前所未有的强烈。没有了来自婆罗门的压力和指摘，他的贱民身份也变得毫无意义。所有人都追捧成功。扑克深切地体会到：只要你还住在家乡，做着不起眼的工作，赚到的钱不多，又不认识什么权贵人物，婆罗门就会继续瞧不起你。这时，他们所谓血统和种姓的论调就显得尤为重要。而一旦你做出一番事业，闯出一些名气，你的低等种姓就变得无所谓了。那时，高等种姓的人也会谄媚地向你示好，多么虚伪，多么功利！

他从伊朗寄回家的其中一篇游记在奥里萨邦引发了特别的反响。哥哥写信告诉扑克，文章受欢迎的程度远远超过他的预期，成为所有朋友讨论的焦点。扑克思忖，奥里萨邦的人们之所以对此兴趣浓厚，或许是因为他赋予了大自然人性的特征。将大自然中的一切拟人化是土著居民长期保持的传统。

---

① 赞詹（Zanjan）：伊朗西北部城市，赞詹省省会。

扑克在沙漠里瞥见一簇高高的草丛，蹲在旁边开始大便。自行车远远停在路边，后面插着广告牌和各种画作，望过去像是一条搁浅的帆船。头顶的太阳尽情释放出热量，一阵风将青草吹得微微晃动起来。蹲坑的时候，扑克不由联想起童年时代发生的一件事。村庄外的田地边长着一棵枝叶繁茂的大树，当时他只有六七岁，每次需要拉屎时都喜欢爬到树上，蹲在一根粗壮的枝丫上安安静静地解决。这倒也不稀奇。就像印度数以千计的村庄一样，扑克家乡的人们打小就知道，大自然就是天然的厕所。扑克对自己选择的拉屎地点颇为满意：居高临下的地理优势使他避开嗡嗡乱飞的苍蝇和阵阵恶臭。他被得意冲昏了头，完全忘记要往下看。

树下突然传来一声怒吼，惊讶中带着怨气。扑克慌了神，赶紧低头查看情况。树下坐着一个男人，头上顶着一坨他刚刚拉出的排泄物。可巧不巧，这人还是个婆罗门，平时连扑克的影子都要躲着走，今天却被他的一坨粪便结结实实砸了个正着。扑克跳下树撒腿就逃，婆罗门骂骂咧咧地在后面追。扑克年轻灵活，速度又快，婆罗门上了年纪，穿着一条长及脚踝的长衫，很快被落在后面。

从此以后，扑克再也没在树上拉过屎。

伊朗的沙漠一望无际，杳无人烟，因此也不用担心造成冒犯或打扰。扑克向肩膀旁看去，草丛的高度刚刚够到他的脸。在这苍茫的天地之间，他和草丛仿佛成为一对亲密无间，相互信赖的朋友。

"亲爱的青草！"扑克特意扯开嗓门，任由声音在空中扩散开来，以确保附近确实没有旁人。

"当你的同伴在干旱中死去时，你却在沙漠中孤独而顽强地生长。"扑克对草丛深情地告白。

青草随风轻轻摇曳，仿佛礼貌地回应着扑克的感慨。

"当时，你一定随着一个大家庭迁徙而来，渴望就此扎根繁衍。家里的成员陆续枯萎，如今只剩下你一个。"

"……"

"我需要你。没有你,我在沙漠中就没有了栖身之地。在这里,任何一阵风都可能引发沙暴,它卷起漫天的飞沙走石,像一枚枚银针扎向我的身体。而你紧紧攥住脚下的沙地,一次又一次抵抗住呼啸的狂风。"

"……"

"我来自印度奥里萨邦的阿特马利克,那里也生长着青草。青草象征着幸运。你知道吗,我们每天吃的粮食,水稻,它也是一种青草,说不定还是你的亲戚呢。"

沙漠上吹来一阵风,草叶微微折着腰,仿佛向扑克鞠躬致意。

"我喜欢青草。青草是和平的象征,是大地忠诚的守护者。没有青草,世界将一片荒芜。"

草丛依旧保持沉默。

"为了探寻宝藏,修建房屋,我们人类会将你们连根拔起。但我们不该侵犯你们。人类有人类的地盘,风有风的地盘,沙子有沙子的地盘,作为青草,你们也有你们的地盘。"

扑克掏出水壶,将仅剩的几滴清水灌溉在草丛根部。草叶颤了颤,仿佛表达出无限的感激。

就在跨上车的一刹那,扑克回望着沙漠中的那簇青草,决定当晚就记下这次珍贵的对话,寄给家乡的报社。

而现在,他和青草之间的对话已经在报纸上发表出来。如此热烈的反响是扑克始料未及的。扑克猜想,奥里萨邦的广大民众应该对此感同身受,每个人都有在大自然中独处思考的经历。每个人都相信,青草,灌木和大树都拥有灵魂,如果不善待,不尊重它们,人类将遭到惩罚和报应。

扑克加快骑行的频率,迫不及待地奔向大不里士。他渴望能在邮局找到洛塔寄来的信。

/ 大不里士—马兰德①—多乌巴亚泽特②—埃尔祖鲁姆③—安卡拉—伊斯坦布尔

扑克骑骑停停,时不时靠别人捎上一段以节省体力。他朝着大不里士的方向一路西行,疲惫不堪的双腿一下一下踩着自行车的脚踏板。这是他在伊朗购置的新车,也已经是他离开德里后的第三辆自行车。

大不里士是伊朗先知琐罗亚斯德④的出生地,而对于扑克来说,这里更重要的是等待着他的两封信。一封来自洛塔,照例以"我最亲爱的"作为开头;另一封来自林妮娅——那个遭遇车祸,被他及时送往喀布尔医院救治的奥地利女孩。她已经回到维也纳的家里,在信件的开头,她也将扑克称呼为"我最亲爱的"。很久以后扑克才意识到,林妮娅应该是爱上他了。但他当时毫无察觉,在印度,大家都习惯在信中甜言蜜语。因此看到林妮娅充满关切的文字时,扑克一点也不觉得意外:

"我最亲爱的扑克,我希望你一切都好。扑克,我的宝贝,你就快要到维也纳来了,就要回到我的身边。我本以为你上周就会到的,我等啊等啊,怎么也等不到你。但愿我们很快就能团聚。我常常思

---

① 马兰德(Marand):伊朗西北部东阿塞拜疆省城市,位于札格罗斯山脉山脚。
② 多乌巴亚泽特(Doğubeyazıt):土耳其东部阿勒省城镇,毗邻与伊朗接壤的边境。
③ 埃尔祖鲁姆(Erzurum):土耳其东部埃尔祖鲁姆省的首府及最大城市。
④ 琐罗亚斯德(Zoroaster,约前628—约前551):琐罗亚斯德教(又称"拜火教"或"祆教")的创始人。

念你,想你的时候就觉得格外甜蜜。我有好多事想要告诉你,我相信我们在一起会过得很开心。就写到这儿吧,我会在这里继续耐心等你。"

在印度,对谁都可以用这种口吻写信。

扑克跳上自行车,继续向土耳其骑去。

伊朗太大了,土耳其太大了,整个世界也太大了。扑克开始对骑行感到厌倦。欧洲的入口在哪里?他什么时候才能到布罗斯?

扑克搭便车的频率越来越高。土耳其的货车很多,搭便车的机会也多。

扑克从没向谁保证过,骑行是通往欧洲的唯一方式。现在他的想法已经和当初不同:前往欧洲的旅程并不是一场证明体力和耐力的竞赛,抵达目标才是关键,方式方法倒在其次。如果有足够多的钱,或许他会认真考虑购买一张飞机票。扑克有些悻悻地想,之所以选择骑行,纯粹是因为自己资金有限,别无他法。而一路的波折让他更加清楚地意识到,这注定是一场艰辛而困苦的旅程。

搭便车时,他坐在火车司机身旁,望着窗外掠过的荒芜大地,回想起这些年来他所经历的一切。如今,他置身于一个完全陌生的国度,一片完全陌生的风景,一群完全陌生的民众之中。

不仅如此,他整个人也在发生着变化。

他感觉自己仿佛从懵懂中清醒。直到认识洛塔,他才对周遭发生的一切有了客观的认识。在此之前,他总是难以区别自己和他人的感受,他始终分不清界线的位置。正是洛塔让他重新正视自己,也重新认识世界。

他们的点滴回忆变得越发清晰起来。认识洛塔以前,扑克很少自发做出选择,他总是跟随潮流而动,任由身边的人替他把握人生方向。他害怕成为受关注的焦点人物,也很少坦诚内心的真实想法。他不断倾听别人的意见,笨拙而胆怯地模仿,仿佛这个大千世界的旁观者，好奇，犹豫，温顺。

扑克总是在努力讨好别人。洛塔经常感慨他"像个孩子般"天真。但她喜欢扑克的天真。洛塔这样评价他：牺牲自我，成全他人正是你的伟大之处。

搭不到便车的时候，扑克也会选择乘坐公交车。伊朗的大多数人英语说得都不错，而在土耳其，用英语交流明显变得吃力许多。语言不通的时候，扑克就用画画表达自己的意思——毕竟艺术是没有国界的。从凡城①通往安卡拉的道路笔直却崎岖，扑克将自行车绑在公交车顶，自己坐在车辆最前方的座位忍受着不时传来的颠簸。他掏出速写本，在纸上栩栩如生地勾勒出周围乘客的相貌。看见自己的画像后，络腮胡子的男人和包头巾的女人们都露出会心的微笑，纷纷拿出面包，奶酪和水果犒赏扑克。扑克靠着车窗，一边嚼着甜苹果和苦橄榄，一边欣赏平原风光，为自己和土耳其人之间的心有灵犀感到喜悦。

类似的场景在不同背景中重复上演：公交车，咖啡馆，小餐馆，候车室……扑克由衷地感觉到土耳其人乐观开朗的天性。购买画作的客人常常邀请他去家里做客，甚至免费招待食宿。扑克逢人便说，土耳其人的真诚令他感动。这句话往往能赢得对方的好感，为扑克带来更佳丰厚的报偿。

扑克于清晨时分抵达伊斯坦布尔。伴随着清真寺晨祷的悠扬钟声，扑克急匆匆地赶往当地邮局查询信件。洛塔果然写了信。她娟秀而细密的笔迹中流露出对他的无限思念。此外还有一封爸爸的信和一封林妮娅的信。林妮娅的信特别厚，上面还注明了挂号字样。扑克拆开信封，里面掉出一张车票，票面注明这是从伊斯坦布尔前往维也纳的巴尔干特快列车。

---

① 凡城（Van）：土耳其东部城市，位于凡湖东岸，是凡城省首府。

扑克沿着金角湾①徜徉，眺望着蔚蓝而深邃的海水和造型雄浑的加拉塔大桥②。伊斯坦布尔所散发的亚洲气息不同于以往任何一个城市。这种区别没法确切形容出来，却真真切切地存在。扑克穿过小巷前往托普卡帕宫③，略带寒意的空气中混杂着烟火、松香和海洋的味道。街上卖茶的摊位边弥漫着浓郁的烟草味。往山丘顶端攀爬的过程中，扑克听见蒸汽船拉响的汽笛声，马车跑过石子路面的踢踏声，以及二十世纪五十年代款式的雪弗兰和别克发出的沉闷引擎声。和印度相比，伊斯坦布尔大街上行驶的汽车要老旧许多，然而当地女性的穿着打扮却明显现代得多：衬衫，短裙，牛仔裤，甚至披散的长发，这些在阿富汗，伊朗和伊拉克可都是绝无仅有的。别说罩袍，就连面纱也没有人戴。

在扑克眼中，伊斯坦布尔就是欧洲的一个缩影，他忍不住开始幻想起自己未来的生活。

整个城市充满了拱顶和桥梁。每幢建筑都显得稳固结实。扑克想起学校里读到过关于帖木儿④的历史，这位传奇式的英雄人物曾经焚烧德里苏丹国，并且大肆屠杀城里的青壮年男性。帖木儿出生于撒马尔罕⑤附近——也就是如今的苏联境内，不过他怎么着也该算是

---

① 金角湾（Golden Horn）：伊斯坦布尔的一个天然峡湾，从马尔马拉海伸入欧洲大陆的细长水域。
② 加拉塔大桥（Galata Bridge）：伊斯坦布尔一座横跨金角湾的大桥，始建于19世纪。
③ 托普卡帕宫（Topkapı Palace）：伊斯坦布尔的一座皇宫，自1465年至1853年一直都是奥斯曼帝国苏丹在城内的官邸及主要居所。
④ 帖木儿（Timur, 1336—1405）：帖木儿帝国的奠基人。
⑤ 撒马尔罕（Samarkand）：乌兹别克斯坦的旧都兼第二大城市，撒马尔罕州的首府；中亚地区的历史名城，伊斯兰学术中心。

土耳其人吧?好像,他还是个独眼龙?扑克坐在蓝色清真寺①外的石凳上,一边品尝咸咸凉凉的土耳其酸奶②,一边陷入遐思。

扑克下榻的廉价旅馆就在锡尔凯吉③旁边,靠近欧洲一侧的火车站。扑克坐在八人间的窄小床铺上,感到前所未有的孤独和悲伤。他反复读着洛塔寄来的信,努力寻找自己在这个世界上的存在感。身处异国他乡,置身于数百万熙熙攘攘的陌生人之中,这种孤立感渐渐演变为渺小和自卑的情结。扑克不免灰心:每个人都在奔向各自的目的地,只有自己徘徊在原地。

收拾起沮丧的心情,扑克来到银行兑换一张充作报酬的支票。在等候支票兑现的时候,扑克坐在银行大厅的座椅上,习惯性地掏出速写本和炭笔,对着面前的工作人员画起了肖像画。短短几分钟,他的身边已经聚拢了围观的群众。其他银行职员纷纷放下手头的工作,饶有趣味地观察扑克的作画过程。看见自己的素描像,负责接待扑克的那位男职员满意地哈哈大笑起来。

"画得真像!印度先生,您还挺有本事!"他一边说,一边向同事们展示自己的画像。

一名女职员凑过来,主动提出画画的要求。她面容姣好,身穿一件蓝色丝绸衬衫,搭配一条熨烫平整的百褶裙。尽管内心很希望她能充当模特,扑克始终犹豫着不敢应允。给男性画像倒没什么,但长时间盯着一名女性,对方说不定会当成轻薄和亵渎呢。扑克不想冒险,他担心受到嘲笑、指责,甚至被驱逐出境。

面对一位如此美貌的土耳其女性,扑克还是决定谨慎行事。

---

① 苏丹艾哈迈德清真寺(Sultan Ahmed Mosque):土耳其的国家清真寺,伊斯坦布尔最重要的标志性建筑之一;建于苏丹艾哈迈德一世统治时的1609年至1616年间。由于清真寺内墙壁全部采用蓝白两色的瓷砖装饰而得名"蓝色清真寺"。
② 土耳其酸奶(ayran):由三分之一的酸奶和三分之二的盐水搅拌而成,在中东、中亚和东南欧非常流行。
③ 锡尔凯吉(Sirkeci):位于伊斯坦布尔市中心旧城区法蒂赫区;锡尔凯吉车站负责伊斯坦布尔通往欧洲其他地区的铁路运输,曾作为东方快车的东部终点站。

"对不起，我赶时间。"他礼貌地拒绝了对方的要求。

扑克站起身，在素描像的右下角用英文写下"诚挚的祝福"几个字，然后撕下画纸，递给接待他的银行职员。对方坚持要求支付酬劳。

"多少钱？"男职员问。

"您看着给就行。"扑克爽快地说。

对方颇为慷慨。这笔钱够扑克连续下一周的馆子了。

回顾自己在伊斯坦布尔度过的那段时光，扑克有一种恍惚的感觉：与其说他在掌握命运，不如说他被命运所左右，身不由己。一如遇见洛塔前他所经历的人生轨迹。

扑克揣着赚来的钱，心情重新开朗起来。他叫了一辆出租车，前往位于海峡另一侧的独立大街① 为洛塔挑选礼物。利用出租车低速行驶的短短几分钟时间，扑克迅速完成了一幅司机的素描像。抵达目的地后，扑克不失时机地递上画像。出租车司机的脸上露出了惊喜的笑容，有那么一瞬间，他激动得几乎要过来拥抱住扑克。他不仅婉拒了扑克支付的车费，并且坚持邀请扑克回家过夜。扑克爽快答应下来，为解决了当晚的食宿问题欣喜不已。

扑克穿行于伊斯坦布尔的室内大巴扎② 中，不由联想起旧德里错综复杂的巷道。通道两侧挤挤挨挨排布着数千个摊位，上面堆满了香料、皮革、黄金和海泡石烟斗。自古以来，集市的本质就一直没变过，一半是为了贸易，一半是为了展示。小贩们争相向他兜售货品，使出浑身解数招揽生意，这种热闹拥挤的氛围让他有种置身家

---

① 独立大街（İstiklal Avenue）：位于伊斯坦布尔历史悠久的贝伊奥卢区，是一条著名的步行街，全长约三公里。

② 大巴扎（Grand Bazaar）：世界上规模最大、历史最古老的集市之一；最初由苏丹穆罕默德二世下令，修建于1455年至1461年间，以首饰、陶瓷、香料和地毯而闻名；现拥有59条室内街道和4000多间店铺。

乡的错觉。

在喀布尔停留期间,扑克为洛塔购买了一双皮鞋和一只皮包。在伊斯坦布尔,他一眼相中了一条用皮绳穿的绿松石项链。之后,他步行前往著名的布丁之家——可别被店名迷惑住,这不是甜品店,而是一家富有土耳其特色的咖啡馆,更重要的是,这里已经成为欧洲嬉皮士的聚集地,一个连接东西方旅游者的驿站。扑克坐在一个僻静的角落,仔仔细细将洛塔和林妮娅的信件又读了一遍,然后长久地凝视着那张火车票。

扑克有时会产生一种恍惚的错觉:自己将永远这么骑行下去。骑行,搭便车,乘坐公交车,然后再次跨上自行车,如此循环,永无止境。骑行对他来说甚至一度成了一种濒死的体验:正午的阳光炙热得近乎毒辣,无情地灼烧着他的皮肤;脚上的水泡磨破了皮,引起阵阵钻心的痛;僵直的背部已经由酸痛变得麻木,胃部因为饥饿而不时抽搐;脑袋昏昏沉沉,嗡嗡作响,仿佛一团被搅成稀烂的糖浆。在这种情形下,火车票无异于一份上天馈赠的礼物。一定是天使委托了林妮娅,将礼物以留局待取的形式转交到扑克手中。

扑克简直不敢相信这是真的:他即将搭乘火车前往维也纳,以这种方式进入欧洲大陆。

他在心里打起了鼓点:什么时候,我才能真正了解欧洲呢?

扑克四下张望。这里的一切和德里的印度咖啡屋是那么相似:除了高谈阔论的背包客和嬉皮士,还有张贴在墙上留言板里寻找同行伙伴的各种纸条:

> 前往印度的巴士,本周五出发,还有最后一个空位。
> 往返伦敦—加德满都的神奇大巴,剩余五张车票。
> 丢失宾得相机一部,捡获者请速与我联系。

他的自行车怎么办？难不成还要带上火车？扑克将火车票塞进贴身口袋，决定就地处理掉，在维也纳再买辆新的。他在通讯簿的空白页上写道：二手男士自行车一辆，坚固耐用，购自德黑兰。仅售二十美元。他撕下纸条，用图钉固定在留言板的正中。

/ 伊斯坦布尔—维也纳

　　扑克在维也纳西站下了车。欧洲就是这个样子？敦实的房屋，干净的街道，穿戴整齐的行人。井井有条的静谧中隐约浮动着一股凝重的气氛。但这的的确确是一个漂亮的城市，一个梦想中的世界。扑克感觉自己仿佛踏上了童话王国。维也纳有一种近乎虚幻的美。
　　来接站的是林妮娅的姐姐西尔维娅。林妮娅自己已经离开维也纳。西尔维娅告诉扑克，妹妹一直盼望着他的到来，写了好多封深情款款的信，最终在遥遥无期的等待中心灰意冷。或许扑克改变了心意，放弃了前往欧洲的旅程？纠结和挣扎中，林妮娅重返东方的渴望占据了上风，就在两天前，她动身再次前往印度。
　　西尔维娅带他来到位于维也纳市中心的十号画廊，这是她家的房产。西尔维娅的妈妈礼貌地打了个招呼，随即皱起眉头，将他带进展厅后的浴室内。浴室正中摆放着一只老式浴缸，浴缸的四只脚撑特意做成狮爪的造型。西尔维娅的妈妈放了满满一缸热水，要求扑克立刻脱掉衣服跳进去。面对这名态度坚定的老妇人，扑克紧张而羞愧地将衣服一件一件脱下来。在迈进浴缸的一刹那，他才意识到自己身上的味道是多么难闻，胡须和头发是多么肮脏不堪。
　　扑克将全身浸在水中，眼前的欧洲散发出肥皂的香味。远离了亚洲的拥挤，肮脏和万花筒般的日常，扑克开始感到越发迷惘。不安的情绪又一次在他心中蔓延开来，扑克深切体会到背井离乡的滋味。

在维也纳期间，扑克借宿在西尔维娅及其男朋友家里，同住的还有一名艺术家和他坐轮椅的妻子。

西尔维娅讲起关于欧洲的一切，向扑克展示自己文化中最真实的一面，希望他能够有所戒备，对陌生人收起以往的轻信态度。

"和在亚洲不一样，这里的人不会那么善意。欧洲人更强调个体，只和自己亲近。"西尔维娅一脸严肃地告诫扑克，补充说，热心肠在欧洲往往遭到冷遇。

"要知道，欧洲人都是种族主义者，没有你以为的那么友好。有些人甚至专门对有色人种动粗。"西尔维娅不无担忧地说，同时耐心而详细地指导扑克打招呼的方式，谈话的礼仪和交往中的注意事项。

对于她的建议，扑克心怀感激。

望着西尔维娅凝重的表情，扑克心想：她的的确确很关心我。

一周不到的时间内，扑克已经学习到许多欧洲当地的风俗文化。

借住在西尔维娅家的那名艺术家从早到晚都在抽烟。他人不错，但总是醉醺醺的，情绪喜怒无常。他时而陷入忧郁和悲伤，时而开怀大笑，时而变得多愁善感，突然跑过来给扑克一个大大的拥抱。一天半夜他突然爬起来，摇醒扑克，敦促他亲吻和拥抱自己的妻子。

"别客气，想怎么来就怎么来。"艺术家满不在乎地说。

扑克一动不动。他不敢，也不想。他根本不认识艺术家的妻子，只是礼貌性地打过招呼而已。再说，他干吗要亲吻一个陌生女人？于是他冲着艺术家的妻子双手合十，深深鞠了一躬，转身走进落着雨的微凉春夜中。

扑克走在空荡荡的大街上，听着雨点落在多瑙河面的淅沥声响，呼吸着街心公园内弥漫的清新空气，回忆起德里的闷热、拥挤和污秽，不知道自己要多久才能习惯欧洲的生活。

在维也纳停留期间，扑克试图联络嬉皮之路上结识的那些旅行者。他的通讯簿内记满了地址。他们曾和他一起喝茶聊天，出钱购买他的画作，并且热情地邀请他来欧洲家里做客。

扑克打定主意，要在维也纳购置一辆可以调节挡位的高档自行车，完成自己的最后一段旅程。

"你是骑不到瑞典的。"西尔维娅劝阻他。

"我可以的。"扑克很坚持。

西尔维娅和他步行前往普拉特公园①，在满是栗子树的林荫大道下散步，然后乘坐摩天轮俯瞰整座城市。他们一起搭地铁来到城内最有历史的咖啡馆，各点了一杯醇香的花式咖啡。品尝完毕，他们又坐着有轨电车探寻别致的地窖餐厅，在烟雾缭绕中体验浓郁的艺术氛围。扑克有些迷惑：他所认识的朋友都热情友好，可为什么他们总提醒自己提防其他欧洲人呢？他仿佛从兴奋和期待中跌进冰窖，被愤怒和敌视的情绪包围其中。他逐渐明白，在欧洲，一切讲究规则而非人情，因此和其他地方相比，欧洲的人际关系要明显淡漠疏离许多。扑克一遍又一遍回忆着朋友们的叮嘱，迫使自己适应欧洲的思维方式。

"扑克，你是个好人，你对每个人都很好，但这在欧洲行不通。"朋友们语重心长地对他说，"这里的仁慈和善良正在一点一点消失。主导人们行为的是恐惧，而不是爱。"

爱？如果每个人都只是循规蹈矩，他们还会相信爱吗？从小生活在如此刻板的环境中，洛塔真的会爱他吗？

在意识到欧洲严酷的同时，扑克不免担心这样的想法会对生活造成怎样的影响。他开始反省和质疑一直以来的自信。他仿佛被卷入众多情绪汇成的洪流之中，而这洪流正在逐渐放缓脚步，萎缩成一条窄仄凝滞的小溪。他被搁浅在水底，动弹不得，只能将头探出

---

① 普拉特公园（Prater）：位于维也纳第二区利奥波德城的一座公园；曾为皇家猎场，19世纪改为公园。

水面，大口呼吸氧气维持思考。

或许等他抵达瑞典后，洛塔已经不要他了。

当晚，他睡在西尔维娅家的客房内，枕着绵软的床垫，盖着厚实的棉被，再次陷入烦恼和犹豫。但这犹豫渐渐生出一股反抗的力量，他在黑暗中回忆起妈妈，妈妈仿佛就坐在床边，温言细语地哄他入睡。他知道，妈妈就是这力量的源泉，她仿佛一束渺小却炽热的火焰，照亮着他暗淡的童年时光，而这火焰还将继续伴着他前行。扑克这样想着，安心地沉沉睡去。

这天，扑克刚准备出门选购新车，却意外地撞见了画廊主管。主管介绍自己叫曼弗里德·谢尔，并且表示很钦佩扑克的骑行之举。

"为了追寻自己所爱的人，甘愿做出如此牺牲，真是太美好，太令人感动了。如果大家都愿意为爱付出该有多好。"谢尔先生意味深长地说。

"那样，我们生活的世界一定更美好。"谢尔先生冲着扑克微微一笑，表示自己有一份礼物要送给他。

扑克跟着他走进办公室，接过对方递来的狭长信封。扑克拆开信封，里面是一张——不，是两张车票。两张欧洲的火车票。

"这太贵重了。"扑克掏出现金，想要还给谢尔先生。

谢尔先生婉言拒绝，在一番推脱下才勉强收下了扑克的两幅画作。

其中一张车票上印着：维也纳西站—哥本哈根中心车站。

另一张印着：哥本哈根中心车站—哥德堡中心车站。

/ 维也纳—帕绍[1]

扑克整个人陷在绒面质地的扶手座椅中。座椅的填充材料太过柔软,以至于他完全感觉不到骨骼的存在,产生出一种变身软体动物的错觉。童年时期,扑克睡的一直是铺在地板上的草席。搬进新德里的出租屋后,他的床垫也只有薄薄一层编织藤条。印度火车的二等车厢内只设有木质长凳或者塑料床架,他的自行车上只有一只很小的马鞍形皮垫,而西亚的公交车上全是硬硬的塑封座椅。扑克已经习惯了来自肩胛骨,尾骨和骨盆的酸痛感,那标志着他的重新上路以及旅程的继续。因此,当陷入如此柔软的扶手座椅时,扑克有一种不真实的幻觉。

为什么欧洲人都喜欢厚厚的枕头、床垫和沙发?是为了抵御寒冷的气候,还是害怕生硬和刻板会硌伤自己?

维也纳、梅尔克[2]、林茨[3]、韦尔斯[4]。欧洲的城市都有着简洁明快的名字。

抵达边境前,火车伴随着嘎吱的刹车声缓缓停了下来。空气中弥漫着各种气味:钢铁的金属味,阴冷的霉味,石棉和羊毛燃烧后的焦煳味。月台上站满了身穿制服的边境警察。

---

[1] 帕绍(Passau):德国巴伐利亚州东部城市,位于德国和奥地利边境。
[2] 梅尔克(Melk):奥地利下奥地利州城镇,位于东北部多瑙河右岸。
[3] 林茨(Linz):奥地利下奥地利州首府,位于东北部多瑙河上游。
[4] 韦尔斯(Wels):奥地利上奥地利州城市,位于西北部。

车厢门哗啦一声开了。

"请出示旅行证件①!"

扑克掏出绿色封皮的印度护照。

来自联邦德国的边境警察翻来覆去地检查这本充满异域风情的护照,他还从没遇见过试图从帕绍入境德国的印度人。

"不可思议②。非常抱歉,先生,请跟我来!"警察做出下车的手势。

扑克只好悻悻走下火车,跟着警察来到月台的另一边。

"他妈的③。"扑克用德语小声嘟囔了一句。这是他在维也纳时,从西尔维娅那里学会的唯一一句脏话。

一切都完了,扑克沮丧地想。他们肯定认为我是非法移民,想要赖在这里不走,抢他们的工作,娶他们的女人,给他们的社会增添负担。可我只是过境而已,我才不稀罕你们联邦德国!

边境警察要求扑克打开磨损严重的行李箱,表情严肃地用鹰一般锐利的目光检视其中每一件物品。扑克猜想,他们大概认定里面藏有违禁品,以此为借口将他关进看守所,一旦法庭下达判决,便可以顺理成章地将他遣返回印度。边境警察在一堆脏兮兮的衣服里翻了半天,只找到一只自行车备用内胎和一捆用亚麻绳扎好的淡蓝色信封的航空信。

"我们这就联系驻联邦德国的印度大使馆,他们会负责为你购买返回印度的机票。"其中一名警察用冷冰冰的口吻向扑克宣布道,同时用拇指和食指捏起行李中一件蓝色衬衫,躲避瘟疫似地拿开老远。

扑克的爷爷常说,如果一个人只肯伸出两只手指应付手头的工作,说明他完全在敷衍和搪塞。扑克的衬衫已经很久没洗了,自然散发出一股熏人的酸臭味。但作为边境警察,他也不该漫不经心,一脸嫌弃。如果爷爷在场的话,一定会指责他不敬业的态度。

---

①②③ 原文为德语。

另一名警察打开一张皱巴巴的剪报，剪报来自印度的英文报纸《青年时报》，上面报道了关于扑克的事迹。警察饶有兴趣地阅读起来。

"哎，这上面说，他已经结婚了。"

八名警察正团团围住这名来自印度的嬉皮士，他肤色黝黑，一头脏兮兮的拳曲长发，身边的行李箱敞着口，东西散落一地。其中一名警察蹲下身，抽出一封淡蓝色的航空信仔细检查起来。从信的内容判断，写信的女子和眼前这位印度小伙子关系颇为亲密。

"像是那么回事。他的确已经结婚了。"读信的警察表示同意。

"还是和一个瑞典姑娘。"他补充道。

"那姑娘叫洛塔吧。"之前那名警察已经阅读完毕，将剪报重新折叠起来。

扑克向边境警察解释说，自己是从家乡印度新德里一路骑行过来的，他穿过沙漠，攀过山峦，历经七个国家和两大洲，在数百座城镇内风餐露宿，靠着当地人的热情好客支撑到现在。他是在伊斯坦布尔上的火车，只要再经过两个国家，他就可以抵达目的地……

"直接说重点。"一名警察打断他。

"我既不是走私犯，也不是偷渡客。我只是过境联邦德国而已。"

看着警察们怀疑的神情，扑克的心一点一点沉了下去。一名警察不耐烦地说，应该立刻给印度大使馆打电话商量遣返的事。然后安排警车将扑克送往羁押非法移民的看守所，或是直接开往慕尼黑机场，尽快将他送上飞机。警察向扑克简短解释了几句，大意是联邦德国的大门不可能向任何人敞开。然后他转过身，用德语和同事交谈起来。扑克听不懂他们说的话，只是感到窒息般的压抑。他哭起来，抽抽搭搭地挨个恳求过去：

"请不要送我回去！你们不能这么无情！"扑克哭得撕心裂肺。

哭泣似乎宣泄了他胸中积蓄许久的苦闷。扑克曾经的自信荡然无存。他望向窗外依然停留在轨道上的火车，火车即将在蒙蒙细雨中驶向慕尼黑，绿色的车厢在灰色雨雾中显得影影绰绰。扑克越发感到一阵阵凉意。

他悲哀地想，欧洲人宁愿一丝不苟地遵循规则，也不愿意倾听自己的心声，率性而为。

希望就此破灭，他的冒险之旅被迫宣告结束。扑克即将被遣返回印度，他的未来变得支离破碎的。他所有的梦想，所有的期待，所有的努力和奋斗，都将化为泡影。一切只是徒劳，徒劳！

迄今为止，扑克一直深信自己能够达到目标。他也曾有过短暂的动摇和犹豫，但很快就重拾信心。但自从在维也纳受到朋友们的好心"警告"后，他开始不那么确定了。而现在，残酷的事实摆在眼前：在奥地利和联邦德国边境帕绍的边检站内，边境警察正一脸阴郁地打量着他。

就在不久前，扑克被警察叫下火车，接着被带进月台旁的独立小屋。

"稍等片刻！①"一名警察面无表情地来了一句。扑克偷偷瞥了一眼，从那张面具般的脸孔上，完全揣测不出对方的心情和想法。

在这里，拉拢关系或讨好卖乖是没有用的。扑克已经做好最坏的打算：收拾好行李，在候车室内等待下一趟反方向的火车返回维也纳。

几名警察又一次对比了洛塔寄来的信和《青年时报》的剪报。剪报的照片里，扑克将一侧脸颊贴着洛塔的脸颊，紧紧依偎在一起。

"他说的应该是真话。他的确和这个姑娘结婚了。"其中一名警察突然冒出一句。

扑克激动得难以自己，眼泪夺眶而出。他语无伦次地讲述起点点滴滴的经历：占星术士的预言，被肯定的绘画天赋，喷泉艺术家，

---

① 原文为德语。

与洛塔的邂逅，遵循印度传统举办的婚礼，前往欧洲的骑行之旅。刚才还一脸严肃的边境警察态度和蔼了不少，他笑了笑，换了轻松的口吻问道：

"所以你要去瑞典？"

"对，去见我的洛塔。"扑克坚定地说。

"这样啊，倒也的确是这么回事。"他对同事嘀咕了一句，然后望着扑克。

"你的洛塔，她住在瑞典？"他已经第五次这么问了。

"对，她住在布罗斯。"

/ 帕绍—慕尼黑—汉堡—普特加登①—勒兹比②—哥本哈根

离开伊斯坦布尔已经有一个多月，扑克也已经变卖掉第三辆自行车。许多朋友都为他担心，试图劝阻他继续骑行下去，选择更加安全和有效的交通方式。扑克不这么认为：和骑行前往欧洲相比，世界上危险的事多了去了，人们总是太过焦虑、多疑和怯懦。此时，扑克正坐在北行的火车上，驶入北半球冰冷的空气中。他心里犯起了嘀咕：怎么会有人生活在如此不适宜居住的地方？

可是犹豫和闪躲有什么必要呢？边境警察同意放行，他并未被遣返回印度。现在，他手里握着通往哥德堡的火车票，应该不会再出岔子了吧？

扑克在脑海中反复回想关于自己的一切：自己的出身，自己的成长背景，以及随之而来的各种感受和体验。当僧侣们向他投掷石子时，当老师拒绝他进入教室时，他感到的惊讶和愤怒；在琢磨各种报复手段时，他有着幸灾乐祸的痛快，也有被逼无奈的沮丧；身为贱民，意味着低人一等，这样的认识一度令他心灰意冷。

然而，若不是曾经的心灰意冷，他今天就不会坐在这趟北行的列车上。失落和沮丧是他奋斗的动力，卑贱的身份成为他幸福的来源。那些逆境和磨炼成就了他艺术家的生涯。遭到排挤和歧视的感

---

① 普特加登（Puttgarden）：德国费马恩岛村镇，设有通往丹麦的渡轮港口。
② 勒兹比（Rødby）：丹麦西兰大区洛兰岛村镇，设有通往德国的渡轮港口。

觉仿佛一个巨大的涡轮，推动他不断加速前进，最终彻底摆脱束缚和压抑，奔向理想中的世界。

从孩提时代起，扑克的脑子里就充满了各种各样的问题。当婆罗门一边对牛摆出毕恭毕敬的虔诚姿态，一边对他冷嘲热讽时，扑克不由疑惑，自己的身体里流淌着和这些婆罗门一样的鲜血，为何在他们眼里，自己的价值反而不如一头牛？当被禁止进入教室时，扑克陷入沉思：如果自己和同学们产生肢体接触，除了令他们心生愤怒和厌恶外，还会发生些什么？日月无光，天地逆转，神的效力全部失灵？在扑克最为低落的时候，爷爷常常耐心安慰他。

"有时，乌云会遮挡住太阳。"爷爷用和蔼却威严的口吻告诉他，"但总有一天，它们会被风吹散。"

爷爷也会说些其他的警句，但扑克并不能参透所有。有些还好理解，比如"我们因爱而生，向爱而去——这是人生的真谛"，但有些则颇为费解，爷爷曾说过"如果我们不了解自己，就无法理解爱的真义"，这一句扑克琢磨了很久都没有理解。

如今，他坐在火车车厢内，回忆起爷爷的至理名言，突然领悟到其中的含义：只有客观地认识自我，才懂得如何去爱别人。

遇见洛塔后，那些遮挡住阳光的乌云消散殆尽。扑克有时会思考，他们邂逅的一刹那，有什么正在悄悄改变？爱的真义又是什么？是宽恕。扑克在心中给出了答案。洛塔给了我宽恕的力量。这就是改变。

哥本哈根中心车站的月台上，一个女孩和一个男孩紧紧相拥在一起。女孩将行李箱搁在身边，即将踏上远行的火车，男孩只能目送她离开。分别前，他们忘情地久久深吻，扑克目瞪口呆地望着这一幕：天哪！他们的舌头交缠在一起，光天化日之下，居然没有人出面阻止！要是在印度，大家早就冲上来拉开他们，给这对小情侣好一顿教训。

扑克充满期待地想：这就是欧洲，我未来生活的地方！

开往哥德堡的火车吭哧吭哧地驶过赫尔辛堡①的渡轮港口，慢慢停了下来。坐在扑克斜对面的挪威女人一直打量着他，突然冒出来一句：

"你应该买了回程票吧？"

"没有，"扑克老老实实地回答，"我为什么要买回程票？"

"不然他们不会允许你入境的。"

瑞典的边境警察已经检查到这节车厢，扑克听见他们要求查验护照的声音。挪威女人迅速打开钱包，掏出一沓钞票塞进扑克的衬衫口袋。

"记住了，一共三千瑞典克朗。"

话音刚落，边境警察正好走了过来。扑克出示了自己的印度护照，几名警察一时没反应过来。

"印度公民？"

"对。"

其中一名警察用含混不清的声音问道：

"你要去瑞典？"

"有什么问题吗，先生？"

"你去瑞典的目的是？"警察继续问道。

"我和一个瑞典女孩结婚了。"

警察们一脸疑惑，面面相觑，似乎谁都不愿意处理这件棘手的事情。最后，其中一名询问他，是否可以出示证明结婚的文件，扑克的心顿时凉了半截。他们的婚礼是由爸爸主持的，别说政府颁发的正式文件了，就连一个像样的签名或盖章都没有。

---

① 赫尔辛堡（Helsingborg）：瑞典南部斯科讷省城市，瑞典距离丹麦的最近点，与丹麦城市赫尔辛格隔海相望。

他身处目的国的边境，却无法向前迈近一步。洛塔已经近在咫尺，却又那么遥不可及。

　　挪威女人打了个手势，悄悄指了指他的衬衫口袋。扑克立刻会意过来，他掏出挪威女人刚刚塞进去的一沓钞票，递到警察面前。

　　几名警察明显愣了一下，随即换上轻松的表情。他们冲扑克摆了摆手，说说笑笑地退出车厢。扑克将瑞典克朗还给挪威女人。自从进入欧洲之后，他的开销就一直很可观，积蓄已经所剩无几，完全不足以说服边境警察顺利放行。

　　"你是个天使。"扑克对挪威女人表示由衷的感激。他想，正是因为这个世界充满了善良的天使，他才能完成如此漫长的旅途。

　　还是孩子的时候，扑克就已经知道利用创造性思维战胜困难。妈妈常常用乌鸦喝水的故事鼓励他。一只乌鸦口渴了，无奈陶罐内只剩半罐水，根本够不到。乌鸦衔来一粒石子扔进陶罐，接着衔来第二粒。就这么一粒接一粒地越堆越多，陶罐里的水渐渐漫了上来，乌鸦终于能喝到水了。

　　"想想乌鸦是怎么喝到水的。"妈妈总是这么说。

　　然而有些困难是不可战胜的。如果单纯凭借他自己的能力和天赋，而没有这么多好心人帮忙，扑克可能仍然蜷缩在新德里的明托桥下过夜，每天都在忍饥挨饿中度过，靠着别人施舍的热汤温暖冻僵的双手。

/ 赫尔辛堡—哥德堡—布罗斯

扑克不由打了个冷战,他不知道这是充满憧憬的激动,还是忐忑不安的慌张。我为什么会在这里?周围的乘客金发碧眼,身材高大,衣着光鲜,而他只是个黑黑瘦瘦的印度人,一米六七的身高,胡子拉碴,头发凌乱。深夜来临之际,车窗外的地平线上却浮现出一抹红色的亮光。扑克深感讶异,简直不敢相信自己的眼睛。

他在恍惚中沉沉睡去。醒来的时候火车正在减速,灿烂的阳光照亮了整节车厢。他将汗湿的脑袋探出车窗,远处的田野中开满了一朵朵白色的小花——后来他才知道那是秋牡丹。一只炭黑色的黄嘴小鸟发出一阵空灵通透的鸣叫,让他联想起拉塔·曼吉茜卡在配唱印度电影时的动人嗓音。

火车已经停靠在哥德堡中心车站。

扑克做了个深呼吸,鼻腔内充满了清新微凉的空气。他小心翼翼地迈上沥青铺砌的月台,惊讶于眼前的一切不同于以往的任何一座城市。这里完全没有亚洲城市内人头攒动的拥挤景象,没有卖茶的流动商贩,没有露宿街头的流浪汉,也没有衣衫褴褛的乞丐。不同于伊斯坦布尔或维也纳,市中心看不见高耸入云的烟囱,看不见教堂尖塔或清真寺圆顶,看不见摇摇欲坠的危房,也闻不到汽油或煤炭燃烧的气味。

这里太安静,太干净,也太空旷了。在印度的时候,扑克会疑惑大街上这么多人究竟是从哪儿冒出来的。而现在,扑克却在想,这里的人们都跑到哪里去了？他恨不得大声疾呼：喂！你们藏在哪儿？

扑克来到火车站前的广场上，想要在附近找家实惠的青年旅馆。在问路的过程中，他恰好碰上了一名在路上认识的背包客。背包客就住在哥德堡，对城里的大街小巷了如指掌。扑克又惊又喜：嬉皮之路结下的友谊至今仍然发挥着余热。

他找到背包客推荐的救世军青年旅馆，在公共卫生间痛痛快快洗了个淋浴，然后站在镜子前刮起胡子。他身边的白人男子同样一副脏兮兮的打扮，双眼熬得通红，皮肤上满是雀斑。他突然张开嘴，取下两排牙齿，接着掀起头发，露出光溜溜的脑袋。一个黑魔法师！扑克害怕极了，失声尖叫出来。

黑魔法师转过身，用磕磕巴巴的英语询问扑克为何尖叫。

扑克不敢吭声，将洗漱用品一股脑塞进背包，头也不回地冲出卫生间，气喘吁吁地向前台讲述自己的遭遇。

"你们一定要当心，他是个极其危险的人物。"扑克郑重其事地警告前台的工作人员，"相信我，我是从印度来的，我知道黑魔法会带来怎样的厄运。"

听完扑克的话，工作人员只是疑惑地耸耸肩，反问道："你究竟喝了多少酒？！"

扑克找到一间投币电话亭，按下洛塔家的号码。

"你在哥德堡？！我简直不敢相信这是真的！"电话那头的洛塔有掩饰不住的惊喜。

扑克顾不上高兴，他还因为刚才的遭遇惊魂未定。他告诉洛塔自己遇见了一个黑魔法师，可谁都不相信他的话。洛塔似乎也不以为然，她哈哈大笑起来，打趣说扑克居然没见过假发和假牙。

然后她认真地说，她很快就过来接扑克回家。很快。

扑克站在救世军青年旅馆的前台，望着洛塔走了进来。她身穿一件搭配黄色纽扣的深蓝色外套，显得神采奕奕。他们谁都没有开口说话。距离新德里火车站一别，已经过去十六个月。

就在洛塔进门之前，扑克已经濒临崩溃。这几天以来，他感到前所未有的疲惫和劳顿。然而现在，兴奋感取代了倦意，他的浑身洋溢着幸福和喜悦。

扑克试图放松心情，向她倾诉自己的感受，然而一个字都说不出来。他久久凝视着洛塔，泪水顺着脸颊流淌下来。

洛塔知道，扑克总是被强烈的情绪所左右。

洛塔提议步行前往花园协会公园。

"那里有家咖啡馆，我们可以坐在花丛中喝咖啡。"她说。

阳光暖洋洋地照在身上，微凉的风中满是春天的气息。天空万里无云，蔚蓝一片。运河旁的草地上洋洋洒洒开满了白色的秋牡丹。

秋牡丹今年开得可真好！洛塔暗暗感慨，她还从没见过如此怒放的秋牡丹。她和扑克手拉手走在运河旁的林荫路上，尽情欣赏着碗口大的花朵。

扑克的心思完全不在秋牡丹上，他满脑子都在琢磨，运河里的水为何不是浑浊的漆黑一片？

洛塔驾驶着自己的黄色汽车，和扑克共同完成漫长旅途的最后一程。虽然一个都读不出来，扑克还是努力记住沿途的陌生地名。

兰德维特①、博勒比格德②、桑达里德③、雪马肯④。

扑克回想起自己曾经的恐惧。他害怕无法完成旅行,害怕洛塔改变心意,害怕洛塔的家人不接受自己,更害怕自己无法融入当地社会。

但现在,他们正在驶向布罗斯。

他即将接近终点。一切在冥冥中早已注定,这就是命运,他的命运。

一九七七年五月二十八日,扑克感觉自己终于投入家的怀抱。

---

① 兰德维特(Landvetter):瑞典西约塔兰省海吕达城镇,位于哥德堡以东20公里。
② 博勒比格德(Bollebygd):瑞典西约塔兰省城市。
③ 桑达里德(Sandared):瑞典西约塔兰省城镇,位于布罗斯市郊。
④ 雪马肯(Sjömarken):瑞典西约塔兰省布罗斯城镇。

/　　重返印度　　/

布罗斯的乌尔文路上坐落着一幢粉红色外墙的公寓楼，其中一套三室一厅的公寓就是洛塔的家。洛塔的爸爸妈妈就住在楼上一层。这是扑克在瑞典度过的第一个夏天。他穿了暖和的针织套头衫和羊毛外套，坐在客厅的木椅上，半敞着窗户，聆听鸟儿的鸣叫和白桦树的窸窣声。除了街道上偶尔经过的车辆，只有阵阵微风在树梢间穿梭。扑克所习惯的城市里，人们必须竖起耳朵，才能在嘈杂和纷乱中辨别出细微的动静。而布罗斯显然不同。

扑克喜欢安静，他能够从中获得内心的安宁。但有时过于安静的氛围不免让人感觉别扭。比如在公交车上，所有人都望向窗外。扑克试图和身边的乘客交谈，对方只是予以礼貌而真诚的回应，从不表现出兴奋或热情。瑞典人从不会主动引起话题，哪怕是肩并肩坐着，他们也会摆出互不干扰的姿态。冷冰冰的，扑克心想，就像被冰箱冻住了一样。

有些时候，他感觉自己进入了另一个世界，一个梦想中的世界。这超脱于苦难和折磨外的幸福生活，仿佛是对他长期以来艰辛生活的一种补偿。单就气候来说，瑞典实在冷得让人难受，好在扑克也在学着慢慢适应。

扑克从半敞的窗户望出去，两个男人刚刚跑过楼下，正朝着森林的方向奔去。他们行色匆匆，扑克直觉大事不妙，想都没想就冲出了房间。他很快追上了他们，跟随他们迅速逼近森林边缘。扑克猜想，森林里肯定失了火，他们是赶去扑救的消防人员。他知道森林里有一小片湖泊，只要用铁皮桶盛满水，接力一样的传递出去，就能迅速控制火势。

　　然而森林里一丝烟也没有，也不见任何起火的迹象。两个男人一脸平静，在林间空地上停下脚步，有说有笑地聊起天来。他们都是一身蓝色运动服打扮，将双手撑在树干上，身体用力下压前倾，仿佛在和谁较劲似的。

　　扑克惊讶地瞪着他们。

　　"你们在干吗？"他用英语问。

　　"在拉伸啊。"对方回答。

　　"为什么要拉伸？"

　　"我们是定向越野选手。"

　　扑克对定向越野选手这个名词完全没有概念。对方于是解释道：

　　"定向越野选手就是专门从事定向越野训练的。"

有这样一个男人,他从未经历过翻山越岭的万里骑行;出生时,从未有占星术士预言他会迎娶一位为音乐而生的金牛座女子;他从未忍饥挨饿,露宿街头,陷入深不见底的绝望之中,甚至想要了结自己的生命;他也从未给总统和总理画过像。然而,他是典型的瑞典人,金发碧眼,肤色白皙;他面容和蔼,举止优雅;他会拉小提琴,会说一口流利的瑞典语,深谙文化背景,了解人情世故;最重要的是,他和洛塔曾经在合唱团排练合作过多年,可谓是青梅竹马。

他叫本特,这个名字可比帕拉迪纳·库马尔朗朗上口多了。

这天晚上,本特来到洛塔位于乌尔文路的家里。他絮絮叨叨地说个不停,不断用探究的目光打量着扑克和洛塔。本特语速又快,口气又冲,眼神内充满了肆无忌惮的攻击性。扑克不由对他的精神状态产生怀疑。

时间一分一秒地过去,已经是深夜,本特却丝毫没有要离开的意思。

凌晨三点,趁着本特去洗手间的机会,扑克不解地问洛塔:"他怎么这么晚还不走?"

最后,扑克终于忍受不了本特没完没了的瑞典语独白,他站起身,借口出门散步,暗示对方应该赶紧回家休息。

然而当他转了一圈回家后,本特竟然还没离开。他的眼眶红红的,脸颊上满是泪水,低着头沉默不语。突然,本特霍地一声站起来,头也不回地冲出门外,迅速消失在楼梯口。没过多久,扑克听见公寓楼门口传来咔嗒的关门声。四周安静下来。

"他为什么要哭？"扑克问。

"我们已经认识很多年了，一直都只是朋友而已。可现在我才知道，他爱我，他接受不了你和我在一起。"洛塔解释说，本特承认扑克是个好人，只是不愿意他和洛塔成为恋人。

当夜，扑克躺在洛塔身边，望着街灯投射在天花板上的阴影，怎么都睡不着。他反反复复地想：洛塔和本特值得拥有彼此，而我也会找到真正属于我的女孩。

次日一早，扑克告诉洛塔，自己要去城里的自行车行。

"怎么了？"洛塔问。

"我要买辆自行车。"

洛塔一脸疑惑地看着他。

"一辆经久耐用的自行车，我可以一路骑回印度。"

洛塔伤心地哭起来：扑克要走了。

扑克一整天都在想着本特的事。当意识到本特才是适合洛塔的结婚对象时，扑克的心中刀割一般的痛。他强打起精神，在自行车行内选中了满意的一款，商量好第二天再来付款。他告诉那些在布罗斯新认识的朋友，自己即将骑车返回印度。大家起初都哈哈大笑，当看到扑克严肃而坚定的表情后，他们才知道扑克不是在开玩笑。

"如果没有爱情，我还有什么必要留在这里？"扑克说。

启程的时间一天天迫近。扑克对这一次的骑行充满信心：瑞典的路况相当不错，他可以尽可能多地赶路，节省时间。回到新德里后，他就联系邮局里的旧同事，看看他们还需不需要邮票插画师。如若不行，他就搭车去往喜马拉雅，找个风景优美的佛教寺院剃发出家。

扑克渴望拥有一个家。所谓的家，并不是一幢具体存在的房子，而是一种安全感，一个让他渴望回归的地方。

本特上演过三角恋闹剧的第二天晚上，扑克和洛塔坐在客厅的沙发里，沉默许久后，扑克才开口说道：

"我已经决定了，我要骑车回印度。"

洛塔一下子就哭了。

"你怎么了？"

"我不要你买新自行车，我不想你走。"

洛塔依偎过来，紧紧拥抱住扑克。扑克任由她抱着：这大概就是离别的拥抱吧。

"我现在就走？"他问洛塔。

"不，我不要你走。我不在乎本特怎么想。我根本不知道他爱我。我只想和你在一起，就像这样，永远在一起。"洛塔抽抽搭搭地抹着眼泪。

在扑克看来，瑞典是一个神奇的国度。人们总是为理所当然的事情相互道谢，并且总喜欢说一些毫无意义的话，比如"今天天气不错"之类。奇怪，只需要仰起脖子抬头看看，就知道天气不错嘛！

扑克一本正经地告诉洛塔，如果她瑞典的朋友和亲戚去奥里萨邦玩，在大街上碰见自己的哥哥，当头就是一句"普拉瓦特先生，今天天气真好啊！"他哥哥肯定以为自己撞见了傻瓜，叹口气摇摇头，接着往前走，根本不会搭话。

扑克心想，总有一天，我会适应这里的聊天方式。

第一次和洛塔妈妈见面之前，扑克自认为已经掌握了礼仪和技巧。他早就把洛塔教他的几句问候语背得滚瓜烂熟。

先问候她的身体情况，然后聊一聊天气。您身体还好吧？今天天气不错嘛！扑克翻来覆去重复着这两句话，这时，门铃响了。

鉴于外面冷飕飕的，扑克决定临时更改内容。

"您身体还好吧？挺冷的吧？今天可真冷！"

当岳母真正出现在眼前时，扑克却顿时慌了神。

"您身体还好吧？"这倒还好，但紧接着，他画蛇添足地来了一句：

"这天冷的，真叫人毛手毛脚！您也是吧？"

扑克学过"冻手冻脚"这个词，可惜只用对了一半。岳母的听力本来就差，听了这话半天没吭声。扑克还以为她天生多愁善感呢。

到了晚上，洛塔生气地质问他：

"妈妈打电话说，你吹嘘自己毛手毛脚，还说她也毛手毛脚的？妈妈很不高兴。"

"误会，纯粹是误会。"扑克赶紧辩解。

和洛塔爸爸的见面也没好到哪儿去。见到岳父彬彬有礼地向自己伸出手来，扑克扑通一声跪在地板上，恭敬地抚摸对方的双脚。在印度拜见长辈时，这几乎是一种下意识的行为。然而瑞典显然不兴这套。后来扑克才知道，洛塔爸爸当时心里一直犯嘀咕：这印度小子怎么突然不见了？

在对待牲畜的问题上，扑克也闹了不少笑话。洛塔父母在布罗斯郊外有一幢度假木屋，度假期间，扑克在附近的牧场上发现了几头奶牛。扑克心想，牧场主人肯定忘记打开栅栏了，奶牛需要足够的空间才对。于是他好心地打开栅栏，几头奶牛立刻撒欢地冲上旁边的道路。

路上行驶的汽车被迫停了下来，司机怒气冲冲地按响喇叭。扑克冲对方高兴地挥挥手，在印度，司机都靠按喇叭驱赶牛群。

人和动物都需要自由嘛。

但是牧场主人不这么想。

"谁把奶牛放走了？谁干的？"他气急败坏地嚷嚷。

"是我，我干的！"扑克骄傲地回答。

扑克参加了一个为期四个月的移民瑞典语培训课程，尽一切努力融入当地社会。他习惯了赤脚走来走去，哪怕是冬天，他出门前也常常忘记穿鞋。直到光溜溜的脚底踩上门廊外的积雪，刺骨的寒意从脚底板渗进身体，他才意识到自己的失误。

布罗斯一所公立中学的美术老师临时请假，扑克鼓起勇气申请了代课职位。尽管他的瑞典语还很糟糕，但艺术是没有国界的，每个人都能看懂画嘛！扑克这样给自己打气。接到市政府办公室的面试通知后，他认真地梳洗打扮一番，穿好鞋出了门，感觉自己已经颇有瑞典人的架势。

扑克按照约定时间走进办公室。他深深吸了口气，试图遮掩自己的不安。人事主管在他面前晃了一圈，交握双手活动了下指关节，动了动脚趾，什么话都没说。扑克完全不理解肢体语言背后的文化背景，心中更加紧张。十指交叉？晃动脚趾？这都什么意思？

人事主管突然问了一句：

"那你现在从事什么职业？"

扑克学过"工作"和"上班"这两个瑞典语动词，但他不知道"从事"是什么意思，更没听说过"职业"这个单词。

扑克这辈子接触到的第一个瑞典人是电影人扬·林德布劳德[①]。一九六八年，他前往奥里萨邦的提卡尔帕达野生动物保护区拍摄关于野生动物的影片。当时扑克才十几岁，他偷偷溜进片场，用好奇的目光打量着摄影师如何操作巨大的摇臂和滑动轨道。

扬·林德布劳德很喜欢扑克，亲昵地称他为"丛林小子"。扬是一个幽默温和的人，恪守人人平等的理念，从不用有色眼光看待贱民。

拍片间隙，扬会在丛林中吹起口哨，吸引各种各样的鸟儿过来。扬的口哨技巧十分高超，他不仅能吹出悠扬婉转的旋律，还能惟妙惟肖地模仿各种动物的叫声，常常把扑克逗得捧腹大笑。

扑克猛然从沉思中回过神来，意识到自己正坐在布罗斯市政府办公室内。人事主管刚才说到"丛林""树叶"之类的，说不定他想知道我在丛林里能用树叶做些什么，比如吹口哨的技巧如何。对！这样一来就说得通了。瑞典人都擅长吹口哨，作为老师，在课间休息的间隙自然要教孩子吹口哨。这大概是瑞典的传统。

扑克做了个瑜伽式的深呼吸，然后奋力吹出高亢嘹亮口哨声。他

---

① 扬·林德布劳德（Jan Lindblad，1932—1987）：瑞典自然学家、作家、摄影家兼电影制作人，擅长口技和杂耍。

努力模仿扬·林德布劳德吹口哨的样子，证明自己也可以像瑞典人一样拥有高超的口技，并且足以胜任美术老师的职位。

但人事主管的脸色很不好看。他皱了皱眉，抬起手在他面前摆了摆。后来扑克才明白，那是在示意他到此为止。但当时扑克还不懂，这个手势在印度的意思是"好，非常好，继续！"所以他干劲十足，将口哨越吹越响。

扑克一直吹到两腮发酸才停下来。他琢磨着，自己表现得够有诚意了吧？

人事主管一时有些恍惚，他将目光从窗外收回来，直直地注视着扑克，围绕他的教育背景和经历提了一些简短的问题。然后宣布面试结束。扑克收拾好东西走到门边，听见人事主管掷地有声的道别：

"谢谢，再见！"

那声音听起来充满怨气。

面试结束后，扑克一直在琢磨人事主管的表情、动作和反应。对方为什么一脸不耐烦？难道自己的口哨吹得还不够响？还是自己彻底吹错了曲调？

几天后，恩格尔布列茨中学校长亲自打来电话，询问帕拉迪纳·库马尔·马哈纳狄亚先生是否有兴趣接受美术老师的兼职工作，可以的话，明天一早就开始上班。

扑克在瑞典度过的最初一段日子里，许多人都不看好他和洛塔的恋情。他们觉得扑克不可能适应新的环境，漫长的黑夜，严酷的寒潮，日益增长的种族主义倾向以及瑞典人特有的相处方式都会让他退缩。"天哪，一个印度乡下男孩怎么可能在发达的瑞典存活下去？"他们纷纷摇头叹气，"用不了多久，他就会离开洛塔，收拾好行李回到丛林里去。"

然而扑克完全不想回到印度。"我已经从精神上远离了印度的一切。"扑克在日记本里这样写道。这本红黑封皮的日记本是洛塔送给他的礼物，扑克用它记录下在瑞典生活的所有感触和思考。来到瑞典的第一年里，他每晚都坐在乌尔文路公寓的沙发里，将一点一滴的细节付诸笔端：他所掌握的新知识，他所体会到的失望，他所受到的鼓励，他所遭到的质疑。他就这样思考，写作，再思考，再写作，窗外下过一阵阵淅淅沥沥的秋雨，接着飘起一片片晶莹剔透的雪花，乃至最后一点积雪在暖阳下消融殆尽，黑鸟迎着微凉的春风唱出动听的旋律。扑克深深觉得，在东西方文化的剧烈碰撞下，自己越来越懂得思考和反省。

扑克一天天向瑞典人靠拢，身上的印度元素越来越少。与此同时，洛塔却越发沉迷于瑜伽和冥想。而她每天早晨都会诵读的真言和咒语①正是扑克所厌恶的。那些呓语般的宗教音符让他联想起自己

---

① 咒语（Mantra）：能够"创造变化"的音、音节、词、词组、句子或段落，起源于印度吠陀传统，在印度教、佛教、锡克教和耆那教中常用来祈福、消灾、驱魔。

努力摆脱和远离的一切：婆罗门的压迫，被排挤的孤独，自杀未遂的经历。现在的扑克已经学会克制和宽恕，纵然有过再多怨恨和不满，他仍然相信，时间会抚平一切创伤。

只要是无关宗教的印度文化，给他的感觉都是积极而温暖的。来到瑞典以后，扑克手绘了许多以印度为主题的明信片和海报，卖给朋友和同事。他的不少画作在瑞典报纸上刊登出来，其中最让他感到自豪的是，《晚报》①在文化版对他的画家身份和艺术成就进行了专门报道，并且在编辑部的走廊内举办了他的画展，一如几年前他在《喀布尔时报》报社受到的礼遇。文章在《晚报》登出后立刻引起热烈反响，扑克也因此在首都斯德哥尔摩举办了一系列画展。

与成长背景完全割裂开来是件很难的事。周围的朋友总认为扑克应该教授瑜伽，尽管扑克一再声明自己不是专家，但鼓励他开设瑜伽课程的呼声越来越高，大家的期待也越来越热烈。

"我从没接受过系统的瑜伽训练，我会的那几招都是从哥哥那儿学来的。"扑克一再婉拒闻讯而来的居民。

"那也比我们强。"大家不依不饶。

当社区学校宣布，他们即将开设全市首期由土生土长印度教师授课的瑜伽课程后，有限的名额很快被预订一空。报名的清一色都是女性。

扑克将哥哥教他的动作一一展示给大家。他自己觉得这也就是瑜伽的皮毛而已，但学员似乎都很满意。当有人问到瑜伽的深层意义和哲学内涵时，扑克在心里嘀咕：这个问题应该由洛塔回答才对，我自己也说不清楚。他只能将道听途说的道理胡乱拼凑一气，给出一个模棱两可的答案。没想到，这些浅显直白的感受格外受到喜爱和追捧。

"我总是微笑着迎接每一次的瑜伽课。不管怎么说，这是一份能

---

① 《晚报》(Aftonbladet)：瑞典发行量最大的报纸之一，1830年创办于斯德哥尔摩。

挣到钱的工作。"扑克在日记本里这么写道。

偶尔他也会假设,如果自己不曾遇见洛塔,如果自己从未在新德里买过二手自行车,将骑行西方的决定付诸实践,现在的生活会是怎样。如果不曾陷入爱情,感受到宽恕的能量,他会不会还在家乡做着不切实际的白日梦,苦苦挣扎于种姓矛盾和阶级对立之中?自己很可能走上从政道路,成为一名为贱民权益而奋斗的政客。如果留在印度,政治就是他唯一的武器。

他很可能加入英迪拉·甘地所领导的国大党,顺理成章地入选印度议会。然后,说不定像政界的同僚那样开始收受贿赂,贪污腐败下去。扑克很清楚,政治腐败是不可避免的,几乎没有政客能够保持自身的清白。

走上从政的道路或许并不能浇熄他愤怒的火焰。无论在成长经历中,还是在长大成年后,扑克都不止一次地想过复仇。遇见洛塔前,扑克曾在脑海里筹划过极其可怕的复仇计划。而当他流露出愤怒情绪时,爸爸妈妈总是试图让他安抚下来:

"你必须学会原谅。"他们总是这么说。

现在,扑克已经完全摒弃了复仇的念头。在遭受不公平对待时,他总会告诉自己,一个人终究会为自己犯下的恶行付出代价。

扑克渴望成为瑞典人。他才不在乎周遭质疑的目光。朋友和同事越是怀疑他对环境的适应能力,他就越要努力证明自己能够融入其中。他一心一意要从本质上改变自己,完成彻头彻尾的瑞典化。但语言首先成为一个障碍。听别人说话时,扑克往往能懂个大概,但轮到自己说话时,他总是漏洞百出:元音的发音,重音的位置,这些错误反而激发了他的斗志:我一定要纠正过来!只要坚持不懈,我就能说一口标准的瑞典语!

来瑞典后不久,学校里一名十几岁的女生在走廊里碰见他,问他为什么不找个印度女孩结婚。

"印度女孩肯定更适合你。"对方说。

"爱情是不分国界的。"扑克态度坚定地回答,然后走向门外,迎向等候他的洛塔。

没有什么困难是不能克服的。扑克在延雪平①外的穆尔湖人民高等学校②参加了体育专业的师范培训课程,练习滑雪和溜冰的技巧,接着又前往泰纳比③接受登山向导的训练,并且成功登顶凯布讷山④。他在布罗斯当地最大的运动协会埃尔夫斯堡担任体育教练,热心参加教会和红十字会组织的各种活动,试着习惯肉桂卷的口味,也借来洛塔的马练习骑术。随着他逐渐掌握了瑞典人所称道的各种技巧和经验,扑克的身份也成功转变为瑞典社会中和谐的一分子,而不仅仅是印度文化的代言人。

洛塔和扑克仍然住在布罗斯的公寓内,每年夏天,他们会前往位于绍肯⑤湖畔的克罗克雪农场,那里是洛塔爷爷奶奶生前居住的地方。他们在农场里种植花菜和土豆,傍晚时分在森林中漫步。扑克渐渐萌生出一个念头:有朝一日,他们也要将房子安在森林里。

洛塔和扑克的女儿艾美丽出生出一九八五年夏末秋初之际。那是八月十五日,恰逢印度脱离英国统治的第三十八个独立日。

女儿居然出生在印度独立日这一天,多么惊人的巧合!扑克在日记里写道:"今天,我比任何时候都感觉自由。"

扑克在奥里萨邦的爸爸,哥哥及亲戚们将此视为一种征兆。

---

① 延雪平(Jönköping):瑞典南部斯莫兰省城市。
② 人民高等学校(Folkhögskola):北欧教育体系中专为成人教育设置的教育形式,最初于1844年成立于丹麦。
③ 泰纳比(Tärnaby):瑞典北部西博滕省斯图吕曼城镇。
④ 凯布讷山(Kebnekaise):斯堪的纳维亚山脉北部的一座山峰,位于瑞典北部拉普兰省,靠近挪威边境,海拔2104米。
⑤ 绍肯(Såken):布罗斯郊外西北方向的一个湖泊。

"如今，你已经深深扎根于那个新的国度，并且孕育出下一代。"爸爸在信中除了对扑克表示祝贺外，特别提醒他切勿忘记印度的祖先和传统。"我们期待着艾美丽的纳姆卡兰①仪式顺利进行！"爸爸在信末写道。

扑克强忍住内心对宗教的厌恶和排斥。他知道，纳姆卡兰仪式相当于基督教里的洗礼，违背传统会令印度的亲朋好友失望。于是，在艾美丽出生十一天后，扑克和洛塔按照印度教的礼仪，邀请洛塔方面的亲戚见证（扑克远在印度的家人承担不起高额旅费），剃去了艾美丽一绺稀薄的胎发，由扑克替爸爸宣读所有寓意幸福和好运的名字。

"瑞典的亲戚们完全不欣赏这个仪式。他们打量着艾美丽被剃过的脑袋，那眼神就像看待集中营囚犯那样。"扑克在日记里写道。

然而三年后，当艾美丽的弟弟卡尔-悉达多出生时，洛塔的亲戚们已经有所适应，以较为平和的态度出席了纳姆卡兰仪式。

在具备多年担任代课教师的经历后，扑克向教育机构出示了他在新德里艺术学院的毕业证书，以及移民瑞典语培训证明和人民高等学校结业证书。他的学历和工作经验均得到认可，扑克因此获得政府颁发的教师资格，成为恩格尔布列茨中学一名正式员工。

学期开始时，扑克都会将桌椅板凳挪出教室，鼓励学生们坐在地板上听课。扑克不想做出权威人士般高高在上的姿态，他希望在灌输负责、专业、严谨的教学作风之外，表现出自己童真和平等的一面。他会模仿丛林里动物的叫声，也会双手撑地保持倒立，盘起双腿指向空中，示范经典的瑜伽动作。学生们常常被逗得哈哈大笑，顿时没有了对他的畏惧感和疏离感。

当他还是襁褓中的婴儿时，眼镜蛇撑起颈盾为他遮风挡雨；在

---

① 纳姆卡兰（Namakarana）：印度教中为婴儿命名的仪式。

他从新德里骑行前往布罗斯的路上，眼镜蛇的保佑令他逢凶化吉；如今，当他置身于这片新的土地时，眼镜蛇依然默默守护着他。恩格尔布列茨中学的几名初中生特别擅长恶作剧，他们会往校长和老师的汽车上泼洒大量的糖浆导致车辆报废。但扑克的白色沃尔沃总是安然无恙，坊间传说扑克在车后座养了一条眼镜蛇。

"千万别碰印度人的车，谁碰谁被咬一口！"学校里为首的坏小子言之凿凿地向大家发出警告。

有时，扑克站在停车场，远远望着这群学生，会回想起自己的求学生涯。他清楚地记得，小学老师是怎样联合其他同学，对他这样一个贱民出身的孩子进行无情的排挤和压迫。在瑞典，类似这样集体性的欺凌是不存在的，这让扑克多少觉得有些安慰。

然而校园暴力的个体事件偶有发生。每每看见瑞典学生大打出手时，扑克总是难以抑制胸中的愤怒。这天，学校里著名的小霸王当着他的面，冲着素来被欺负的受气包挥起拳头。扑克怒不可遏，咆哮着命令他住手。他口中的瑞典语很快变成英语，继而回到童年时代的母语——奥里亚语。他惊讶于自己的震怒程度，或许这是一个契机，让他将源于阿特马利克邦学校的愤恨和怒火统统宣泄出来。

"跪下！①"扑克朝小霸王呵斥道。

扑克用奥里亚语滔滔不绝地痛诉起来，班里的学生面面相觑，谁都听不懂他说的话。

小霸王的态度强硬是出了名的，他向来公然违抗老师的指令。然而今天，他第一次感到震慑和害怕，双膝一软跪倒在扑克面前。陌生的奥里亚语在他听来仿佛最为严厉的诅咒。他像个囚犯一样久久跪地，耷拉着脑袋一动不动。结束训斥后，扑克命令他站在教室后面听完整节课，好好反省自己的所作所为。

在瑞典的学校里，责令一名学生跪地超过半个小时属于有违校

---

① 原文为英语。

规的体罚形式。但扑克已经无暇顾忌校规，苦难的记忆太过深刻，那些积蓄已久的愤怒终将以爆发出来。事后冷静下来，扑克为自己的冲动感到羞愧和后悔。然而多年以后，昔日的小霸王主动打电话给扑克。他在电话那头酩酊大醉，泣不成声，由衷地感谢扑克当年大发雷霆，对他严加惩罚。不久后，扑克收到对方写来的信，再一次感谢这位印度老师"将魔鬼从他身上驱逐出去"。

那名被欺负的学生告诉扑克，那一次的体罚事件成为他人生的转折点：

"从那以后，学校里再没有谁欺负过我。校园暴力就像一个不可触碰的魔咒，是你打破了它。"

自从在这里看见第一朵秋牡丹，扑克和洛塔已经在克罗克雪农场度过了第三十五个年头。绍肯湖微波荡漾，冷杉树飒飒作响，孩子们的笑声在湖畔回荡。扑克为这片北国森林深深沉醉。

他坐在开满罂粟和雏菊花丛中的白色花园椅上，回顾自己在瑞典的生活，仿佛已经有一辈子那么久。

要不是洛塔，他可能早就消沉下去。

扑克申请了提前退休，以便专心绘画。在担任美术教师的这些年里，他一直没有太多创作的时间。住在布罗斯市中心的时候，他在家里预留的画室就是闲置状态，定居农场后，他特意将画室设在漆成红色的宽敞谷仓内。然而准备教案和撰写评语耗费了他太多精力，直至退休以后，他才有机会重新拾起画笔。

扑克很早就起来了。来到瑞典后不久，他曾经迫于无奈开办过瑜伽培训班。虽说已经不再担任瑜伽教练，但他练习瑜伽的习惯倒是自此延续了下来。在完成每天的晨间瑜伽后，扑克照例会喝上一杯滚热的姜汤，然后享用早餐：马萨拉煎蛋和烤面包片。他望着阳光照射在绍肯湖上，映出波光粼粼的美景，听见房间里响起孩子们起床时的窸窣动静。

两个孩子如今已经长大成人。

艾美丽选择了时尚管理专业，专攻市场营销方向，她的足迹遍布世界各个角落。结束在哥本哈根的实习后，她飞赴伦敦了解市场动向，后又在孟买居住过一年，并且前往奥里萨邦与当地生产绗织围巾的手工业者签署订单。

卡尔-悉达多在青少年时期就投身唱片骑师行业，以悉达小子的艺名在欧洲各国巡回演出。十六岁时，他赢得了瑞典金牌唱片骑师的荣誉。他用奖金缴付学费，考取了直升机驾照。卡尔-悉达多的梦想是成为一名驻扎印度的专业直升机驾驶员，为奥里萨邦境内的政客和商人提供私人业务。

两个孩子都对爸爸的祖国怀有一种特殊的亲密感。

艾美丽和卡尔-悉达多上学前，住在阿特马利克的表妹拉尼吉塔曾来布罗斯探望过扑克一家，那是孩子们初次接触到印度。艾美丽觉得印度的这个表姨实在奇怪，十几岁了还不会用刀叉吃饭。这是她对印度的唯一印象。

次年，扑克和洛塔第一次带孩子前往印度。扑克对此忧心忡忡。扑克在移民瑞典语课上学到，孩子们在骑自行车时需要佩戴头盔，此后他一直将瑞典人的安全观念视作不可撼动的教条。印度的随心所欲必须予以坚决抵制，取而代之的是瑞典的头盔原则。在印度，哪怕不骑车，也必须佩戴经瑞典核准的安全头盔。

扑克觉得，印度太不安全了，什么时候都可能出事。

于是，在整个印度之行当中，无论是在大城市的马路中，还是在村镇的田间小径上，艾美丽几乎成天戴着一顶蓝色的泡沫头盔，甚至和表兄妹们玩耍的时候也不例外。阿特马利克的乡民们可从没见过这种场景。

"喂，小姑娘！"他们一边哈哈大笑，一边用指关节将头盔敲得咚咚作响。五岁的艾美丽气鼓鼓的，小脸涨得通红。

头盔又闷又重，艾美丽怨声载道，试图摘下来时却遭到扑克的坚决阻止：

"在印度，谁知道会发生什么事?！"

夏天到了，扑克坐在花园里，扬起手掌驱赶一只纠缠不休的苍蝇，脑海里充满了对人生的思考。假设面前站着一位对印度一无所知的瑞典人，他会向对方传授哪些经验呢？他大概会这么说：想象一下，贵族和神职人员在社会中占据了最为重要的位置，由于你不属于其中任何一种，因此无论走到哪里都会遭到冷眼。假如你认识某个陌生人，对方刚开始还和你说说笑笑，但一听到你的名字就皱起眉头，掉头就走。这么说吧，就好比瑞典的神职人员有一种与生俱来的优越感，站在教堂门口冲你大吼大叫，让你有多远滚多远。你胆敢上前一步，他们会捡起石头劈头盖脸地朝你砸来，趁你落荒而逃之际砰的一声关上大门，紧紧反锁。尽管从法律上来说，人人生来平等，你和其他人拥有相同的权利，但这种事每天都在发生。

扑克想起自己读过的一本书，这本书在印度报纸和瑞典报纸上都做过介绍。女主人公普兰·黛维是一个出身低种姓家庭的女孩，遭到亲戚利用，备受歧视和压迫。在经历逃婚、绑架、强暴等一系列悲惨境遇后，普兰组织了土匪帮派，号称"女匪王"，对曾经欺压她的人进行血洗报复。投降后，她被依法囚禁，后假释出狱，作为社会党候选人在印度国会中谋得一席之地，成为印度家喻户晓的明星人物。由于传记类电影和书籍的推出，她在世界范围内也颇有名气。最终，她在新德里家门口遭枪杀身亡，枪杀的动机是复仇，凶手正是死于她枪下那些刹帝利的亲属。

扑克想，这就是以牙还牙，以眼还眼的结果。报复不仅是仇恨的延续，更是痛苦的延伸。复仇注定是一个两败俱伤的选择，扑克深吸一口气，鼻腔中充满了青草的气息。

一阵风吹过，白桦树发出沙沙的声响，湖面泛起涟漪，闪烁着点点波光。

整个西约塔兰省一连好多天阴雨连绵，这天意外开了太阳，扑克只身漫步于约翰·鲍尔森林①之中。石头和土丘上长满了柔软潮湿的青苔，仿佛裹上一层绿色的杏仁糖衣，整个大自然随之变成一块硕大的公主蛋糕②。

高耸入云的冷杉在他头顶织起密密的华盖，扑克从一块石头跳向另一块，跨过潺潺的小溪，来到一片开阔的草坪，凝结在草叶上的露珠正在阳光下熠熠闪光。草坪边缘就是绍肯湖。今天的湖面平滑如镜，深处的湖水泛出可口可乐般的深棕色。

在返回农场的石子路上，扑克迎面碰见邻居夫妇，并同他们打了个招呼，笑着说了句："今天天气真不错！"

扑克回想起重返印度家乡时困扰自己的矛盾心情。那已经是二十几年前的事了。当时奥里萨邦一位地位显赫的政治家特意为扑克、洛塔及两个孩子安排了一架直升机。直升机从奥里萨邦的首府起飞，降落在阿特马利克时，全体村民已经翘首以盼多，整个场面像迎接国家领导人一样隆重。扑克，一个出身贱民的印度男孩，能够过上今天的幸福生活，这一点足以让人崇拜和钦佩。婆罗门女孩——她们的爸爸或许曾经哄笑着向扑克扔过石头——虔诚地跪在地上，用手抚摸过扑克的双脚，将新鲜的花环套在扑克的脖子上。尽管受到婆罗门的爱戴和拥护，扑克并不愿意在公开场合挑战他们的权威，否则在他回到瑞典之后，当地的贱民同胞必将受到更多指摘和责难。

扑克的大哥普拉穆德同样拥有成功的事业，在钢铁之城博卡罗担任印度铁路局的区域主管期间，他遵照政府的政策指示雇用了大量贱民出身的员工。一天，他被发现仰面朝天倒在自家别墅的地板

---

① 约翰·鲍尔森林（John Bauer-skogen）：根据瑞典插画家约翰·鲍尔命名的森林。约翰·鲍尔于1882年6月4日出生于瑞典延雪平，1918年11月20日在韦特恩湖的沉船事故中溺水身亡；他擅长以浪漫民族主义的方式创作人文风景和神话画作。
② 公主蛋糕（Prinsesstårta）：瑞典著名甜点，绿色的杏仁糖衣表皮下夹着一层淡奶油，中间由松糕、果酱、香草蛋糕和生奶油层叠组成。

上，已经没有生命迹象。负责清洁的女佣观察到，普拉穆德的脸色异常苍白，嘴角有蓝色泡沫状液体流出。

"这属于正常死亡。"警方做出鉴定，但普拉穆德的家人和朋友都表示怀疑。

他们的结论是，普拉穆德的死应该归咎于他极大地触怒了婆罗门阶级。一名恪守法律的公职人员以实际行动捍卫贱民的尊严和权利，不可避免地侵犯了高等种姓的利益，因此被毒杀身亡。而罪犯依然逍遥法外。

扑克走到河滩边，捡起一块扁平的石头擦着水面扔了出去，石头跳跃了几下，划出几道漂亮的弧线。每当闻到寺庙里焚香的气味，或是听见诵经的咒语和音乐时，扑克依然会感到厌恶和痛苦。但他已经掌握了纾解的诀窍：将负面情绪想象成遮挡在眼前的一片乌云，黑暗和绝望只是暂时的，乌云终将消散，阳光终将普照大地。

扑克深吸一口气，芦苇的清新气息扑面而来。远处传来孩子们的欢笑和喧闹。森林给他以平静的力量。遒劲的树干，厚实的松针，绵软的苔藓，成片的蓝莓，这些都是扑克和洛塔的财富。

转眼到了秋天，阴雨再一次笼罩住整个布罗斯。扑克穿上胶靴，踩过森林里的残枝和落叶，发出清脆的断裂声，蓬勃生长的苔藓吸足了水，显得饱满而鲜嫩。扑克能感觉到，记忆正在一点一点苍白褪去。回顾在印度的生活以及漫长的骑行经历时，他总觉得主人公变成了另一个扑克。现在，他的大部分时间都消磨在家里：坐在谷仓的画室里创作；在森林中漫步；修理草坪，打理园艺；坐在湖畔静静欣赏湖景。

扑克想起不久前在位于斯德哥尔摩的瑞典贵族院[①]做过的演讲。

[①] 贵族院（Riddarhuset）：位于瑞典斯德哥尔摩老城的一幢巴洛克宫殿式建筑，建于1641年至1674年间，原为骑士阶层和贵族所有，为斯德哥尔摩的政治、经济和文化中心。

他记得自己身穿深蓝色的无领西装，搭配一件沙色印度生丝衬衫，精心修剪了髭须，用发胶将头发梳得光滑平整。

他曾经向洛塔的亲戚——冯·谢德温家族的人讲述过自己的经历，也在各种场合发表过演讲：学校，协会，社区委员会，退休俱乐部……然而走进贵族院的一瞬间，他还是感到前所未有的紧张。在辉煌的壁画，琳琅的勋章以及精致的瓷器映衬下，他显得格外渺小和卑微。扑克深吸一口气，昂首走上讲台，对着麦克风开始娓娓道来：自己的出生背景，印度的丛林和大象，眼镜蛇和寺庙——当然还有深植人心的种姓制度。借此契机，扑克深入比较了印度的种姓制度和瑞典的四等级议会。印度的四大种姓对应了僧侣、武士、商人和奴仆，瑞典的四个等级则对应为贵族、僧侣、市民和农民。

接着，他讲到了占星术士的预言，和洛塔的恋情，以及前往瑞典的骑行之旅。命运，爱情和旅程。

"从某种意义上来说，我无法决定自己的命运，而你们，亲爱的听众，你们同样无法决定你们的命运。"他说道，"我并没有成为父亲或老师希望的那样，但我现在的一切恰恰验证了占星术士看似不可能的预言。"

人生来拥有自由的意志，所谓命运的概念只是一个宽泛的框架，占星术士的预言不过勾勒出人生的大致走向，其中的每一步却要靠自己去实践。扑克借用卡拉巴提的话鼓舞大家："出身贱民并非意味着注定挣扎在社会底层，而拥有高等种姓也并非意味着终身享有特权。"

扑克解释说，印度已经出台不少反对歧视的法律，低等种姓的孩子在受教育和找工作方面，能够获得政府分配的特殊配额。但是只有彻底废除整个种姓制度，社会才能真正平等和自由。

"彻底废除种姓制度！这就是我的愿景。"

类似慷慨激昂的演讲还有很多。这天，巴布内什瓦尔的乌特卡文化大学致电扑克，告知说，校方决定授予他荣誉博士的称号。扑克既感动又自豪,当即决定动身前往印度出席授衔仪式。

当我还是个孩子的时候,他们将我踩在脚底的污垢之中,而现在,他们为我洗净身体,将我捧上博士的神坛。如果贱民也能获得博士头衔的殊荣,那么这个社会的人性化和民主化一定有了长足的进步。

扑克又一次穿上那件深蓝色西装。他做了个深呼吸,大步走进会场。舞台上的聚光灯纷纷投射过来,他的额头沁出细密的汗珠。在几百双眼睛的注视下,校长将镶有金边的橙色绶带隆重地斜挂上他的肩膀,然后将鲜花递到他手上。校方对扑克的艺术成就给予了高度肯定和赞扬,同时对扑克本人致以崇高的敬意。

当轮到扑克发言时,他诚恳地说道:

"我的人生并非一帆风顺。在艺术学院就读期间,我每天都在和饥饿作斗争,最为绝望的时候,甚至曾试图结束自己的生命。"

接着他由衷地表示,能够拥有如此丰富的人生经历和体验,他必须感谢家乡奥里萨邦赋予自己的无限灵感。

"不要感谢我,你们应当感谢你们自己。"最后,扑克引用首相奥洛夫·帕尔梅[①]的话结束了自己的致辞。

[①] 奥洛夫·帕尔梅(Olof Palme,1927—1986):于1969年至1976年,1982年至1986年间出任瑞典首相;1986年2月28日于斯德哥尔摩遇刺身亡。

一个霜冻的十二月清晨，在白茫茫的阳光中，我、洛塔、艾美丽和卡尔-悉达多抵达兰德维特机场，乘坐飞机前往阿特马利克。那里一度作为英国王室统治下的印度土邦，也是生我养我的家乡。我们飞过丹麦白雪皑皑的田园，维也纳查理教堂的绿色铜质拱顶。我们飞过伊朗干燥的戈壁，飞过阿富汗光秃的山脊。三十年前，我曾经满怀前往欧洲的憧憬，骑行其中。我们飞过阳光普照的恒河平原，我曾坐着火车从这里疾驰而过，离开阿特马利克的家乡。我们飞过丛林笼罩的大地，茂盛的墨绿色植被充满蓬勃生机，仿佛一颗硕大的花椰菜，一直延伸过孟加拉湾①，直抵科尔克纳的漫长金色沙滩，那里有着石头轮盘雕饰的太阳神庙。最后，飞机降落在奥里萨邦。

　　我们租了辆汽车，开过丹卡那尔和阿努古尔②县内的崎岖道路，转上一条蜿蜒于丛林之中的狭窄小径，在颠簸中抵达我出生的村落。

　　村口已经聚集起前来迎候的民众。八名壮年男子主动走在前面，承担起开路和奏乐的任务，我们只好以龟行的速度驾驶四轮驱动的雪佛兰，小心翼翼地跟在后面，生怕撞到这些民间乐手。和上一次返乡的情形一样，这些民间乐手打着鼓，吹着大号和单簧管，组成一个小型交响乐团，制造出热情嘹亮的旋律。夹道欢迎的村民饶有兴趣地观赏着这难得一见的场景。

---

① 孟加拉湾（Bay of Bengal）：印度洋北部海湾，西临印度半岛，东临中南半岛，北临缅甸和孟加拉国。
② 阿努古尔（Anugul）：印度奥里萨邦县城。

由于爸爸妈妈都已经去世，我童年时代的住所也不复存在，我和洛塔在依山傍水的空地上修建起一幢小房子，作为我们在印度的落脚点。住在这里，我可以安心开展慈善事业：安装水泵，开设学校和活动中心，为贫穷女性提供学习课程。

绝大多数村民都不像我那么走运，我想要帮助他们，哪怕只是贡献绵薄之力也好。可以做的事实在太多，每天早晨，都有大批穷苦的乡亲等候在我家门外，希望得到一些有用的建议。

我们步行前往马哈纳迪河。村里的女性大多在此清洗衣服，奶牛和水牛常常淌进齐膝深的湍急河流中泡澡，远处的沙滩上，偶尔会有鳄鱼一动不动地晒着太阳。我们身后已经聚集起村里的众多男女老少，而寸步不离我左右的是一位政府指派的私人保镖，他头戴一顶黑色贝雷帽，身穿迷彩服，神情严肃而郑重。

随行的还有村里著名的游吟诗人，他是一位婆罗门，不时举起手杖指向天空，嘴里发出喜悦的呼唤"哈里布①"，以示对神灵的敬意。仰天大笑时，他夸张地露出一口因长期咀嚼槟榔而发红的牙齿。

一群崇拜者，一位婆罗门，一个私人保镖。我现在可谓是全副武装。

婆罗门告诉我，自从一九六二年起，他每天都会大喊"哈里布"，然后放声大笑，在神灵的庇护下，他从没生过病。但是卡尔-悉达多厌倦了单调重复的嚷嚷，开始教他用哥德堡口音的瑞典语大喊"你好啊！"现在，那位婆罗门会用两种语言交替着向神灵致敬，村里人虽然听不懂瑞典语的问候，但能明显听出他喜悦而骄傲的口吻。

前往马哈迪纳河的途中，婆罗门邀请洛塔和我去他家里做客。和大部分印度教家庭一样，昏暗的房间正中设立着一个神坛。然而仔细一看，神坛上供奉的神像既不是湿婆，也不是毗湿奴，而

---

① 哈里布（Hari Bol）：由梵文而来，意为"吟咏和赞美神的圣名"。

是……我和洛塔的照片。

我们站在一旁，注视着婆罗门双膝跪地，双手合十，向我和洛塔的照片虔诚地祈祷。

我看了看洛塔，她摇摇头，嘴角扬起无奈的微笑。我们简直不敢相信自己的眼睛。

/　相片集　/

斯瑞德哈——扑克的爸爸

卡拉巴提——扑克的妈妈

扑克站在爸爸妈妈中间,前面坐着弟弟普拉比尔和他的表弟

P.K. MAHANANDIA

自画像《给洛塔的爱》

朋友塔里克笔下的扑克

扑克在新德里的康诺特广场作画

为一名瑞典老太太画像

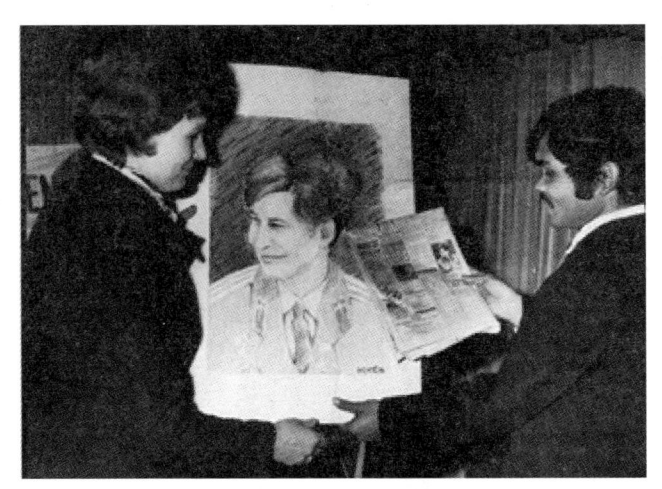

扑克为宇航员瓦莲京娜·捷列什科娃作画并合影

B.D.贾提是第三位邀请扑克画像的印度总统

和来自奥里萨邦的朋友一起，在印度总理英迪拉·甘地官邸前合影

洛塔和同伴游览瓦拉纳西

扑克和洛塔的第一张合影,一九七六年一月摄于新德里

扑克在新德里的家中

扑克和洛塔在新德里的洛迪殖民区

漫长的骑行之旅后，扑克和洛塔在瑞典重逢

一九七九年五月二十八日，扑克和洛塔选择重逢两周年纪念日在布罗斯结婚

在穆尔湖人民高等学校为盲童筹办的慈善会上,扑克演示瑜伽

马哈纳狄亚-冯·谢德温一家的全家福,摄于桑达里德的照相馆